एक पहेली प्यार की

एक पहेली प्यार की

अरविंद पाराशर

प्रभात
पेपरबैक्स
www.prabhatbooks.com

प्रकाशक

प्रभात पेपरबैक्स

4/19 आसफ अली रोड, नई दिल्ली-110002

फोन : 23289777 • हेल्पलाइन नं. : 7827007777

इ-मेल : prabhatbooks@gmail.com ❖ वेब ठिकाना : www.prabhatbooks.com

संस्करण

प्रथम, 2018

अनुवाद

भगवंत अनमोल

मूल्य

एक सौ पचहत्तर रुपए

अ.मा.पु.स. 978-93-5266-613-3

मुद्रक

आर-टेक ऑफसेट प्रिंटर्स, दिल्ली

EK PAHELI PYAAR KI

novel by Arvind Parashar

(Hindi translation of 'MESSED UP! BUT ALL FOR LOVE')

Published by **PRABHAT PAPERBACKS**

4/19 Asaf Ali Road, New Delhi-110002

by arrangement with Srishti Publishers

ISBN 978-93-5266-613-3

₹175.00

मेरी परम पूजनीय माँ
और
पिताजी को समर्पित

आभार

लड़के एवं लड़कियाँ, पुरुष एवं महिलाएँ, दादा एवं दादी और किसी भी उम्र का हर वह इनसान, जिसे जिंदगी और पुस्तक पढ़ना पसंद है, मैं आप सभी से कहना चाहता हूँ कि मैं आपसे मोहब्बत करता हूँ। आप मेरे फैन हो सकते हैं, मेरे पाठक हो सकते हैं या फिर आप भविष्य में बननेवाले होंगे। एक बात नोट कर लें कि मेरे आपसे संबंध बन चुके हैं, क्योंकि आपने यह पुस्तक उठाई है। मैं आपको विश्वास दिलाता हूँ कि यह कहानी आपको बहुत पसंद आएगी। यह आपके लिए ही तो लिखी गई है। यह आपकी रोजमर्रा की बोरिंग जिंदगी से बाहर निकालेगी। एक प्याली चाय या कॉफी के साथ, कुरसी पर टेक लीजिए और आप पहुँच जाइए प्यार, जिंदगी, रोमांच तथा फन की दुनिया में।

'एक पहेली प्यार की' का अस्तित्व सिर्फ जयंता दा के कारण हुआ। सन् 2015 में अपनी पहले नॉवेल के लॉन्च के वक्त ही उन्होंने मुझमें एक होनहार लेखक का रूप देख लिया था। दा आप हमेशा मेरे मार्गदर्शक रहेंगे।

अरूप, आप एक बेहतरीन इनसान हैं। आप मेरी साहित्यिक यात्रा को सफल बनाने के लिए हमेशा सही दिशा दिखाते हैं। मैं आपका आभारी हूँ।

अंतत: दिल से उन सभी दोस्तों और परिवार के लोगों का शुक्रिया, जो एक पिलर की भाँति मुझे मजबूती प्रदान करते रहें। आप लोगों की वजह से मैं लगातार आगे बढ़ रहा हूँ।

अगर आप मुझसे जुड़ना चाहते हैं, तो मुझे लिखने में हिचकिचाहट कैसी? यह रहा मेरा इ-मेल : authorarvindparashar@gmail.com

प्रस्तावना

शक कर तू कि सितारों में आग है,
शक कर कि सूरज घूमता भी है,
शक कर कि सच भी झूठा है,
मगर मेरे प्यार पर कभी शक न करना।

—विलियम शेक्सपियर

सूर्य की तेज चुभने वाली किरणें जमीन पर पड़ रही थीं। मैंने किसी तरह पेड़ की छाँव से अपने चेहरे को बचाने की कोशिश की। यह एक बहुत बड़ा बरगद का पेड़ था। मैं अपनी काँपती हुई उँगलियों से महसूस करने लगा कि यह कैसे एक जगह पर खड़ा रहता है, बिना टस से मस हुए। मन में कुछ इस तरह का खयाल आ रहा था कि क्या इसका कभी चलने-फिरने का मन नहीं करता? मेरी तो सिर्फ चार हफ्तों में ही ऐसी की तैसी हो गई, वहीं इस पेड़ को देखो। सदियों से खड़ा है एक जगह पर। मैंने पिछले कुछ हफ्तों में ढंग से नींद तक नहीं ली। उन चहारदीवारी ने मुझ पर कोई रहम नहीं किया। इन हफ्तों की मेरी कुल कमाई यही कुछ चार सौ बीस रुपए ही तो थी। यह रकम भी कोई रकम है? ऊपर से देखिए, क्या संयोग है, चार सौ बीस! मैं खुद पर हँस पड़ा। वहीं दूसरी तरफ, बाहर के कुछ लोग मुझे चोर-उचक्का समझ रहे थे। खैर, अब मुझे भी इस पत्थर की दुनिया में रहना था। वह पत्थर की दुनिया, जिसका काम ही मुझ पर उँगली उठाना है।

कुछ ही मिनटों में एक राह चलती कार आकर ठहर गई। शायद उसमें

बैठे किसी व्यक्ति को लघुशंका मिटानी थी। जैसे ही दरवाजा खुला, उसके अंदर चल रहे म्यूजिक ने मुझे तुरंत गौरी की याद दिला दी। शायद यही तो था, जो मैं उस 6×6 की चहारदीवारी के अंदर बहुत मिस कर रहा था। मैं अब स्वतंत्र होने जा रहा हूँ। खुली चिड़िया की भाँति कहीं भी उड़ सकूँगा, कहीं भी जा सकूँगा, मुझे खुश होना चाहिए, पर मैं खुश नहीं था। सिर्फ एक ही बार तो मैं और गौरी अलग हुए थे, जब मैं ताशकंद गया हुआ था और वह बैंकाक। क्या यादें थीं, बहुत ही सुंदर यादें! तभी एक विचार ने मेरे दिल में मानो छुरी ही भोंक दी हो—अब गौरी हमेशा-हमेशा के लिए मेरी जिंदगी से दूर चली गई है, हमेशा-हमेशा के लिए। मैं एक बच्चे की तरह चीखने लगा।

आखिर, कार में बैठे एक व्यक्ति ने पूछ ही लिया, "कोई दिक्कत है, भाई?"

"उससे मत पूछो यार! अभी-अभी जेल से निकला है! शायद अपने नजदीकियों को मिस कर रहा होगा।" उसके एक दोस्त ने जवाब दिया, जिसकी बातों से ऐसा प्रतीत हुआ जैसे वह कई दफा जेल के चक्कर लगा चुका हो।

मैंने उनसे बताया कि मैं अपने नजदीकियों का इंतजार कर रहा हूँ, वे मुझे घर ले जाएँगे। उस व्यक्ति ने टाँगें फैलाते हुए अपनी चेन बंद की और काफी संतोष की मुद्रा में वापस लौट गया। उन लड़कों ने जाते हुए चेहरे पर मुसकान बिखेरी और मुझे हाथ हिलाकर विदा कहा। इन लोगों को देखकर ऐसा लगा, जैसे दुनिया अभी उतनी नहीं बदली है, जितना मैं सोच रहा था या फिर डर रहा था।

इस बरगद के पेड़ के नीचे खड़े हुए मुझे तकरीबन पच्चीस मिनट हो गए थे। मैंने अपने बैग से घड़ी निकालकर समय देखा, जो जेल के स्टाफ ने मुझे वापस कर दी थी। बैग में एक कागज का टुकड़ा और पड़ा था, जिसे मैं जेल के अंदर अपने दिन गिनने के लिए उपयोग करता था कि इस चहारदीवारी के अंदर मैंने कितने दिन गुजारे। जानते हो, इतना ही नहीं, हर दिन मैं कागज में उसका (गौरी) स्कैच बनाया करता था। अब तक ऐसी कुल पैंतीस तसवीरें बना चुकी थीं।

यह संख्या संयोगवश मेरी उम्र से मेल खा रही थी। जानते हो, मेरा जन्मदिन भी जेल के अंदर ही मनाया गया। मेरे कैदी साथियों और स्टाफ के

लोगों ने मोमबत्तियाँ जलाईं एवं केक काटा। असल में वे मोमबत्तियाँ कैदी साथियों ने बनाई थीं। मैंने उन्हें गिना तो नहीं, पर मुझे जहाँ तक याद है, उनकी संख्या दस से अधिक नहीं रही होगी। मेरी गणित अच्छी है, पर इनसानों को पहचानने में कमजोर हूँ। हममें से अधिकतर लोग शायद ऐसे ही होते हैं। यह पहचानना मुश्किल होता है कौन भुक्तभोगी है और कौन भोगी? खैर, कुछ ही देर में मेरे घरवाले मुझे लेने आ गए।

एक सच बताऊँ? जेल के अंदर कोई केक-वेक नहीं काटा गया। सब झूठी बातें हैं। एकदम काल्पनिक! अपने मम्मी-पापा से और क्या बताऊँगा? मैं इस कहानी को अपने मन में पहले से ही बुन लेना चाहता था ताकि जब इस केक वाली कहानी को उन्हें सुनाऊँ तो यह बहुत ही मनोरंजक एवं सत्य लगनी चाहिए। आखिर, मैं काल्पनिक जीवन में रहना अधिक पसंद करता हूँ। मुझे लगता है, यह वास्तविक जीवन से कहीं सुंदर है।

मुझे करने के लिए बहुत काम है। मैंने अपनी नौकरी तो खो ही दी है। बहरहाल, गंगा ने इसे बचाने की बहुत कोशिश की, पर असफल रही। मुझे बहुत सारे न्यायिक कार्य करने हैं। मुझे कई दफा वकील और कोर्ट के चक्कर भी लगाने हैं। मुझे विश्वास है कि मैं बरी हो जाऊँगा। इस वर्ष, 15 जुलाई के पहले, मुझे कुछ अधिक ही विश्वास था, परंतु अब सिर्फ विश्वास है। जब सोमेश के बॉस ने यह घोषणा कर दी कि मैं भगोड़ा हूँ और कुछ लोगों के लिए खतरे की घंटी हूँ, मैं बिखर-सा गया था। उस वक्त मैं मुंबई के मरीन ड्राइव के नजदीक पिज्जा खा रहा था, जब विनम्र दिख रहे दो पुलिसवालों ने हमें दबोच लिया था। कुछ क्षणों के लिए तो यह लगा कि यहाँ से भाग जाया जाए, पर यह सिर्फ क्षणभंगुर सोच थी। ऐसे में टॉम भी पकड़ा जाता। उन पुलिसवालों ने दोस्ताना रवैया दिखाया था, जो हमें बिल चुकाने का वक्त भी दे दिया था। टॉम की निगाह बिल पर थी और मेरी अरेस्ट वारंट पर। टॉम ने आखिर बिल चुका दिया। उसके पश्चात्, सिर्फ विजिटर के तौर पर टॉम ही मुझसे मिला करता था। उस घटना के बाद जिंदगी एकदम से बदल सी गई थी। यहाँ तक कि मेरा वजन भी काफी घट गया था। हमेशा से ही मुझे भारी शरीर की समस्या थी। यहाँ तक कि शादी के वक्त यह मेरे लिए सबसे बड़ी चिंता का विषय था, पर अब नहीं!

मेरे जिंदगी में जाने-अनजाने कई दोस्त और कई दुश्मन थे। हर किसी के होते हैं। बस, मैंने इन्हें अलग तरह से मैनेज किया, या यूँ कहे गलत तरह से मैनेज किया। खैर, जो था, यही सत्य है।

आप सोच रहे होंगे, ऐसा क्या हुआ? बड़ी लंबी कहानी है। कुछ बातें मुझे पता हैं और कुछ पता करनी हैं। शायद वक्त आने पर खोज लूँगा।

मेरा तलाक होने जा रहा है, जिसकी शुरुआत कोई बहुत दिनों पहले नहीं हुई थी। शायद यह उन बहुत कम केसों में से होगा, जहाँ पत्नी को कानूनी व्याख्या करने में बहुत कठिनाई का सामना करना पड़ रहा था। हम दोनों एक-दूसरे को समझने में कभी-कभी गलतियाँ कर जाते थे, कभी-कभी विश्वास की भी कमी पड़ जाती थी। शायद एक-दो बार छोटी-छोटी बातों में बड़ी-बड़ी बहसें भी हो गईं, पर किसी ने हमें तलाक तक ला कर न खड़ा किया। हम दोनों अपनी जिंदगी में बहुत खुश भी तो थे। छुट्टियों और दूसरे लोगों ने शायद यहाँ तक ला खड़ा किया। और हाँ, ऐसा माना जाता है कि मैं कुछ वक्त तक गैर-वैवाहिक संबंध में भी फँसा रहा। गौरी इसे सँभाल नहीं सकी तथा इसका नतीजा यह हुआ कि मैंने उसे खो दिया, हमेशा-हमेशा के लिए। ओफ! मुझे बहुत काम करना है। मुझे दृष्टि के लिए भी अफसोस है। मैं दृष्टि को पसंद करता हूँ, परंतु सच तो यह है कि मैं गौरी को अधिक पसंद करता हूँ। पसंद? सिर्फ यह कहना गलत होगा मैं गौरी से बेइंतहाँ मोहब्बत करता हूँ। और मुझे अभी भी ऐसा लगता है कि मैंने अपनी पत्नी के साथ कभी विश्वासघात नहीं किया है, मैंने उसे कभी धोखा नहीं दिया है। शायद परिस्थितयों ने मुझे गुलाम बना लिया।

चार बजे के सूरज की मध्यम रोशनी मेरे गालों पर पड़ रही थी, पर यह रोशनी ठंडक कम करने के लिए काफी नहीं थी। मुझे सूर्य की किरणें ठीक हवा की भाँति महसूस हो रही थीं। इकलौता चमकता सूरज, बरगद का वृक्ष और हलके बादल सबसे सुंदर परिदृश्य बना रहे थे, पर मैं यहाँ कभी वापस नहीं आना चाहता था, कभी नहीं! यहाँ तक कि इस परिदृश्य को देखने भी नहीं।

तभी मुझे मेरे नजदीकी लोग आते हुए दिखाई दिए। टॉम गाड़ी चला रहा था। मेरे दो अन्य मित्र जेरी और जेम्स किसी काम में फँस गए थे, जिस वजह से वे मुझे लेने नहीं आ पाए थे। मैंने अपने मम्मी और पापा से जोर से लिपट गया। मैं उनसे

लिपटकर रोना चाहता था, परंतु खुद को कठोर बनाए रखा। पर माँ तो माँ होती है, वह आँसू नहीं रोक पाई। टॉम हलकी-हलकी मुसकान दे रहा था। अगर मैं उसकी जगह पर होता तो मैं भी ठीक उसी की तरह बरताव कर रहा होता।

हमारी यात्रा शुरू हो चुकी थी। पाँच हफ्तों बाद सड़क को देखना किसी सुख से कम नहीं था। और सड़क पर यूँ चलना, किसी विदेशी यात्रा से कम नहीं लग रहा था। अब मैंने खुद को वचन दे दिया था कि अब कोई भी चीज हलके में नहीं लूँगा, सिर्फ उन चार सौ बीस रुपए छोड़कर, जो मैंने जेल में रहकर कमाए थे। ये मेरे लिए सबसे बड़ी सीख थी। हम लोगों में आपस में कोई बात नहीं हो रही थी। मुझे पता था कि मम्मी मुझे लगातार अपनी नजरों से निहार रही हैं। मैंने उनकी तरफ देखते हुए ऐसा चेहरा बनाया कि सबकुछ सही है और मैं खुश हूँ। मेरे साथ कुछ भी बुरा नहीं हुआ। मैं उन्हें बताऊँगा कि अपनी जिंदगी का सबसे बढ़िया केक मैंने जेल के अंदर काटा। सच बताऊँ तो मेरे पास लफ्फाजी मारने के लिए बहुत कुछ था। गुड़गाँव तक की दूरी लगभग सोलह सौ किलोमीटर थी जिसमें से कुछ दूरी (मुंबई एयरपोर्ट तक) हम हट्र्ज की किराए की कार से करनेवाले थे। पुणे से मुंबई की उस प्यारी राह के बारे में अधिक बताने की जरूरत है ही नहीं। हट्र्ज वाली बात टॉम ने बताई थी। खुदा का शुक्र था किसी ने मुझसे बात करनी तो प्रारंभ की थी।

डैड लगातार फोन पर बातें करने में व्यस्त थे। उनके पास कोई-न-कोई फोन लगातार आए जा रहा था। उन्हें इस बात का दुःख था कि वह मुझे जेल से जल्दी छुड़वा नहीं पाए—"तुम चिंता मत करो। मैंने तुम्हारे लिए बेस्ट वकील का इंतजाम कर लिया है।"

जैसे ही एक बार फिर से उनका फोन बजा, उन्होंने उसे मुझे पकड़ा दिया—"नील, तुम्हारी पुरानी बॉस।"

"हाँ गंगा, मैं निकल आया।"

"तुम बहुत साहसी हो! माफी चाहूँगी कि आज मैं तुम्हें देखने नहीं आ सकी। सुनो, अपनी नौकरी के लिए फिक्र मत करना।"

"क्या तुम लोग मुझे वापस हायर कर रहे हो?"

"तुम तो जानते ही हो यहाँ कैसे क्या चलता है ? तुम्हें बताने की जरूरत नहीं है, पर खुशखबरी वाली बात यह है कि ऋत्विक ने अपना काम शुरू किया है।"

"उम्दा ! बहुत उम्दा !! आखिरकार बंदे ने दिखा ही दिया। और क्या नया समाचार है ?"

"हम लोग जब मिलेंगे, तब ढंग से इन सब विषयों पर बातें करेंगे।"

"हाँ-हाँ, जल्दी ही मिलने का प्लान करो।"

"खैर, एक बात बताओ। क्या तुम्हारी मुलाकात संजू बाबा से हुई थी ?"

"गंगा···कैसी बातें कर रही हो ? तुम मेरी बॉस हो ! क्या तुम सच में इस वक्त ये सब बेहूदा बातें करना चाह रही हो ?"

"तुम्हें बहुत मिस किया है नील, तुम्हारे लिया मैंने मन्नतें माँगी हैं। मेरी तरफ से अंकल को नमस्ते कहना। जल्दी में मैं उन्हें कहना भूल गई।"

"कह दूँगा, बाय !" डैड ने बिना मेरी तरफ देखे फोन ले लिया। टॉम ने मुझे देखकर सिर हिलाया।

घने बादलों ने मुंबई में हमारा स्वागत किया। सच बताऊँ, अब मुझे अँधेरे से डर नहीं लगता, बिल्कुल भी नहीं। मुझे ऐसा लगता है कि मैंने जिंदगी के सारे रंग देख लिये है। ये जिंदगी के अनुभव ही होते हैं, जो हमें किसी भी पढ़ाए गए ज्ञान से अधिक शिक्षा दे जाते हैं। तब हम उस ज्ञान को लोगों के साथ बाँटने लगते हैं। हमारी आदत है कि हम अधिकतर अपनी ही गलतियों से सीखते हैं। खैर, जब तक हम सीख रहे हैं, तब तक सबकुछ सही है। कभी-कभी तो ऐसा भी होता है कि हम जिंदगी में गलतियाँ करते रहते हैं और उनसे सीखते कुछ भी नहीं हैं। तब या तो बहुत देर हो जाती है या फिर गलतियों की मार हमें इतनी बुरी तरह प्रहार करती है कि हम किसी अंधकार में चले जाते हैं। ईश्वर का शुक्र था कि मेरी इतनी बुरी दशा नहीं हुई थी।

कार वापस कर दी थी। हट्र्ज के लोग खुश थे कि उन्हें बिना खरोंच लगी, बिना नुकसान के कार वापस मिल गई। और हम भी खुश थे कि हमें मुंबई से दिल्ली की फ्लाइट मिल गई थी।

भाग-1
100 दिन पहले

काफी बारिश के बाद आज की सुबह धूप लेकर आई थी, परंतु सारी गलियों में जल भराव था। ऐसी उम्मीद थी कि कुछ वक्त में सारा पानी बह जाएगा, परंतु बारिश बंद हुए कुछ घंटे बीत चुके थे, पर पानी अभी भी गलियों में भरा पड़ा था। दुर्भाग्यवश, दिल्ली की जल निकासी कभी सही रही ही नहीं। दृष्टि अपनी कार चलाकर अपने न्यूज ऑफिस जा रही थी। साथ-ही-साथ उसके मन में पुराने नकारात्मक विचार चल रहे थे। जब भी वह बाहर देखती, सड़कों को और राजधानी को कोसने लगती। पूरी यात्रा ने उसका दिमाग खराब करके रख दिया था। बात इतनी ही नहीं थी, बल्कि अपने दिमाग में वह दुःख, कष्ट और यादों का बोझ भी लेकर चल रही थी। हाँ, कुछ दुःख मैंने दिए थे परंतु अधिकतर सोमेश के दिए हुए थे। सामान्यतः जब वह ऑफिस में प्रवेश करती तो काफी शांत होती थी, परंतु आज वह बड़े खराब मूड में थी।

वह एक ऐसे शो की एंकरिंग करने जा रही थी, जो टी.वी. पर जल्द ही प्रसारित होनेवाला था। यह पूरी तरह से स्त्री-विमर्श पर आधारित था। चैनल में हर व्यक्ति बहुत उत्साहित था। जैसे ही वह पहुँची, कुछ लोगों ने उसका स्वागत किया, कुछ ने अचंभित निगाहों से देखा और कुछ बिना ध्यान दिए अपने काम में लगे रहे। उस शो का नाम था—'The Dark side of Life', जिसका कई हफ्तों से टी.वी. पर प्रचार-प्रसार किया जा रहा था। देखिए खुदा की मरजी, शूटिंग शुरू हो नहीं पाई थी कि उसकी प्रोडक्शन

यूनिट स्टाफ से झड़प हो गई और उसने आव देखा न ताव, शूटिंग बीच में ही छोड़कर वापस लौट आई। उसके सबसे महत्त्वपूर्ण दिन की वाट लग गई।

दृष्टि कुछ वक्त अंतराल के बाद वापस टी.वी. पर आ रही थी। उसे ऐसा लग रहा था कि यह शो उसे बेहतर कमबैक करने में मदद करेगा। हाल ही में तो उसके साथ कुछ घटनाएँ हुई थीं, जिनकी वजह से वह कठिनाइयों के बीच फँस गई थी। रही सही कसर आज कार चलाते वक्त पूरी हो गई जिस कारण उसने अपना आपा खो दिया।

दृष्टि के कुछ अच्छे मित्रों ने प्रोड्यूसर मनोहरण को मनाने की कोशिश की और उन्होंने बताया कि वे दृष्टि को मनाएँगे एवं वापस लाने की पूरी कोशिश करेंगे। वे सभी दृष्टि के बहुत नजदीक थे। आखिर न्यूज चैनल में एक-दूसरे के साथ काम करते हुए दस वर्ष भी तो हो गए थे। शादी टूटने के बाद उसने कुछ दिनों का विश्राम लेने का फैसला लिया था। उसने हर किसी से वादा किया था कि वह वापस जरूर आएगी। हालाँकि उसका एक विवाहित व्यक्ति (जो कि मैं था) के साथ अवैध प्रेम संबंधों और उसके बाद ब्रेकअप ने उसकी वापसी की उम्मीदों पर पानी फेर दिया था जिसकी वजह से उसकी दिमागी हालत बिगड़ गई और उसका प्रत्यक्ष प्रमाण, शूट के पहले दिन देखने को मिला था। उसके मित्रों और सोशल मीडिया ग्रुप में इस तरह की बातें आम थीं—"उसे क्यों एक अन्य व्यक्ति की जरूरत पड़ गई?" सभी के अपने-अपने मत थे। कोई उसका पक्ष ले रहा था और कोई विपक्ष में था, परंतु खासियत यह थी कि सबके अपने-अपने मत जरूर थे। यह एक ऐसा विषय था, जो सबके अंदर बात करने के लिए कौतूहल पैदा कर देता था जैसे कि वे उस विषय के विशेषज्ञ हों या फिर काउंसलर हों।

शादियाँ, अलगाव और तलाक का प्रभाव हर जाति, धर्म और जगह पर समान रूप से पड़ा है। शायद इन्होंने इनसानियत पर एक तरह से प्रभाव डालकर इनसानियत को जोड़ने का कार्य किया है।

नाउम्मीद और उदास मन लेकर दृष्टि अपनी बहन (चचेरी) के घर पहुँच गई, जहाँ वह ठहरी हुई थी। उसने रैक से एक बोतल वाइन निकाली और उसे गिलास में डालने लगी।

"हुँह! मेरे साथ ऐसा क्यों हो रहा है?" वह तीन गिलास वाइन पीने के बाद खुद से बड़बड़ाने लगी। गिलास पेरिस के क्रिस्टल से बने हुए थे। इन बेहतरीन गिलास में पीने का आनंद ही कुछ और होता है, जिस वजह से वह अपनी सीमा (दो गिलास वाइन) से अधिक पी गई थी। वाइन उसको चढ़ गई थी और उसे अपनी बहन अंतिक्षा की बातें सुनाई पड़नी बंद हो गई थीं, जो अपने कमरे से चिल्ला रही थी—"दृष्टि, ओ दृष्टि! अब सो जाओ, जल्द ही तुम्हारे लिए कोई ज्योतिषी ढूँढ़ेंगे।"

दृष्टि बिस्तर पर जाने से पहले फिर से बड़बड़ाने लगी, "भाड़ में जाए यह आदमी, भाड़ में जाए वह! इन मर्दों की मुझे कोई जरूरत नहीं है! बिल्कुल भी नहीं!" कुछ ही देर में वह ऐसे बेहूदा विचारों को सोचते हुए नींद की आगोश में हो ली। वह ठीक एक छोटे टेडी बियर की तरह सो गई जिसे खूब प्यार करने का मन करता है।

कुछ ही देर में अंतिक्षा कमरे में आई और उसने गिलास एवं बोतल उठाकर दूर रख दी। उसके पैरों के नीचे बतख की तरह दबी रजाई को निकालकर उसकी पाँच फीट छह इंच की छरहरी काया को ढक दिया। अंतिक्षा ने सुनिश्चित किया कि वातानुकूलित मशीन का तापमान चौबीस डिग्री सेल्सियस पर रहे, जबकि वाइन की गरमी की वजह से दृष्टि की यह आदत थी, वह हमेशा अठारह पर लगाकर सोया करती थी।

सड़क से एक किलोमीटर दूर डी.एल.एफ. फेज-4 में मैं अपने दोस्तों के साथ रह रहा था। अधिकतर गुड़गाँव से अलग यह सुंदर क्षेत्र हरे पेड़-पौधों से घिरा हुआ था। इस जगह को हमने बड़ी मशक्कत के बाद खोजा था। हम चार लोग रहते हैं। हम सभी भिन्न-भिन्न क्षेत्रों से हैं, हम सभी की पर्सनैलिटी अलग है, हम लोगों का माइंड सेट भी एक-दूसरे से भिन्न है। शायद यही वजह है कि हम सभी का एक-दूसरे से बहुत अच्छा संबंध है, ठीक वैसे ही जैसे समानता विकर्षण पैदा करती है और भिन्नता आकर्षण। उस रात हमने शराब के साथ अपनी पसंदीदा सिगरेट पीते हुए अपने फेफड़ों को भरा था।

जब एसट्रे राख से भर जाती तो मैं उस गगनचुंबी इमारत के बीसवें फ्लोर की बालकनी में खड़ा हो जाता और नीचे हरी-हरी घास से भरी जमीन को सिगरेट के फिल्टर से भर देता। ऐसा करना वक्त काटने जैसा महसूस होता था। तीस की उम्र के बाद या यूँ कहें कि जिंदगी के मध्य में मैं अवसाद में घिरा जा रहा था। मुझे ऐसा लग रहा था जैसे मैंने अपनी पहचान खो दी हो और मुझे कोई ऐसा रास्ता नहीं दिख रहा था, जिससे मैं उसे वापस प्राप्त कर सकूँ। मैं यह खोज पाने में सक्षम नहीं था कि आखिर मेरे साथ इतना बुरा क्यों हुआ? मैं अभी भी गौरी से मोहब्बत करता था, फिर भी दुर्भाग्य देखिए, हम साथ नहीं थे। पीछे बज रहे गाने और गौरी की याद से दिल भारी हो गया और पलकें भीग गईं।

टॉम बीच-बीच में मुझे समझाने का प्रयास करने लगता, "ठीक है यार, हम सभी को पता है, तुम्हारी ऐसी की तैसी हो चुकी है। अब एक आदमी की तरह इसका डटकर सामने करो। ठीक है, जिंदगी ने तुम्हारी जमकर हँसी उड़ाई है, पर कब तक इस तरह से जिंदगी गुजारोगे?"

"शुक्रिया टॉम, सबकुछ इतना सरल तरीके से समझाने के लिए। मुझे भी ऐसा ही लगता है, अगर तुम सभी न होते तो मुझे ऐसा लगता जैसे जिंदगी ने मुझे मार ही दी हो।" नशे में धुत्त बिना कोई चेहरे पर एक्सप्रेशन लाए मैंने उसे तुरंत जवाब दिया।

सच कहूँ तो मुझे खुद ही नहीं पता था कि मेरी जिंदगी में क्या चल रहा है? जेरी और जासूस देर रात या फिर सुबह-सवेरे इस नाटकीय और एनिमेटेड वार्त्तालाप से जुड़ जाएँगे। एक गजब की बात बताता हूँ, जब टॉम का नामकरण उसके वास्तविक नाम तपस मोहन से रखा गया, उसी वक्त से जनार्दन रेड्डी को 'जेरी' नाम से पुकारा जाने लगा। जहाँ टॉम और जेरी के नाम उनके वास्तविक नामों से प्रेरित थे वहीं जासूस उसके चरित्र की उपज थी। वैसे तो उसका वास्तविक नाम जेम्स था, पर वह एक गुप्तचर की तरह था। मेरा नाम पहले से ही इतना छोटा था। उसे और छोटा करने की जरूरत नहीं पड़ी। कई जगहों पर मुझे 'भाई' कहकर भी पुकारा जाता था। ना-ना, कोई गलतफहमी मत पालिए, यह मुझे सम्मान देने की वजह से नहीं था,

बल्कि मुझे सहानुभूति देने का एक तरीका था। आखिरकार सबसे अधिक भुक्तभोगी तो मैं ही था। इसलिए इन सभी अच्छे मित्रों को लगा, अगर वे मुझे सम्मान देंगे तो शायद मेरा आत्मविश्वास थोड़ा बेहतर हो जाएगा।

सामान्यत: सिगरेट और शराब पीने का काम वीकेंड की मिड नाइट में हुआ करता था। दिन में जेरी कंप्यूटर कोर्स करने जाया करता, जहाँ वह scala सीख रहा था जो उसे एक ऐसा ऐप्प बनाने में मदद कर सकती थी, जिससे सारे युवा एक साथ जुड़ सकें। उसके मन में कुछ TMD की तरह ही बनाने का प्लान चल रहा था। इसके पहले उसने एक ऐप्प बनाया था, जो फ्लॉप हो गया था। उसमें पाँच हजार से ज्यादा भोजन बनाने के तरीके थे, पर वह अधिक सफल न हो सका। जेरी ने इस बार यह निर्णय लिया है कि एक बार यह ऐप्प ढंग से चलने लगे तो इसकी सफलता का श्रेय वह मुझे समर्पित करेगा। घर का खर्च मुख्यत: मेरी और टॉम की बचत और जेम्स की आय पर चल रहा था।

गौरी से तलाक के पश्चात् मैं सबकुछ खो दूँगा। कार और घर उसके हक में चला जाएगा। वास्तविकता में, मेरे केस में पहली सुनवाई के दौरान जज बहुत सख्त थे जबकि यह हम दोनों की आपसी सहमति से तलाक हो रहा था। तलाक शायद गौरी के पक्ष में खत्म होने की उम्मीद थी। मुझे ऐसा महसूस हुआ कि गौरी मुझे पाठ पढ़ाना चाहती हो, क्योंकि जहाँ तक मुझे पता है, वह कभी वस्तुवादी सोच की नहीं रही। मुझे अपने बैंक अकाउंट को भी बाँटना पड़ता। परंतु गौरी ने उसे मुझसे नहीं बाँटा, "मुझे पता है कि तुम इसके लायक नहीं हो, पर इसे तुम मेरी तरफ से एहसान समझो। तुम्हारे पैसों की मुझे कोई जरूरत नहीं।"

उसके क्रोधित होने के कई कारण थे। मैंने उससे पूछ लिया, अगर वह मेरी कार मेरे पास रहने दे। वह तुरंत अपना आपा खो बैठी और मुझे आगाह किया कि अगर आइंदा कभी मैंने यह माँग रखी तो वह मेरे बैंक अकाउंट का हिस्सा भी ले लेगी। इस बात ने मुझे हमेशा-हमेशा के लिए चुप करा दिया। मेरे खाते का वह धन अब हम चारों के हिस्से का था। जेम्स का अच्छा-खासा वेतन था, जिसकी वजह से हम मार्लबोरो सिगरेट और सिंगल माल्ट व्हिस्की

खरीदने में सक्षम थे। अलग होने से पहले मैं क्रिस्टल गिलास के दो सेट अपने साथ ले आया था, जो मैंने और गौरी ने अपनी शादी की सालगिरह पर पेरिस में खरीदे थे। उन दो सेट्स का एक भाग दृष्टि के पास था। मुझे ढंग से याद नहीं, आखिर क्यों वह सेट मैंने उसे दे दिया था।

इतना सबकुछ होने के बावजूद मैं खुद को एक शहीद समझ रहा था। गौरी के साथ अलगाव और फिर दृष्टि के साथ कड़वा दृश्य—एक के बाद एक घटनाओं ने मुझे कहीं का न छोड़ा। मुझे स्वयं को शहीद कहने में मेरे जिगरी यारों की बहुत जोरदार सहमति थी—"साले, तुमने उसके लिए सबकुछ त्याग दिया, इसके बावजूद उसने तुम्हें नरक में भेजने में कोई कसर नहीं छोड़ी।" जेरी ने कहा।

"हाँ, अब मुझे महिलाओं की कोई जरूरत नहीं। बहुत हो गया। भाड़ में जाएँ ये लड़कियाँ।" मैंने अपनी बात जाहिर की। कुछ ही देर के पश्चात् हम सभी अपने-अपने कमरे में वापस आ गए।

गौरी से भिन्न, जो अभी भी आरामदायक माहौल में सोने में विश्वास रखती थी। मैं सोफे पर ही घुटने मोड़कर आराम करता था। टी.वी. शायद ही कभी बिस्तर पर जाने से पहले बंद किया जाता हो। हॉलीवुड के स्टार्स की आवाज लोरी की भाँति कानों में पड़ती रहती थी।

वक्त खासकर दृष्टि और गौरी के लिए बहुत कठिन हो गया था। मैं तो खैर शहीद ही था।

दृष्टि का पूर्व पति, सोमेश संभव सिंह एक सीनियर पुलिस अफसर था, जो इस 'भुक्तभोगी' वाली केटेगरी में नहीं आता था। वह जन्म से ही बहुत धनी व्यक्ति था, जिसे उसके पूर्वजों से विरासत में काफी संपत्ति प्राप्त हो गई थी। पुलिस बल ज्वॉइन करने के पीछे उसका मुख्य उद्देश्य 'खाकी वर्दी में लोगों की मदद करनेवाली' विरासत को आगे बढ़ाना था। उसने अपने शुरुआती दिनों में ही काफी उन्नति कर ली थी और उसे पता था कि अगर वह उन लोगों की बात नहीं मानेगा, तो उसे संपत्ति में से एक कौड़ी भी नहीं मिलेगी।

यह व्यक्ति अकसर कई अन्य लोगों के साथ पेज-3 के पन्नों पर पाया

जा़ता था। उसकी यह अफवाह सामान्य रूप से फैली हुई थी कि उसका चक्कर उससे उम्र में दस वर्ष छोटी जर्मन महिला से चल रहा है। कई लोगों द्वारा यह माना जाता था—जर्मन महिला ने उसके दिल में जगह बनाई और उस व्यक्ति ने उस महिला के दिल में। यह भी अफवाह बुरी तरह उड़ी थी, उनके बीच कभी झगड़े नहीं होते। अधिकतर बातें मीठी आवाजों में होती थीं। वह परिकल्पित रूप से सबसे खुश प्रेमी थे।

ऐसा प्रतीत होता था जैसे इस जिंदगी के भँवरजाल में गौरी ही एकमात्र है, जो सबसे अकेली पड़ गई थी। वह रोज अकेली सोती थी। बहरहाल, यह उसकी मरजी थी। वह व्यावसायिक रूप से डेंटिस्ट थी और अपने काम में बहुत ही फोकस और समर्पित थी। वह अपने क्लिनिक में अतिरिक्त वक्त देती थी। इसका कारण यह था कि वह उस आघात से दूर रहना चाहती थी, जो उसे यह एहसास दिलाए कि जल्द उसका हाथ पूर्व पति (यानी मैं) से छूटने वाला है। वह यह जानकर बहुत खुश थी कि मैं और दृष्टि शादी के बंधन में नहीं बँधने वाले। वह अब सिर्फ यही प्रार्थना करेगी कि ईश्वर मुझे बहुत कष्ट और दुःख दे।

एक वक्त था, जब दोस्तों और परिवार के बीच गौरी एवं मैं सबसे खुश दंपती के रूप में जाने जाते थे। हम दोनों पुराने जमाने के लोगों की तरह कसम खाते थे—'छोड़ेंगे न तेरा साथ ओ साथी, मरते दम तक।' यह कसम खाने के पश्चात् हम सोचा करते कि हम उन दुर्लभ लोगों में से हैं, जो इस शपथ को बहुत गंभीरता से ले रहे हैं। मुझे याद है, शादी के तुरंत बाद गौरी ने एक रात मुझसे कहा था, "शादीशुदा लोग एक-दूसरे को छोड़ कैसे देते हैं ? मैं तो तुम्हारे बिना अपनी जिंदगी के बारे में सोच ही नहीं सकती।" जब मैं अब इस बारे में सोचता हूँ तो यह मुझे दुर्लभ बात नहीं लगती है। बल्कि बहुत साधारण सी बात लगती है। दुर्लभ तो तब होता, जब दंपती शादी के बाद कुछ इस तरह कहते, "सुनो, अगर तुमने यहाँ-वहाँ मुँह मारने की कोशिश की तो मुझे तुम्हें नपुंसक बनाने में या फिर उससे भी बुरी दशा में पहुँचाने में देर नहीं लगेगी।"

ऐसा लगता था, गौरी को सबसे अधिक ठेस पहुँची है पर मुझे ऐसा महसूस होता था कि वह व्यक्ति मैं हूँ। वह अभी भी शोक में थी। जो लड़की

कभी सामाजिक जंतु हुआ करती थी, एक पिंट बियर सबसे जल्दी खत्म करती, अब वह अकेले रहने लगी थी। पीना-पिलाना तो वह स्वप्न में भी नहीं सोचती थी।

यहाँ तक कि उसका घर भी ऐसा लगता, जैसे कर्फ्यू लग गया हो। जब से उसके मुझसे संबंध टूटे हैं, तब से कभी ऐसा नहीं हुआ कि उसके दरवाजे पर किसी आगंतुक ने दरवाजा पर दस्तक दी हो। वह सिलिगुड़ी में रह रहे कि सिर्फ अपने माता-पिता से बात करती थी या फिर कभी-कभार अपनी चचेरी बहनों या फिर इक्के-दुक्के दोस्तों से बात कर लिया करती थी। जब तक हम लोग अलग नहीं हुए थे, तब तक मैहर उसकी बेस्ट फ्रेंड थी। वे लोग अब भी अच्छे मित्र थे, परंतु दूरियों ने उनके संबंधों के बीच भी हलकी सी रेखा खींच दी थी। हर किसी को पता था, अब वह हफ्ते के सातों दिन अपना क्लिनिक खोलती है। इस वजह से उसके पिता को फिक्र होने लगती, पर वह किसी की सुनने वाली कहाँ थी? जैसे वह कोई मैराथन दौड़ रही हो और वह रुक नहीं सकती। दुनिया उलट की पलट हो जाए, पर वह इसी तरह हमेशा लगी रहना चाहती थी।

जब आप किसी को दिल से प्यार करते हैं और उसके लिए समर्पित रहते हैं तब एकदम से जो सामने वाला दिल पर ठोकर देता है, उसका दर्द अप्रत्याशित, अनापेक्षित और कड़वा होता है। कभी-कभी तो यह दर्द और भी भयानक हो जाता है। उस वक्त आप शांत हो जाते हैं, एक मशीन बन जाते हैं और जिंदगी को किसी तरह घसीटने लगते हैं। आपको मित्रों की जरूरत होती है, पर आप उनसे खुद को दूर रखते हैं। आपको माता-पिता के प्यार की जरूरत होती है, पर आप ऐसा दिखावा करते हैं कि आप बहुत मजबूत हैं। गौरी भी तो तल्लीनता से काम करते हुए कुछ ऐसी ही परिस्थितियों से जूझ रही थी।

अपने छोटे फ्रेंड सर्किल होने के पीछे उसका मजबूत कारण यह था कि वह जिस तरह की कंपनी चाह रही थी वैसे लोग उसके पास नहीं थे। उसे एक पुरुष की जरूरत थी, उसे स्थिरता की जरूरत थी। उसके माता-पिता हमेशा यही सलाह दिया करते थे, वह मेरे पास लौट आए परंतु उसने हमेशा उन्हें

जवाब दिया कि इस मामले में वे कभी हस्तक्षेप न करें। ऐसा नहीं था कि वह अपने माता-पिता को प्यार नहीं करती थी। वह बहुत प्यार करती थी, पर मेरे मामले में वह किसी भी तरह की बातचीत नहीं करना चाहती थी। इससे वह यह भी दिखाना चाहती थी कि वह मजबूत और हठी है। यह ठीक उसी प्रकार था जैसे आप आइसक्रीम खाने को निकले और दुकान पहुँचकर अपने बढ़ते वजन के बारे में सोचने लगे।

दिन बीत गया और दुनिया के इस भाग में रात ने अपने पंख पसार दिए। कुछ लोगों के लिए यह बुरा था और कुछ के लिए सुखदायक। रात ऐसे ही आएगी और जाएगी। कभी वक्त हुआ करता था, जब इसका स्वागत करते थे, अब इससे घृणा करते हैं।

□

अगली सुबह, दृष्टि हलके हैंगओवर के साथ जगी। अंतिक्षा हमेशा की तरह उसके जगने से पहले ही जग गई थी। बिस्तर की बगल में रखी मेज पर उसने ब्लैक कॉफी और अंडा भुर्जी रख दी थी।

"कल रात तुझे क्या हो गया था? पर खुशी इस बात की है कि तूने कुछ तोड़-फोड़ा नहीं!" अंतिक्षा बीच में रुकते हुए बोली।

"अरे हाँ! ऐसा लगता है जैसे मेरी पीने की क्षमता खत्म हो चुकी है। उस बेहूदा नील का शुक्रिया।"

"उस पर दोष थोपना बंद करो! तूने आखिर उसका बदला तो ले लिया! अब उससे आगे बढ़, दृष्टि।"

"ठीक कह रही हो, मैं अब आगे बढ़ चुकी हूँ। मैं उस व्यक्ति से नफरत करती हूँ।"

"तू उससे नफरत क्यों करती है? उसके बारे में सोचना ही बंद कर दे।"

"ठीक है, ठीक है! आज का प्लान क्या है? आज तेरी छुट्टी है न?"

"हाँ मेरी प्यारी बहना! आज शाम को हम लोग नाटक देखने चल रहे हैं।"

"अहा! यह प्लान तो मस्त है! मुझे नाटक देखना बहुत पसंद है।"

"कभी-कभी मुझे ऐसा लगता है कि आखिर हम लोग अपनी जिंदगी में कर क्या रहे हैं?"

धीरे से दृष्टि की बातें कल स्टूडियो में हुए उस कांड की तरफ बढ़ गईं।

वह अभी भी सुनिश्चित नहीं थी कि उसने जो किया, वह सही था या गलत। ऐसा क्यों होता है, जब कोई कांड हो जाता है तो मैं खुद को दोषी मानने लगती हूँ? दृष्टि सोचने लगी।

"मुझे लगता है, कल मुझे झगड़ा नहीं करना चाहिए था, अंतरा।" उसने अपने पायजामे को सँभालते हुए अपनी बात रखी।

"ओह! कम ऑन! वे सभी तुझे बहुत प्यार करते हैं। किसी भी चीज से बढ़कर तुम एक समय उनके साथ काम करनेवाली सहकर्मी थी, और तुमने सबकुछ सही हो जाने के बाद वापस आने के बारे में सोचा है?" अंतिक्षा सकारात्मकता से भरपूर बातें समझाने लगी।

तभी दृष्टि को याद आया, मनोहरण ने एक बार उससे मजाक में कहा था, "तू बोल तो उसको आज ही उठवा देता हूँ।"

दृष्टि ने वह सब याद किया, "तू सही कह रही है। साँप निकल जाने के बाद लकीर पीटने से कोई फायदा थोड़ी है।"

अंतिक्षा ने उसे उसका फोन पकड़ाया और देखते हुए कहा, "शायद यह चार्ज नहीं है? ऐसा लगता है जैसे फोन बंद पड़ा है।"

"उफ्! फिर से! ये स्मार्ट फोन भी कुछ मर्दों की तरह होते हैं, जो ज्यादा देर टिकते ही नहीं हैं।"

दोनों जोर-जोर से हँसने लगीं। जब भी वे पुरुषों को गरियाती थीं, तो उसका भरपूर आनंद लेती थीं। अंतिक्षा मुड़ी और दृष्टि से कहने लगी, "मुझे सच में ऐसा लगता है, तुझे एक साथी की बहुत जरूरत है।"

दोनों लड़कियों ने खीसे निपोर दी। फोन खोलते ही दृष्टि ने मेसेज देखा कि उसके कुछ दोस्त इस शाम आ रहे हैं।

"अंतरा, हमें आज शाम का प्लान कैंसिल करना पड़ेगा। यार, मेरे दोस्त लोग मरहम-पट्टी करने के लिए आ रहे हैं।"

"कोई बात नहीं, यार! एक बात बता, बियर और वाइन के अलावा भी कुछ चाहिए?"

"वैसे एक बात बताऊँ, मनोहरण सर भी आ रहे हैं।"

"वाओ, ये तो बढ़िया है।"

"एक बात बताओ, क्या नील अभी भी मनोहरण सर के संपर्क में है? मैं उम्मीद करती हूँ न हो।"

"मुझे संदेह है, जिस तरह से यह सब खत्म हुआ था, वह ग्रान टोरिनो के भयंकर अंत से कम नहीं था, पर वह अकसर हम सभी को गलत साबित कर देता है।"

"ये कभी शुरू ही नहीं हुआ था···" दृष्टि ने कुछ याद करते हुए भावुक शब्दों में कहा।

"कम ऑन! अब उठ जाओ। हमें रोजमर्रा का सामान भी लेने चलना है।"

"तुझे नहीं समझा सकती। कुछ वक्त होते हैं जब मुझे ऐसा लगता है, मुझे अपनी जिंदगी में एक साथी की सख्त जरूरत है।"

"क्या बकवास है? मैंने सोचा था यह सब एक मजाक के रूप में शुरू हुआ था।" दोनों हँस पड़ीं।

वहीं दूसरी तरफ, गौरी ने लंच के बाद क्लिनिक बंद करने का निर्णय ले लिया। वह अकेले 'Minions' देखने जा रही थी। उसके दोस्तों और परिवार के द्वारा उसे सख्त हिदायत दी गई थी कि वह कोई भावनाओं में बहने वाली फिल्में न देखे, इसीलिए उसने एनिमेटेड फिल्म देखने के बारे में विचार किया।

गौरी कुछ-कुछ क्लॉडिया शिफर से मिलती-जुलती थी। सच कहूँ, तो वह उसकी तरह दिखती थी। अधिकतर परिवार से इतर उसके परिवार के लोग चाहते थे कि वह मॉडलिंग में अपना कॅरियर बनाए।

एक बार उसकी माँ ने यह भी तो कह दिया था, "हमें देश में कई और ऐश्वर्या राय और सुस्मिता सेन देखनी हैं। जाओ, मॉडलिंग करो।" गौरी ने कभी दिलचस्पी नहीं ली। उसका सपना डेंटिस्ट बनने का था। जब कोई आपके दाँतों की तारीफ करता है, तो आप सोचते हैं, आप टी.वी. पर दंत मंजन का प्रचार करने लगे। पर इसके उलट उसने सभी के दाँतों को ठीक करने के बारे में सोचा।

वह लड़की जो एक वक्त बहुत उत्साही और जिंदादिल थी, अब वही गौरी अकेली एवं शांत रहती थी। कई भावुक बातें, दलीलें और मीठी बातों से मनाने के बावजूद वह अपने माता-पिता को कभी एक हफ्ते से अधिक अपने साथ रुकने नहीं देती थी।

"मम्मी, ये मेरी जिंदगी है। ये मेरे कर्मों का परिणाम है। इनसे मुझे सामना करने दो।" वह कुछ इस तरह अपने माँ को समझाया करती।

सिनेप्लेक्स के अंदर वह आस-पास देखने लगी, कितने लोग अकेले फिल्म देखने आए हुए हैं। उसने देखा तो पाया—दो-तीन लोग ऐसे थे, जो अकेले बैठे हुए थे। तभी उसने तुरंत अनुमान लगाना शुरू किया कि 300 लोगों की क्षमता वाले हॉल में 3 लोग, कितने परसेंट होंगे? उसने अनुमान लगाया कि यह तकरीबन दस से पंद्रह परसेंट होगा। पंद्रह परसेंट कोई बुरा नहीं है। वह अपनी झूठे आँकड़ों की दुनिया में कुछ इसी तरह खुश और संतुष्ट हो गई।

फिल्म एवं एक बॉक्स पॉपकॉर्न और चाय खत्म करने के बाद, उसने निर्णय लिया कि वह इंडिया गेट तक ड्राइव पर जाएगी। दिन के किसी क्षण उसने मेरे बारे में नहीं सोचा। यहाँ तक कि उसने अपने माता-पिता के बारे में भी नहीं सोचा।

अंतरा के घर पर बिना देरी किए सारे मेहमान पधार चुके थे।

"दृष्टि, मैं यह नहीं पूछूँगा कि उस दिन तुम्हारे साथ क्या हो गया था। बस मैं यह पूछूँगा कि तुम्हें किस तरह काम पर वापस लाया जा सकता है?" मनोहरण ने गर्मजोशी के साथ गले मिलने के बाद प्रश्न किया। रातभर पर्याप्त आँसू बहाने, ऊपर से हैंगओवर के बाद अब वह दुःखी रहने के मूड में नहीं थी।

"आप पहले सीट पर बैठिए, बॉस" वह बहुत शांत दिख रही थी।

"ओए तो अब तू ठीक है?" उसकी एक सहकर्मी अन्ना ने प्रश्न कर दिया।

"हाँ नागिन, अब ठीक हूँ।" दृष्टि को वे पुराने दिन याद आए, जब वे लोग एक-दूसरे के नाम लिया करते थे। यह समूह उसका दिल और आत्मा—दोनों थी। जब दृष्टि को धोखा मिला था, मनोहरण ने उसे एक मित्र के नाते सारा सहयोग देने का वादा किया था। दृष्टि को धोखा मिलने के प्रश्न अभी भी अनुत्तरित थे, और दृष्टि उनका कभी जवाब भी नहीं देना चाहती थी कि आखिर हुआ क्या था!

"मैं स्वार्थी हो गया था और मुझे सिर्फ अपने TRP एवं अपने शो तथा इन्हीं सब की फिक्र थी। पर अब सच बताऊँ, मैं तुम्हें वापस काम पर देखना चाहता हूँ। हम इस प्रोग्राम को तभी स्टार्ट करेंगे, जब तुम वापस आ जाओगी।" मनोहरण ने सत्यता से अपनी बात बयान कर दी।

हर कोई उसकी इस बात पर अच्छा महसूस कर रहा था। उसने आगे बोलना जारी रखा, "और यह भी, यह तुम्हें उस बेहूदा नील के विचारों से दूर रहने में मदद करेगा।"

इसका मतलब मनोहरण नील के संपर्क में नहीं था, वरना वह नील को गाली क्यों देता? दृष्टि ने ऐसा सोचा, तभी अंतिक्षा ने यहाँ पर सवाल करके नहले पर दहला मार दिया, "क्या उसने आपसे संपर्क करने का कोई प्रयास किया?"

हर किसी के सोच के विपरीत, मनोहरण ने 'हाँ' में सिर हिला दिया, "हाँ, वह इडियट और मैं पिछले हफ्ते पब गए हुए थे। संयोगवश उसी पब गए थे, जिसके बारे में तुमने उसके साथ हुए पब विवाद की रिपोर्टिंग की थी। है न कितना मजाकिया?"

हर कोई अचंभित था कि मनोहरण को सच नहीं बताना चाहिए था, क्योंकि इस बात से दृष्टि को दुःख पहुँचेगा। मनोहरण को भी अपनी गलती का एहसास हुआ कि उसने सच बताकर गड़बड़ कर दी। दृष्टि ने तुरंत प्रतिक्रिया देते हुए कहा, "सच में सर! आप और आपका वह बेहूदा दोस्त दोनों साथ में पब गए थे और आपको इस बात की खुशी भी है?"

मनोहरण इस स्थिति से खुद को बचा नहीं सकता था। तभी उन मेहमानों में से एक ने अपने बॉस को बचाने की कोशिश की, "दृष्टि, तुम बात को

गलत तरह से ले रही हो। नील ने बॉस से मिलने के लिए जोर दिया था। यह सिर्फ एक मीटिंग थी। इसके सिवाय कुछ नहीं।"

दृष्टि ने इस बात को नजरअंदाज करते हुए तब तक बहस करना जारी रखा, जब तक मनोहरण ने माफी नहीं माँग ली।

"माफी मत माँगिए। मुझे यह बताइए, आप उससे मिलने क्यों गए थे?"

"उसे मुझसे सलाह-मशविरा करना था। असल में उसका दोस्त, वह बच्चा जेरी किसी वित्तीय संकट में है तो वह मुझसे सलाह माँगने आया था। इससे पहले कि हम पूरी तरह उस बात को डिस्कस करते, वह छोड़कर चला गया।"

"मुझे पता है उस जेरी के बारे में। पिछली बार उसने घबराहट से जूझने वाली औरतों के लिए ऐप्प बनाया था। उसके सारे दोस्त फेक आई.डी. से लॉग इन करते थे। एक ने तो हद पर कर दी और बिना किसी शर्म के उसने अपनी प्रोफाइल पिक्चर 'नाओमी कैंपबेल' की लगा रखी थी।"

यह देखकर कितना अच्छा लगता है कि ये सभी लोग एक-दूसरे को कितने बेहतर तरीके से जानते हैं, समझते हैं और एक-दूसरे की जिंदगी के बारे में खयाल रखते हैं। मुख्यत: उस वक्त में जब किसी को किसी की जिंदगी से कोई लेना-देना नहीं है। मनोहरण का दृष्टि के लिए चिंता करना उसी का उदाहरण था।

कुछ पेग चढ़ने और बैकग्राउंड में मधुर संगीत बजते हुए कई महत्त्वपूर्ण विषयों पर बातें चल रही थीं, जैसे राजधानी में औरतों की सुरक्षा पर विचार-विमर्श चला। जब उन्होंने चढ़ने की हद तक पी ली, अन्ना ने दृष्टि को क्रेडिट कार्ड पकड़ाते हुए कहा, "मस्त हो जा, और किसी बात की फिक्र मत कर। जितना मन भावे खर्च कर!"

"अबे झल्ली, तू मर्सिडीज वाली को क्रेडिट कार्ड क्यों दे रही है?" अंतरा चिल्लाई।

सभी औरतों को चढ़ गई थी। वे इस हालत में नहीं थीं कि कुछ ढंग से जवाब दे सके। वे गेस्ट रूम में ही लेट गईं। इस गेट-टुगेदर ने दृष्टि को बहुत जरूरी विश्राम दे दिया था।

यह सब 2 बजे खत्म हुआ। महिलाएँ वहीं पर पड़ी रहीं और पुरुष कैब से वापस लौट गए। किसी ने कोई टैक्सी नहीं की। आखिर उनके सम्मान का सवाल था।

□

एक्शन से भरपूर वीकेंड समाप्त होने के बाद, मैंने अपने बॉस को सूचित किया कि मैं अपना काम फिर से प्रारंभ करना चाहता हूँ। मुझे अपनी जॉब से दूर हुए लगभग दो महीने हो चुके थे। मेरे पास अभी भी बहुत सारे प्रश्न अनुत्तरित थे। इससे पहले कि मैं अवसाद से घिर जाता, मेरे लिए यह जरूरी हो गया था कि एक बार फिर से मैं काम पर लग जाऊँ।

जबकि मुझे यह पता चल चुका था, जिस दिन गौरी मुझसे हमेशा-हमेशा के लिए अलग होकर गई थी, उस रात उसने अपने दोस्तों के साथ पार्टी की थी। मुझे नहीं पता उसने इस अवसर का जश्न क्यों मनाया? मैं उम्मीद कर रहा था कि वह दुःखी और अपसेट हो जाएगी। मेरे मूर्ख दिमाग में सिर्फ यही बात आ रही थी, शायद उसने मुझे चिढ़ाने के लिए यह सब किया हो। एक बात और जो मुझे नहीं पता थी, वह यह कि आखिर, दृष्टि ने मेरे साथ शत्रुतापूर्ण बरताव क्यों किया? मैंने इसकी जानकारी लेने के लिए मनोहरण से बात भी करनी चाही, पर कोई ठोस जवाब प्राप्त नहीं हुआ।

"गौरी से अलग होने के बाद तुमने दृष्टि से प्यार की पेचें बढ़ानी चाही थीं। तुम्हारी दो नाव में चलने वाली आदत ने ही तुम्हें गिरा दिया।" मनोहरण ने अपने अनुभव के आधार पर इस सांसारिक ज्ञान को मेरे साथ साझा किया। मैं उस पर हँसा और उसे बताया कि यह एक तरफा प्यार था। मनोहरण ने मेरी तरफ देखकर बोलते हुए कहा कि इस दुनिया में कोई भी इनसान किसी पुरुष की इस बात पर विश्वास नहीं करेगा कि एक खूबसूरत नौजवान महिला की

प्रेम कहानी एकतरफा हो सकती है। मनोहरण का सामान्य नजरिया, उसके शब्दों में यही था—"तुमने उसका यूज किया और फिर छोड़ दिया। बस, यही सत्य है।"

उस दिन मैं नर्वस था। मुझे नहीं पता था कि ऑफिस में मुझसे क्या-क्या प्रश्न पूछे जा सकते हैं। जहाँ तक मुझे याद है, पहली बार मैं कोई टोटका करके नहीं जा रहा था। टोटका करना मेरे जीवन का अभिन्न अंग सा बन चुका था। किसी खास दिन मैं सबसे पहले टोटका करना नहीं भूलता था। मुझे याद है, हाई स्कूल बोर्ड परीक्षा में जाने से पहले मेरे पिताजी ने मुझसे क्या कहा था—"तुम्हें इस रूमाल को परीक्षा कक्ष में ले जाने के बजाय खूब मेहनत करके पढ़ाई करनी चाहिए।" या फिर सेमेस्टर एग्जाम से पहले के वाक्य—"नील, मुझे उम्मीद है, 'फेंग शुई टर्टल' बिस्तर पर ले जाने की बजाय तुमने सेमेस्टर की अच्छे से तैयारी की होगी।"

अब मैं साहसी नील ने ऑफिस के अंदर प्रवेश किया। मैं सीधा आगे बढ़ता चला गया, जबकि मुझे जाननेवाला स्टाफ मुझे नमस्कार कर रहा था। यह उनका मुझे स्वागत करने की निशानी थी। किसी व्यक्ति को शायद यह नहीं अच्छा लगा था और उसने बीच रास्ते में मुझे टोककर खुशनुमा माहौल को बिगाड़ने की कोशिश की—"कुछ महीने पहले तुम्हें टी.वी. पर देखकर मजा आ गया, नील।"

"ओह, वह विवाद! अरे छोड़ो, जाने भी दो यार।" मैंने थोड़ा लज्जित होते हुए बात रखी।

मैंने वहाँ रुकना सही नहीं समझा। पहले से तय स्ट्रेटेजी के मुताबिक सीधा अपने डेस्क की तरफ आगे बढ़ता चला गया। जब मैंने अपने डेस्क के आस-पास नजरें घुमाईं तो पाया कि मेरी और गौरी की बहुत पुरानी फोटो लगी हुई थी जो स्टाफ द्वारा लगाए गए कार्ड और गुब्बारों से थोड़ा ढक गई थी। गौरी का फ्रेम थोड़ा ऊपर करने पर मैंने देखा तो पाया, एक कार्ड पर लिखा हुआ था—'यह वक्त भी गुजर जाएगा।" कितना सुंदर वाक्य था। मैंने खुद से धन्यवाद कहा। तभी मेरी निगाहें वहाँ लगे एक और कार्ड पर पड़ीं—'मुझसे जल्द से जल्द मिलो।'

कुछ इस तरह से मेरी बॉस ने इतने दिनों की छुट्टियों के बाद मेरा स्वागत किया था।

धीरे से दरवाजे पर दस्तक दी, मेरी बॉस गंगा ने मेरे लिए दरवाजा खोला। उनके ऑफिस का दरवाजा पहले काँच का हुआ करता था। अब उन्होंने यह महसूस किया, उनकी निजता में किसी का हस्तक्षेप नहीं होना चाहिए। और दूसरी तरफ, बाहर के किसी भी व्यक्ति पर विश्वास भी नहीं किया जा सकता है। यह नहीं पता कि उन्होंने पारदर्शी शीशे से अपारदर्शी शीशा क्यों लगवाया, पर मुझे लगता है, वह कार्यक्षेत्र पर अपनी निजता को बरकरार रखना चाहती थी। बिना किसी संदेह के मैं यह कह सकता था कि उनके मन में यह खयाल मेरे और मेरे होनेवाले पूर्व परिवार के कारण ही आया होगा। वैसे इसका ऑफिस से कोई लेना-देना नहीं है, पर अपना बचाव अपने हाथ होता है।

"नील, आओ स्वागत है तुम्हारा! अपने भूत को भूल जाओ। हम सभी ने तुम्हें बहुत मिस किया।" गंगा ने मुझे बुके भेंट करते हुए स्वागत किया। कुछ ही क्षणों में चिंता मुझसे दूर भाग चुकी थी। मैं शांत था, पर मुझ पर भावनाएँ हावी हो रही थीं। "ओह, कम ऑन! झूठे आँसू मत बहाओ। मुझे पता है, अब तुम सही हो।" गंगा मुझे आराम से समझाने लगी।

"बॉस, मुझे समझने के लिए आपका तहे दिल से शुक्रिया," मैंने भावुकता से वास्तविकता की ओर जाते हुए धन्यवाद ज्ञापित किया।

"ठीक है! चलो अच्छा ये बताओ, तुम्हारी जिंदगी की ऐसी बदतर हालत आखिर हुई कैसे?"

पिछले कुछ हफ्ते से, मेरे मन में बहुत कुछ चल रहा था। आज मेरे पास यह अवसर था कि मैं सबकुछ अपनी बॉस के साथ साझा कर लूँ, पर यह नहीं समझ में आ रहा था, आखिर शुरुआत कहाँ से करूँ—"बॉस! अपना हाथ दीजिए।"

ठीक विचार शून्य व्यक्ति की तरह गंगा ने अपना हाथ बढ़ा दिया। मैंने उसे पकड़ते हुए, बिल्कुल नील स्टाइल से भिन्न, जोरदार आवाज में एकदम से बोलना शुरू किया, "मैं बहुत बड़े गड्ढे में फँस चुका हूँ। मैंने सबकुछ खो दिया है।"

गंगा का ट्रैक रिकॉर्ड बेदाग था। कोई भी ऑफिस का व्यक्ति उससे झूठ नहीं बोलता था। उसने ऑफिस के कई काम करनेवाले लोगों की काउंसलिंग भी की थी, खासकर मेरी। यह बात तो पक्की थी, कोई भी बात ऑफिस केबिन से बाहर नहीं जाती थी।

"तुम्हारी कितनी अच्छी शादीशुदा जिंदगी चल रही थी? क्यों? मेरा मतलब है, तुम्हारे फेसबुक पोस्ट, इन्स्टाग्राम, फोटोशॉप पिक्चर, ट्वीट, तुम्हारे डेस्क पर लगी पिक्चर और तुम्हारे सामाजिक कार्यों से कभी कोई यह अंदाजा नहीं लगा सकता था कि एक दिन तुम इस परिस्थिति में पहुँच जाओगे।"

"गंगा, बस भगवान् की यही इच्छा थी। यहाँ तक मैंने भी कभी ऐसी कल्पना नहीं की थी।" अपने चेहरे पर सच की झलक लेकर मैंने अपने बॉस से नजरें मिलाते हुए कहा। असल में, मैं खुलने लगा था।

"फिक्र मत करो, अपने पास पर्याप्त समय है। बोर्ड की समीक्षा अगले महीने है पर मैंने तुम्हारे लिए आज की सारी मीटिंग्स कैंसिल कर दी हैं।"

मैंने अपनी कहानी की शुरुआत ही दृष्टि की बात से की जिसने गंगा को हक्का-बक्का कर दिया। उसने मुझसे गौरी की बातों से शुरुआत करने की उम्मीद रखी थी, जबकि मैं गौरी की कहानी को छोड़कर आगे बढ़ गया था। गंगा द्वारा प्रश्न किए जाने पर मैंने कुछ इस तरह जवाब दिया, "सच बताऊँ, मुझे खुद ही नहीं पता कि मैं गौरी को छोड़कर दृष्टि की ओर क्यों बढ़ गया? यह तो होना ही था। मैं गौरी से मोहब्बत करता हूँ।"

"कम ऑन! पहले गौरी और अपने बारे में बताओ, उसके बाद फिर क्रमश: कहानी बढ़ने दो।" गौरी ने जोर दिया।

मैं बात आगे बढ़ाने की तैयारी ही कर रहा था, तभी बनारसी ने ब्लैक कॉफी, दलिया, कुकीज और चिप्स लेकर प्रवेश कर गया।

"बनारसी भाई, आपको अभी तक याद है, मुझे ये सब बहुत पसंद हैं?"

"यहाँ पर डेली आपकी ही बातें होती हैं।" बनारसी ने बताया।

मैंने शांत अंदाज में सिर हिलाया। बनारसी ने बात जारी रखी, "सर, जिस दिन आप उन लौंडों को मारे थे, और आप टी.वी. पर दिखाई पड़े,

हम सोचे कि आप स्टार-विस्टार बन गए हो··हम तो अगले ही दिन आपके स्वागत में इंतजार कर रहे थे पर आप तो महीनों बाद दर्शन दिए हो।"

बनारसी वापस जाने को मुड़ा, पर जाते-जाते मुझे यह हिंट दे गया कि अभी उसके पास बातें खत्म नहीं हुई हैं, "सर सुना है, बाद में आपका उस प्रेस वाली मैडम से लफड़ा भी हुआ?"

"देखा, मैंने कहा था न! हर किसी ने तुम्हें याद किया," गंगा हँस पड़ी।

"यह बहुत पीड़ादायक है। मैं शुक्रगुजार होऊँगा अगर गौरी भी मुझे याद करती होगी।"

"हो सकता है, करती भी हो, अगर तुमने उससे अच्छा बरताव किया होगा।"

"पर उसने शादी तोड़ ली। अंत में वह एक शैतान की तरह बरताव करने लगी।"

"एक बार पूरी कहानी जानने के बाद मैं उस पर कुछ कह सकती हूँ। एक बार मैं अपने दाँतों को दिखाने उसके क्लिनिक पर गई थी। उसने तुम्हारे बारे में पूछा था···तुम सही हो।"

मैंने कभी यह नहीं सोचा था कि वह मेरा हाल-चाल पूछेगी। फिर मैं भूत में गया और गौरी की कहानी सुनानी प्रारंभ कर दी—

पुरानी यादें

2014 के गरमियों का मौसम था। मानसून दो हफ्ते लेट आनेवाला था। मौसम का दोस्ताना रवैया नहीं था, बहुत धूप और उमस हो रही थी। मेरी जिंदगी बोरिंग होती जा रही थी। हाँ, प्रोफेशनल रूप से सबकुछ बेहतर चल रहा था। गौरी ने अपना नया क्लिनिक खोल लिया था। हम कुछ मौज-मस्ती करना चाह रहे थे। गौरी और मैंने निर्णय लिया कि क्यों न अपनी क्लिनिक खोलने की पार्टी देकर एक गेट-टुगेदर रखा जाए। हम ऐसी शाम का इंतजार कर रहे थे, जो इस निराशाजनक मौसम से हमें दूर कर सके।

हमारे दरवाजे की बगल में बहुत ही सुंदर नेम-प्लेट लगी हुई थी। जिस पर बोल्ड चाँदी के अक्षरों में 'गौरी-नील' लिखा हुआ था। घर के अधिकतर

भाग का हम दोनों ने मिलकर निर्णय लिया था। हम दोनों गहरे प्रेम में डूबे हुए थे। हम दोनों मन के अंतिम छोर तक एक-दूसरे से मोहब्बत करते थे और किसी भी नकारात्मक वाइब्स से दूर और खुश थे।

अपार्टमेंट की पंद्रहवीं मंजिल के हमारे घर पर आगंतुक आनेवाले थे। अधिकतर मेहमानों को बालकनी में खड़े होकर सुंदर हरा-भरा गोल्फ मैदान देखना पसंद था।

"वह हेलीकॉप्टर देख रही हो? चाइना के लोगों के साथ कोई मीटिंग चल रही है।" मैंने गौरी की बेस्ट फ्रेंड मैहर से कहा। वार्त्तालाप में कई अन्य लोग भी शामिल थे।

"हाँ, बड़े लोग!"

"हम लोग कब अमीर बनेंगे?"

"भूलो मत! एक बार आप वहाँ पहुँच गए, फिर चारों तरफ अँधेरा-ही-अँधेरा है। घनघोर अँधेरा!"

"वे अपनी सेक्रेटरी के साथ आते हैं और पूरे विश्व से हाई प्रोफाइल औरतों को भी बुलाते हैं, वह भी सिर्फ एक रात के लिए।"

एकदम से वार्त्तालाप नेम-प्लेट पर जा पहुँचा।

"ये किसका आइडिया था?"

"मेरी एक क्लाइंट का जो कि फिटनेस प्रशिक्षक है, उसने यह सुझाव दिया था," गौरी ने बताया।

"इसके बारे में बात मत करो। हम दोनों में काफी लड़ाई हुई थी।"

मैंने बताया कि किस तरह गौरी ने मुझे श्रीन्या से मिलवाया था। मैं उस दिन उसे उसके घर तक छोड़ने गया था। फिर वह हमारे घर पर वह नेम-प्लेट लेकर पधार गई जो गौरी और मेरी पसंद की थी। हर कोई यह कहानी सुनकर हँसने लगा। उनमें से एक ने व्यंग्य कस दिया, "मुझे अपनी और श्रीन्या के साथ ड्राइव के बारे में और कुछ बताओ।"

"चुप हो जाओ बेशर्म!" मैंने भोला बनते हुए उसे रोका।

"ठीक है, पर क्या तुम दोनों ने सच में झगड़ा किया था?"

"मेरा मन तो नेम-प्लेट गोल्डेन या काँसा का बनवाने का था, पर बाद

में मुझे पता चला कि यह श्रीन्या और नील का संयुक्त रूप से लिया गया निर्णय था।"

पिछले चार वर्षों में यह पहली बार हुआ था कि किसी मीटिंग में गौरी ने किसी लड़की का नाम लेकर इस तरह से प्रतिक्रिया दी हो। दो पेग चढ़ने के बाद मैंने भी एक ऐसी बात बोलने में संकोच नहीं किया, जिससे पूरी रात खराब हो गई—"अगर वह खूबसूरत और समझदार है, तो मुझे उसे चाहने में कोई दिक्कत नहीं है।"

"क्या बकवास कर रहे हो? तुम ऐसा कैसे बोल सकते हो? अपने इन दोस्तों के सामने कहना क्या चाहते हो? तुम्हारा मतलब क्या है एक खूबसूरत और समझदार लड़की को चाहने से? मैं मूर्ख दिखती हूँ?" गौरी नाराज हो गई।

मैंने गौरी का हाथ पकड़ा और उसे अपने सीने के नजदीक लाकर कहा, "जानेमन, मैं तुमसे बेपनाह प्यार करता हूँ और करता रहूँगा। तुम्हें नहीं याद क्या? मैंने तुमसे इसे वापस करने के लिए पूछा था पर तुमने इनकार कर दिया था।"

नेम-प्लेट नामक इस मुसीबत ने हमारे जीवन को धक्का दे दिया था। तभी गौरी ने कहना शुरू किया, "कोई बात नहीं स्वीट हार्ट, अगर मैं उसे वापस करने को कहती तो यह श्रीन्या की जीत होती। एक औरत के तौर पर मैं उसे यह महसूस नहीं होने देना चाहती थी कि मैं असुरक्षित हूँ।"

अब गौरी उन सब बातों को याद नहीं रखना चाहती थी। उसने मुझे मेरी पीठ पर से मुझे हग किया, "कोई बात नहीं! मुझे कोई दिक्कत नहीं है। मैं अपने प्यारे दोस्तों से माफी माँगती हूँ," उसने कहते हुए तुरंत अपनी आँखों से आँसू पोंछ लिये।

उस वक्त, गौरी सब के साथ पीती थी और अपने दाँतों के बारे में तनिक भी फिक्र नहीं करती थी। हम झगड़ते और तुरंत एक हो जाते। मतलब, हम दोनों इश्क के सागर में डूब चुके थे। हम लोगों की भावनाओं में ऐसी शक्ति थी, चाहे जो मसला हो हमें एक होते देर नहीं लगती थी।

□

अगली सुबह गौरी ने निर्णय लिया कि पिछली रात का बचा हुआ खाना वह किसी दूसरे गरीब के घर दे देगी। मुझे इस बारे में जानकारी नहीं थी। मैं रेफ्रिजिरेटर के पास गया और चिकन को माइक्रोवेव में गरम करने लगा।

उसकी बात को नजरअंदाज करने की प्रतिक्रिया इतनी तेज होगी, मैंने उम्मीद न की थी। गौरी ने नाराज होते हुए माइक्रोवेव को बंद कर दिया, "अपना शरीर देखो! बचे हुआ खाने में बहुत कोलेस्ट्रॉल होता है। दिन-प्रतिदिन तुम्हारा शरीर यहाँ-वहाँ से निकला चला आ रहा है।"

इस तरह की आवाज मैंने पहली बार अपनी पत्नी के मुख से सुनी थी। मेरे पास देने के लिए कोई जवाब नहीं था, इसलिए मैं तुरंत उस जगह से हट गया। गौरी ने भी मुझे मनाने की कोई कोशिश नहीं की। बाद में मुझे मलाई निकला हुआ जीरो फैट दूध, कॉर्न फ्लैक्स मिलाकर दिया गया। मुझे ऐसा लग रहा था जैसे यह नाश्ता मुझे दंड के रूप में दिया जा रहा हो। आज के दिन हमारे घर की मेड भी मुझसे खुश दिख रही थी। अधिकतर चीजें सही चल रही थीं, बस कुछ चीजें छोड़कर, जैसे मेरा वजन बढ़ गया था।

उस शाम मैंने वजन कम करने के लिए अमेजन से कम दाम में मिल गई तौलने वाली मशीन और रुजता दिवाकर की किताब 'Don't lose your mind, Lose your weight' ऑर्डर कर दी। मैंने अपने मोटे दोस्तों से इस किताब की काफी तारीफ सुनी थी कि किस तरह यह बिना डाइट

प्लान के वजन कम करने में मदद करती है। भोजन ऐसी वस्तु थी, जिससे मैं कोई समझौता नहीं करना चाहता था पर उस रात मैं बहुत सचेत हो गया था। आखिर मेरी पत्नी ने मुझ पर तंज कसा था। वह भूल गई थी, पर यह हमेशा-हमेशा के लिए मेरे सिर पर हावी हो गया था। मुझे ऐसा लग रहा था कि अभी देर नहीं हुई है। अभी भी मेरे पास समय है और मैं अपनी पत्नी को खुश कर सकता हूँ। और पीछे बज रहा गाना ठीक हम दोनों की मोहब्बत बयाँ कर रहा था।

मैंने घड़ी की तरफ नजर उठाई। रेडियम की सुइयाँ चार बजने की ओर इशारा कर रही थीं। मुझे अंधविश्वास पर विश्वास करनेवाला व्यक्ति माना जाता था। मैंने दादी-नानी से यह भी सुना था कि सुबह के सपने सच होते हैं। मैंने सोती हुई गौरी की तरफ देखा और खुद से कहा, "वाओ, तुम कितनी खूबसूरत और आकर्षक हो, मेरी तरफ देखो, मैं तुम्हारा मोटू पति हूँ, जिसे तुम मार देना चाहती हो। जब मैं बूढ़ा हो जाऊँगा और कुछ करने लायक नहीं रहूँगा, तब मेरा यही हाल होगा।" उसके बाद उस रात मुझे नींद नहीं आई।

आनेवाले कई दिन यूँ ही गुजरने वाले थे, उसके लिए अधिक सामान्य और मेरे लिए कम। जब मुझे वजन तौलने वाली मशीन और किताब प्राप्त हुई थी तब मैं स्टडी रूम में उन्हें रखने की जगह ढूँढ़ने लगा। मुझे पता था जिंदगी हमेशा एक सी नहीं होती। शादी के पाँच वर्ष ही हुए थे और कुछ किलो वजन अधिक क्या हुआ ? मेरी यह हालत हो गई। इससे पहले यह मुझे और अधिक बरबाद करे, मैंने इस विषय पर टॉम से सुझाव लेने के बारे में निर्णय लिया। मुझे पता था कि टॉम के पास इस प्रश्न का जवाब होगा और वह हमेशा के लिए इसका हल ढूँढ़ देगा। मैं कभी पहाड़ से नीचे नहीं धकेला जाना चाहता था, यहाँ तक कि स्वप्न में भी नहीं।

"ओए यार¨हल तेरी कार मैं कुछ वीक्स पहले था, और तू सो रहा है ?" टॉम ने फोन पर कहा। उसने मुझे मेरी बुरी परिस्थिति के लिए आगाह किया।

मैं पहले तो उसकी बात को समझ नहीं पाया, पर मुझे धीरे से एहसास हुआ। आखिर वह कहना क्या चाहता है, "तू सही कह रहा है। मैं जल्द ही श्रीन्या से मिलता हूँ। वह इस काम में बहुत मदद करेगी।"

टॉम ने मुझे सचेत किया, "बाकी सब तो ठीक है, पर यह ध्यान रखना, इन सब के बारे में गौरी को कुछ भी न पता चले। जब वह तुम्हारे टोंड एब्स देखेगा तो अचंभित रह जाएगा।"

वह रुका और फिर बोलना शुरू किया, "तुझसे तो न हो पाएगा, पर वह लड़की चाहे तो सेट कर सकती है तुझे। सीरियस हो जा!"

"मुझे पता है, पर गौरी उसे पसंद नहीं करती, तो क्या तुझे लगता है यह सही आइडिया है?" इससे पहले मैं अपना पूरा वाक्य पूरा कर पाता, टॉम ने बात बीच में ही काट दी।

"ओए क्या बेवकूफी है ये? सुनो, हर बात अपनी बीवी को बताना जरूरी है क्या? क्या वह तुम्हें अपनी सारी बातें बता देती है? कुछ पर्सनल एजेंडा नामक भी चीज होती है। इसे उसी पर्सनल एजेंडा के डिब्बे में डाल दो।"

टॉम ने एक मजबूत बयान दे दिया था जिसे मैं नजरअंदाज नहीं कर सकता था। मुझे मानना पड़ा। उसी दिन टॉम ने गुड़गाँव आने के प्लान के बारे में बताया। वह तीन हफ्ते बाद छुट्टियों में आ रहा था।

अच्छे तरह से इरादतन मैंने यह कदम उठाया था, जो जल्द ही मेरे लिए अभिशाप साबित होनेवाला था। हर शाम की दो घंटे की तथाकथित मीटिंग, जिसे मैंने किसी तरह गौरी को समझा बुझा दिया था। शुरुआत में तो ठीक था, पर कुछ दिनों में उसे संदेह होने लगा और मैहर के फोन कॉल्स ने आग में घी डालने का काम कर दिया।

"सुनो, ये आदमी आजकल अजीब बरताव कर रहा है। शाम को दो घंटे की मीटिंग का बहाना बनाकर पता नहीं कहाँ चला जाता है और मेरा फोन भी नहीं उठाता है। मुझे भोली-भाली समझ रखा है।"

"कितने समय से ऐसा हो रहा है?" मैहर ने पूछा।

"दो हफ्ते हो गए। अब यह मत पूछने लगना, इससे पहले मैंने तुम्हें क्यों नहीं बताया। और एक बात। वह पहले से अधिक खुश भी रह रहा है आजकल।"

"अबला नारी सुन तो! उसकी जासूसी कर। तू कोई मीराबाई तो है नहीं, याद रखियो।"

कॉल के दौरान उन दोनों ने 'जन्म-जन्म तक साथ रहनेवाले दो लोगों को जुदा कर दिया'। उन्होंने विचार किया कि किस तरह एकदम से आए इस झूठे काम के अधिक बोझ के बहाने का पर्दाफाश किया जाए। इसी दौरान मैहर ने बताया कि इस वीकेंड वह उसके घर आ रही है, जिसे गौरी ने मुझसे छुपा लिया। मैं भी टॉम के छुट्टियों में आनेवाले प्लान के बारे में बताना भूल गया। आजकल मैं अपनी दुनिया में ही खोया हुआ था।

इसी दौरान जेरी ने गुड़गाँव में सोहना के पास छुट्टियों के लिए एक रिजॉर्ट बुक कर लिया था। 'थैंक्स गिविंग वीकेंड' काफी दूर होने की वजह से उसे अच्छी डील मिल गई थी। हम लड़कों के गैंग में इस विषय पर ढंग से विचार-विमर्श हो चुका था। गौरी और मेरे लिए एक स्पेशल सूइट बुक किया गया था। सभी बुकिंग मिलाकर जेरी को काफी डिस्काउंट मिल गया था।

जब जेरी ने मुझसे यह खबर साझा की, तो मैं उलझन में पड़ गया, "क्या ये छुट्टियाँ हम सभी दोस्त अकेले नहीं बिता सकते?"

"तुम सिरदर्द हो यार! तुम उसे हिंदी में क्या कहते हो? हाँ, बेवकूफ! बेवकूफ मत बनो। तुम पहले तो बहुत उत्साहित थे, अब क्या हुआ?"

"मुझे कुछ नहीं पता! आजकल कुछ अच्छा नहीं महसूस कर रहा हूँ। बस!"

"क्या तुम बताओगे तुम्हारे साथ चल क्या रहा है आजकल, या फिर जब मैं वहाँ टॉम के साथ आऊँगा तो बताओगे?"

"उसके साथ आ रहे हो?"

"हाँ, जल्द ही मिलता हूँ।"

जेरी ने मुझे व्यग्र देखते ही तुरंत प्लान बना लिया।

मैंने अपनी दिनचर्या में थोड़ा बदलाव कर लिया था। मैं सुबह जल्दी जगने लगा था और योगा से दिन की शुरुआत करने लगा था। मैं श्रीन्या के सुझावों का अनुपालन कर रहा था। गौरी इन सब से बेखबर थी, क्योंकि मेरे लिए जल्दी जागने का मतलब दस बजे था। गौरी उसके पहले ही घर छोड़कर अपने क्लिनिक चली जाती थी। वह अपने नए कदम के लिए बहुत फोकस्ड थी।

वीकेंड आने में तीन दिन शेष थे। हम दोनों प्रेमियों ने एक रात अपने दोस्तों द्वारा बनाए गए प्लान को एक–दूसरे से साझा किया।

"गौरी सुनो, मैं तुम्हें बताना भूल गया कि इस वीकेंड टॉम और जेरी आनेवाले हैं।"

"बहुत उम्दा! वैसे, उन्होंने तुम्हें कब बताया?"

"बॉस, दो दिन पहले"

"और तुम मुझे आज बता रहे हो?"

"सॉरी बाबू! मेरे दिमाग से बात उतर गई। तुम तो जानती हो मेरे दिन भर के बिजी शेड्यूल के बारे में।"

"हर चीज को कॉर्पोरेट लाइफ के मत्थे मत मढ़ो। क्या बहाना बनाया है!"

"इतना भी देर नहीं किया है! मैं समय रहते ही तो बता रहा हूँ।"

"कम ऑन! मैहर इस वीकेंड हमारे साथ है। हम सब बाहर चलेंगे, घूमेंगे, फिरेंगे, मौज करेंगे और क्या?"

"मैहर? फिर से?"

"तुम कहना क्या चाहते हो? पिछली दफा कई लोगों की वजह से हम दोनों साथ में अधिक वक्त नहीं बिता पाए थे। इस बार सिर्फ उसी के साथ बिताना है।"

गौरी पूरे कमरे में तेज कदमों के साथ यहाँ–वहाँ हाथ फटकते हुए चल रही थी। उसकी भावनाएँ अलग ही कहानी बयान कर रही थीं। शुरुआत में तो ठीक रहता है, अगर एक व्यक्ति चुप न रहा तो बाद में दिक्कत पड़ जाती है। इस दफा मेरी बारी थी। मैं बोलना चाहता था, पर चुप रहने का निर्णय बेहतर लगा।

"अब कुछ क्यों नहीं बोल रहे हो? चुप क्यों हो?"

"मैं अपनी गलती स्वीकारता हूँ।"

"हम लोगों में बातचीत चल रही थी, कोई झगड़ा थोड़ी हुआ था?"

"मेरा मतलब, मैं मानता हूँ कि मुझे तुम्हें पहले बताना चाहिए था। तुम उसके साथ समय व्यतीत करो और मैं अपने दोस्तों के साथ।"

"मैं 'हमारी' बात कर रही हूँ, सिर्फ अपनी नहीं।"

"ओके बाबू! तुम बताओ, तुम क्या चाहती हो?" मैं ऐसा दिखा रहा था जैसे मैं क्षमाप्रार्थी हूँ।

"तुमने पहले ही कह दिया कि तुम्हें अपने दोस्तों के साथ समय बिताना है। चलो अपने-अपने प्लान बनाओ! इसमें मेरी च्वॉइस कहाँ है?"

"मैं तो बस मजाक कर रहा था।"

"अब जो बोलना था, बोल दिया तुमने!"

गौरी नाराज हो चुकी थी, उसने दरवाजा जोर से बंद कर दिया। इसके पहले भी उसने कई बार दरवाजे को जोर से ठोकर मारी थी पर उस दिन इतनी तेज मारा कि दरवाजे का हैंडल ही टूट गया। यह मेरे लिए खतरे की घंटी थी। मैं खुश हूँ कि हमारे बीच में इतनी समझ थी, जिससे सब कंट्रोल में रहता था।

क्या बेहूदा हरकत है! मैं तुरंत उठकर उससे प्यार से पूछने लगा, "नाराज हो, जान?"

अचानक वह रोने लगी। मैंने उसे प्यार से गले लगाया, "आई एम सॉरी, जानेमन।"

"श···श, ऐसा मत कहो, आई एम सॉरी" गौरी ने माफी माँगी। किसी एक व्यक्ति का शांत रहनेवाला जादू हमेशा काम करता है। इसने आज फिर से अपना वही काम किया।

मेरे मन में कहीं-न-कहीं यह चल रहा था कि हम दोनों के बीच में कुछ तो गड़बड़ है। हम दोनों को बात करनी चाहिए। हालाँकि वह दिन बात करने के लिए उचित नहीं था, पर मैंने निर्णय लिया कि इस वीकेंड मैं जरूर उससे बात करूँगा और इसकी शुरुआत मैं ही करूँगा।

गंगा बहुत ध्यान से सुन रही थी और बीच में अवरोध करते हुए पूछ बैठी, "मुझे पूरा विश्वास है कि तुमने बात करने की पहल नहीं की होगी।"

"अजीब हो! तुम्हें कैसे पता?"

"सुनो! मैं आदमियों को अच्छे से जानती हूँ। मेरा भी है न वो ऋत्विक··· वह भी ऐसा ही है।"

मैं और गंगा कुछ बातों में मशगूल थे कि बनारसी बाबू ने एक बार फिर से एंट्री मार दी। इस बार उसके हाथ में फिर से चकना था। साथ-ही-साथ उसने एक पैकेट मुझे थमा दिया। गंगा उसी दिन डिलीवरी देखकर अचंभित हो गई। मैंने शर्मिंदगी के साथ उस पैकेट की तरफ देखा। इसके पहले मैं उसे अलग रखता, वह कहने लगी, "कोरियर, हाँ? कोई तुम पर नजर रख रहा है। किसी को पता था, तुम आज फिर से काम पर आनेवाले हो।"

"यह एक संयोग भी हो सकता है। मैं खोलूँ?"

बनारसी, जो जानेवाला था, उसने कहा, "सर, वैसे यह पैकेट कोरियर से नहीं आया है। एक मैडमजी ने आपको देने के लिए मुझे दिया था।"

यह सुनने के बाद मैंने पैकेट को खोलने का विचार त्याग दिया। ध्यान से देखने पर पता चला कि इसे मेरे पुराने घर से भेजा गया है।

गंगा मेरे ध्यान को यहाँ से हटाना चाहती थी। वह नहीं चाहती थी कि मैं किसी तरह की शर्मिंदगी का एहसास करूँ, "अच्छा, यह बताओ उस 'थैंक्स गिविंग डे' वाली छुट्टियों में क्या हुआ था?"

"मत ही पूछो।"

गंगा ने मुझे पूरा बोलने ही नहीं दिया। उसने एक और प्रश्न दाग दिया, "इससे पहले तुम लोग कब मिले थे?" वह यहीं नहीं रुकी और भी प्रश्न करने लगी। अंतिम प्रश्न उसने यह पूछा, "क्या तुम श्रीन्या से भी मिले थे?"

"बॉस! तुम पागल हो गई हो क्या? मैंने श्रीन्या के साथ कुछ भी नहीं किया। वह हमेशा से मेरी अच्छी दोस्त है।"

"अच्छा! यह सुनकर मुझे अच्छा लगा और मैं यह मान सकती हूँ कि तुमने गौरी के साथ कभी धोखा नहीं किया।"

मैंने गंगा को समझाने की कोशिश की। एक वक्त था, जब मुझे ऐसा लगा कि गौरी ने मुझे धोखा दे दिया है। मेरी बात शायद गंगा समझ नहीं पाई और उसने मुझे समझाया कि अच्छा होगा अगर इस बात को यहीं तक गुप्त रखो।

"गंगा, मैं खराब वक्त से गुजर रहा था। मैं तुम्हें परेशान नहीं करना चाहता था। खैर, अब ये सब बातें हैं! बातों का क्या?"

"तो क्या इन सबकी शुरुआत उस थैंक्स गिविंग की छुट्टियों से हुई?"

इस प्रश्न ने मुझे एक-एक करके हुई सारी घटनाएँ बताने के लिए विवश किया। मैंने बात फिर से वहीं से प्रारंभ की, जब टॉम और जेरी हमारे घर आए थे।

"कहाँ हो?" टॉम ने फोन पर मुझसे पूछा। मैं उनका दिल्ली हवाई अड्डे पर इंतजार कर रहा था। फ्लाइट सही वक्त पर उतर गई थी।

"सिगरेट खरीद रहा हूँ।"

"अबे, हम बाहर खड़े हैं, बहुत गरमी है! जल्दी आओ बे!"

"अबे यार!" मैंने पीछे से एक-एक मुक्का मारा।

धाराप्रवाह गरम गालियों के साथ मैं गर्मजोशी से उसके गले लग गया। जेरी ने मुझे थपथपाया, "किस जन्म का बदला ले रहो हो बे? इतना क्यों मार रहे हो?"

जब तक सड़क पर थे, हम सभी में बातें होती रहीं।

"मैहर पहुँच गई?" टॉम ने पूछा।

"हाँ, वे सब भारतीय अर्थव्यवस्था और किस तरह से वे पुरुषों से ज्यादा सहयोग कर सकती हैं, विषय पर बात करने में व्यस्त हैं।"

"ये तो बढ़िया विषय है! ये तो वह स्काइप पर भी कर सकती थी। वह हमारे प्रोग्राम की ऐसी-की-तैसी करने क्यों आई है?"

"फिक्र मत करो! गौरी हम लोगों के अलग-अलग प्लान से सहमत है।"

टॉल गेट पर वीकेंड जाम से किसी तरह पार करते हुए, बिना अधिक देर किए हम घर पहुँच गए। हम सब बड़े मस्त मूड में थे। हम सभी के मन में यही था कि किस तरह हम इस माहौल को और बेहतर बना सकते हैं।

"हैलो, आइए-आइए।"

अच्छे से मिलने-जुलने के बाद, यह निर्णय लिया गया कि हम सभी बैठकर ड्रिंक करेंगे। अगले दिन, दो दिन छुट्टी रहनेवाली थी। जो हमने

ऑफिस से छुट्टियाँ ली थीं, वो अलग थीं। गौरी और मैहर ने अपने प्लान कर रखे थे। उनका स्कूल फ्रेंड 'ऑक्सफोर्ड स्टोर' पर बुक रीडिंग करने जा रहा था, उन्हें वह सेशन अटेंड करना था। फिर उन्हें एक प्रदर्शनी में जाना था और फिर आतिफ असलम के म्यूजिक कॉन्सर्ट में शामिल होना था।

वहीं दूसरी तरफ हमने निर्णय लिया था कि हम अधिकतर समय व्यापार के अवसरों पर विचार-विमर्श करेंगे और उद्यमी बनने की कोशिशों पर विचार करेंगे। हम जासूस को बहुत मिस कर रहे थे, इसलिए उससे स्काइप पर अकसर बातें हो जाया करती थीं।

ये स्त्रियाँ बहुत उत्साहित थीं, जबकि हम पुरुषों ने अपने डर को काबू में कर रखा था। हम अपने प्लान को उत्साहहीन नहीं होने देना चाहते थे। इन निर्णयों को स्त्रियों के द्वारा ही सुझाया गया था, खासकर गौरी द्वारा। जेरी ने एक गलती कर दी थी। उसने अपना मुँह गलत जगह और गलत कानों के पास खोला था। मैहर ने तुरंत प्रतक्रिया दी थी, "सुनो जेरी, तुमने पिछली दफा मेरा मूड खराब कर दिया था।"

गौरी ने मैहर से पूछा, "आखिर क्या हुआ?"

"कुछ नहीं यार! इन लोगों ने पहले से ही अपना प्लान बना रखा है।"

"क्यों नहीं? जैसे तुम लड़कियों ने अपने लिए कोई प्लान नहीं बनाए हैं।" मैं बीच में जेरी के बचाव में कूद पड़ा।

"अरे दोस्तो! शांत हो जाओ और बैठकर निर्णय लेते हैं कि हम सभी क्या चाहते हैं?" टॉम ने कहा। हम सभी को अपनी बात रखने का अवसर मिल गया।

मुझे पता था, गौरी खफा होगी। एक बार लड़कों को बुरा लग जाए कोई बात नहीं, पर मैहर को बुरा नहीं लगना चाहिए। तब तो खासकर जब उसका कारण कोई और हो! इससे फर्क नहीं पड़ता कि जेरी मेरे कितने करीब था। मुझे पता था, वह उसे लेकर कितना आधिपत्य रखती थी।

"सुनो बे, गौरी को डिसिजन लेने दो।" मैं बीच में कूद पड़ा।

"शुक्रिया नील, मुझे बोलने के लिए परमिशन देने के लिए।"

गौरी ने अपने दो अन्य दोस्तों के साथ बैंकाक की ट्रिप पर जाने का

प्लान बनाया। यह हमारे लिए रहस्योद्घाटन की तरह था। छुट्टियों के लिए उस गंतव्य को सुनकर हम लोग अचंभित हो उठे। इसलिए नहीं कि वे बैंकाक जाना चाहती थीं, बल्कि इसलिए कि पूरी दुनिया में उन्हें सिर्फ वही जगह मिली थी जो हमने पहले से प्लान कर रखी थी। इस स्थान का नाम सुनकर मैं नर्वस हो गया और खाँसने लगा। हमारे चेहरे ऐसे बन गए थे, जैसे अभी मर जाना बेहतर है।

"ये क्या बेवकूफी है?" टॉम ने मेरे कान के पास आकर धीरे से अपनी झुंझलाहट निकाली।

"वाओ! बहुत बढ़िया! बढ़िया से ट्रिप एन्जॉय करना। और हाँ, ढेर सारी सेल्फी लेना मत भूलना।" मैं झूठ बोलने से खुद को रोक न सका। कुछ हतोत्साहित करनेवाले विचार दिमाग में चलने लगे, मैं कुछ देर के लिए खो ही गया। मैं पिछली थाईलैंड ट्रिप के कारण कर्ज में था। मेरे थाईलैंड ट्रिप वाले दोस्त अकसर मिलने के लिए पूछते हैं। इससे पहले कि हम दुनिया के किसी अन्य कोने पर जाने के बारे में सोचें, मैं अपने भाग्य को एक बार आजमा लेना चाहता था, "ऐसा नहीं हो सकता कि हम सभी भी बैंकाक चलें?"

गौरी ने मेरी बात काटने में कोई समय नष्ट नहीं किया, "तुमने यह कैसे सोच लिया कि हम लोग मान जाएँगे?"

"अरे डार्लिंग! मजाक कर रहा हूँ। हमारे कुछ दूसरे प्लान हैं।" मैंने हँसता हुआ चेहरा बनाते हुए अपने दुःख को छुपाने की कोशिश करता हुआ बोलना जारी रखा, "सच बताऊँ! हम लोगों ने कुछ और ही सोच रखा है।"

रात में हमारा ग्रुप अलग-थलग हो गया। टॉम ने न्यूयॉर्क में जेम्स को फोन लगाया, "यू.एस. में मौसम कैसा है?"

"क्या यार? तुम कब से अजनबियों की तरह बात करने लगे?" उधर से तुरंत दोस्तीनुमा गाली सुनाई दी।

"हम मुसीबत में हैं। हमें तुरंत कोई हल चाहिए।"

"तुम लोगों को यहाँ पहुँचने में तीन दिन लग जाएँगे। अमेरिका के अलावा कोई जगह क्यों नहीं तलाश लेते हो?"

"जैसे? बैंकॉक छोड़कर कोई अन्य जगह बताओ?"

"ताशकंद कैसा रहेगा? बढ़िया जगह है।"

"वहाँ सुंदर मौसम होगा?"

"हाँ।"

आखिरकार, हम सभी ने एक हफ्ता लंबे ताशकंद के ट्रिप पर मुहर लगा दी थी।

□

हम सुबह-सवेरे दिल्ली हवाई अड्डे से ताशकंद के लिए 'एरोफ्लोट' फ्लाइट पर बोर्ड किए और सुबह पहुँच गए। ताशकंद के हवाई अड्डे पर लगे बोर्ड देखकर लग रहा था कि यह बहुत सुंदर शहर है। शहर तो निश्चित रूप से देखने लायक होगा, आखिर जेम्स ने काफी तारीफ की हुई थी। हमारा सबसे पहला उद्‌देश्य बंद पड़े अपने-अपने मोबाइल फोन चार्ज करना था। सच बताएँ तो हम भूल ही गए कि हमने ताशकंद ही क्यों चुना था। खैर, उज्बेकिस्तान की यह राजधानी पहली नजर में मुझे लुभा ले गई। मुझे पता था कि शहर में सुंदर स्थानों से लेकर महल, आर्ट से लेकर अजायबघर और सबकुछ था, विकिपीडिया में नहीं बताई गई सुंदर नाइट लाइफ भी, यहाँ तक कि कैसिनो भी—इसके अलावा हम लड़कों को और क्या चाहिए? हम टैक्सी में बैठ गए और सिर्फ बीस मिनट में बुयुक टुरोंन गली में स्थित सुंदर 'Lotte city Hotel Tashkent Palace' पहुँच गए। होटल का अभी हाल ही में जीर्णोद्धार हुआ था। यह अलीशेर नवोई ओपेरा और बैले हाउस से बहुत नजदीक था। सुबह-सुबह हमारा अच्छे से स्वागत होने के पश्चात्, हमें सूइट मिल गए। यह सब जेरी की वजह से हो पाया। आज तक उसने इसका रहस्योद्‌घाटन नहीं किया कि इस तरह की डील पाने के लिए वह क्या करता है? कभी-कभी दोस्त ये सब साझा नहीं करते! आखिर इन सबकी वजह से ही तो उन्हें दोस्तों के बीच मान मिलता है।

वास्तविकता यह थी कि जेरी ने ही उन महिलाओं को भी थाईलैंड का

प्लान बनाने में मदद की थी। हम थाईलैंड को बोल्ड प्रेमी या फिर कुछ इसी तरह की जगह समझते रहे—अब हमें लगता है कि हमने उस जगह को गलत समझा, पर यह सच नहीं है। औरतों ने हमारी आँखें खोल दीं। यह बहुत सुंदर देश है। बोल्ड प्रेमी और उससे जुड़ी बातें उस देश का सिर्फ एक पहलू है, पूरे संपूर्ण देश नहीं। यह भी वजह हो सकती है कि हम और कुछ जानना भी न चाहते हों। औरतों का वह समूह पट्टाया स्थिति रैबिट रिजॉर्ट में ठहरा हुआ था। इस डील के लिए जेम्स ने जेरी की मदद की थी, क्योंकि जेम्स 'मिस्टर ऐंड मिसेज रैबिट' को निजी तौर पर जानता था। और हाँ, यह ताशकंद में ठहरने वाली जगह से बहुत बेहतर था।

पट्टाया में दूसरे दिन, रिजॉर्ट में फोटो खिंचाने की तैयारी के दौरान मैहर ने अपना कैमरा निकाला। उसने तुरंत पहचान लिया कि यह कैमरा उसका नहीं है। जब उसने उसे खोलकर देखा तो वह अचंभित रह गई, उस कैमरे में उसकी फोटो पड़ी हुई थी।

इससे पहले वह आगे की अन्य फोटो देखती, उसने गौरी को अपने पास बुला लिया एवं उसके अन्य दो प्यारी सहेलियों—अपर्णा शाह और दीप्ति श्रीनगरे भी देखने के लिए आ गईं।

"यह किसका कैमरा होगा ? तुम्हारा नहीं है न ? इसमें पिछले गेट-टुगेदर की फोटो है।" मैहर ने गौरी और अन्य दोस्तों की तरफ देखते हुए उसने चिंतित स्वर में पूछा। जब उसने अपनी पिक्चर देख ली तो वह हैरान रह गई, "किसी छिछोरे लड़के का ही लग रहा है।"

वह उन फोटोग्राफ को देखकर परेशान हो उठी। उन सभी पिक्चर का फोकस मैहर के कुछ खास अंगों पर ही था। अधिकतर फोटो भी मैहर की ही थीं। बस, जो कुछ फोटो मैहर की नहीं थी, वही सामान्य थी। वे पिक्चर 'कॉल में जोए' नामक फोल्डर में सेव थीं। औरतें भौचक्क रह गई थीं। थाईलैंड और उज्बेकिस्तान के समय में फर्क होने के कारण गौरी ने यह निर्णय लिया कि वह अगले दिन मुझसे बात करेगी।

अब तक यह पता लग गया था, जेरी का कैमरा मैहर के कैमरे से बदल गया है।

"तुम ये कैसे कर सकते हो?" मैं परिणाम सोचकर भयभीत हो उठा।

"बस, कुछ क्लोज-अप शॉट लिये हैं। तुम्हें तो पता है कि मैं उसके लिए कितना दीवाना हूँ?"

"मैं फोटो के बारे में बात नहीं कर रहा हूँ। तुम इतने लापरवाह कैसे हो सकते हो?"

"मैं तो गया यार! अब मैं उसे कभी नहीं पा सकता।"

"तुम खुद को पीके समझते हो या सुल्तान? पहली बात वह तुम्हें कभी पसंद ही नहीं करती थी।"

"सुनो यारों, मुझे नहीं लगता फोटो इतनी वाहियात है। तुम्हें भी पता है। हाँ, यह हो सकता है कि वह गलत तरह से ले ले। और यह भी हो सकता है कि तुम्हारे कैमरे की फोटो उसे यह समझने में मदद करे कि तुम उसे कितना पसंद करते हो।" जेम्स ने ऐसे बात रखी, जिससे हम सभी अचंभित हो उठे। जैसे ही उसे यह पता चला कि फोटो में मैहर के कुछ खास अंगों पर ही फोकस किया गया था, वह चुप हो गया।

मुझे नहीं लग रहा था, जेम्स का यह लॉजिक मैहर के साथ भी लागू होगा खासकर तब, जब गौरी नामक प्राणी उसकी मार्गदर्शक हो। "मैं कुछ हद तक तुम्हारी बात से सहमत हूँ, पर इस 'द्रौपदी चीर हरण' का बम कभी भी फूट सकता है। मैं पूरी तरह से तैयार हूँ कि फोन कॉल किसी भी वक्त आ सकता है।"

हैरानी की बात देखो, दो पेग डाउन होने के बाद लड़कियों ने उस पिक्चर वाली बात को भूलने का निर्णय ले लिया, "सब चलता है यार! जेरी ही होगा वह! छोड़ो मैहर, वह लड़का तुम्हें बेपनाह मोहब्बत करता है।" गौरी ने बोला।

"हाँ, मुझे भी ऐसा लग रहा था। वह इतना बुरा लड़का नहीं है। हाँ, कुछ अजीब जरूर है, पर दिल से अच्छा है।" दीप्ति ने तुरंत प्रतिक्रिया दी, "अगर तुम्हें ऐसा लगता है, वह तुम्हारे योग्य नहीं है। फिर बताओ, मैं अपना भाग्य आजमाऊँ?"

"नहीं दीप्ति, तुम उसके लिए इतना मत सोचो। चाहे कुछ भी हो, उस सोणे मुंडे को मैहर ही सँभालेगी।"

"अरे, हम भी तो हैं," अपर्णा ने बीच में टोक दी। लड़कियाँ नशे में थीं, वे वहाँ बिस्तर पर लेट गईं। वे लगातार बोले जा रही थीं, "हम भी तो हैं, हम भी तो हैं···हम भी···हम···हम हम हैं···" और किसी को यह होश नहीं था कि वे कहाँ पर लेटी हैं?

इधर कोई हैंगओवर नहीं था। हम लोगों ने अच्छी नींद ली थी और दोपहर में सोकर जगे थे।

"अबे, इस दारू में कोई हैंगओवर ही नहीं हुआ।"

"हाँ, फोरेन का माल है बंधु।"

"यार, बहुत देर हो चुकी है। मुझे फिक्र हो रही है, अभी तक गौरी का कोई फोन नहीं आया?" तभी मेरी नजरें व्हाट्स ऐप्प पर गईं, "ओ तेरी! मैहर ने व्हाट्स एप्प पर मेसेज भेजा है। अब तो तुम्हारी खटिया खड़ी होने वाली है, जेरी।"

"जोर से पढ़कर सुनाओ! क्या जेरी बच गया या गया काम से?" टॉम ने पूछा।

"ओह माय गॉड! मैहर ने कहा है, 'कह दो 'कॉल में जोए' पिक्चर इतनी भी बुरी नहीं थी।"

जेरी का उत्साह चरम पर पहुँच गया था। उसकी जिंदादिली पूरे होटल से लेकर आस-पास तक बिखरने लगी थी। फिर उसने टी.वी. पर तेज आवाज में म्यूजिक शुरू कर दिया।

किसी ने उससे इस करतब के बारे में पूछने की जहमत नहीं उठाई।

"जेरी! ये 'कॉल में जोए' क्या है?" टॉम ने पूछा।

"कुछ नहीं, वह कैमरे में एक फोल्डर था!"

हर कोई यह सुनकर खूब हँसने लगा।

"ठीक है, आज की दारू पार्टी तुम्हारे तरफ से होगी।"

"मदिरालय में कब से बैठा, पी न सका अब तक हाला,
यातना सहित भरता हूँ, कोई किंतु उलट देता प्याला,

मानव बक के आगे निर्बल भाग्य, सुना विद्यालय में,
भाग्य प्रबल, मानव का पथ पढ़ाती मधुशाला।"

मैंने अपनी पसंदीदा 'मधुशाला' का सस्वर पाठ किया। मेरे कविता पाठ को देखकर मेरे सारे बेहूदा दोस्त अवाक् रह गए।

इसी बीच मैंने जेरी की अति उत्साही पिक्चर खींचकर मैहर को इस कैप्शन 'उम्मीद है तुम और फिदा हो जाओगी' के साथ भेज दिया।

वहीं दूसरी तरफ, पट्टाया में लड़कियाँ बहुत सक्रिय थीं। मैहर ने बिना देर लगाए फोन खोला और सभी को फोटो दिखाने लगी।

"हूँ-हूँ···!" गौरी ने आनंदपूर्वक खुशी प्रकट की।

"क्या?" मैहर ने सरलता से प्रश्न किया।

"कम ऑन प्रेसी, अब तुम उसे जोए नाम से पुकारोगी, है न?"

"हाँ।"

"कई प्रेम कहानियों की शुरुआत रोलर कोस्टर की तरह होती है, जैसे तुम्हारी कहानी।"

दिलों की भावनाओं में यह अचानक बदलाव पहले से प्लान किया हुआ नहीं था। ये दिल वाली जो भी बातें हैं, वे प्लान की ही नहीं जा सकती हैं जैसा इस केस में अब तक हुआ था। मैहर को भी नहीं पता था कि कुछ दिनों पहले जिस व्यक्ति को कतई पसंद नहीं करती थी वह एकदम से दिल को चीरता हुआ इतना अंदर प्रवेश कर गया। मन-ही-मन वह उससे मिलने को व्याकुल हो उठी थी।

वह अपनी भावनाओं को तुरंत कागज पर उतारने लगी।

मैं नहीं जानती कि यह क्या है,
पर मुझे लगता है कुछ ऐसा है
बकवास, बुरा, नहीं···नहीं!
कुछ ऐसा जो मेरे दिल में हमेशा समाया रहेगा,
हाँ, यही प्यार है!

मैहर ने तुरंत उस कागज की पिक्चर ली और उसे मेरे फोन पर भेजने में कतई देर नहीं लगाई। संयोगवश, जेरी ने भी उसे सरप्राइज करने के लिए वही

काम किया। बस, सिर्फ फर्क यह था कि मैंने उसे शायरी सुनाई थी और जेरी ने कागज पर उतारा था। जेरी को कविताओं का शौक कम ही है।

"ओह माय गॉड! कितना सुंदर सरप्राइज है?"

"क्या उसने तुम्हें प्रोपोज कर दिया?"

"नहीं...नहीं! अभी तक नहीं! पर मुझे पक्का यकीन है, वह जल्द ही कर देगा।"

"शिट! यह भी मेरे हाथ से निकल गया।" अपर्णा ने हँसते हुए कहा।

"शट अप! अच्छा सुनो! मेरे भेजने के तुरंत बाद उसने यह कविता भेजी! अच्छी है न?"

"मेरी प्यारी बन्नो, दिखाओ न। मैं भी..." गौरी इससे पहले कि पूरा बोल पाती, उसने फोन पर मेसेज फ्लैश करते हुए देखा, "मुझे बताओ।"

गौरी पहचान गई कि यह मेरे द्वारा लिखी गई है, पर उसने इस विषय पर चुप रहना बेहतर समझा। सच तो यह था कि वह उसे खुश रहने देना चाहती थी, "काफी वक्त बाद मैंने ऐसी कोई सुंदर शायरी पढ़ी है।"

"कम ऑन लेडी! मुझे पता है, नील हो सकता है कि भटक गया हो, पर वह दिल से बुरा नहीं है।"

किसी ने सच ही कहा है, जब आप इश्क में डूबे होते हैं तो आप यह विश्वास करते हैं कि हर किसी की प्रेम कहानी परफेक्ट चल रही होगी। यह दुनिया सबसे खूबसूरत लगती है और अपने प्रेमी के साथ हर जन्म साथ निभाना चाहते हो। आप समाधि में चले जाते हो। आप जिंदगी से मोहब्बत करने लगते हो। आप अपने दोस्तों को पहले से अधिक प्यार करने लगते हो। आपको उसकी जरूरत महसूस होने लगती है।

मैं इस बारे में हमेशा अच्छे से बात करना चाहती थी। उम्मीद है, यह जगह तुम्हें और नजदीक लाएगी।

सच में मैं हमेशा इसे पूर्ण होने की उम्मीद करती थी। सच ही तो है, प्यार ही सबकुछ है।

गौरी सोच ही रही थी, उसने दिल से मेरे लिए कुछ लाइनें लिखीं और अंत में लिखा—"आई मिस यू, माय मैन।"

मैं हलका सा भावुक हो गया। मैंने एक आँख मारते हुई इम्मोजी भेजी, फिर किसेज, दिल और प्रेमी प्रतीक के ढेर सारे इम्मोजी भेजे और इसके बदले मुझे कई रंगीन ऐसे ही दिल प्राप्त हुए। हम दोनों का जादू भरा प्रेम अब टीन एज इश्क में बदलने लगा। हम इन भावनाओं के आदान–प्रदान का लुत्फ उठा रहे थे।

"जब मैंने जेरी के लिए मैहर को वह गाना लिखा तो मेरे दिमाग में तुम थीं।" मैंने टेक्स्ट किया।

गौरी का जो जवाब था, उसने हम सभी को हतप्रभ कर दिया। "इस थैंक्स गिविंग जेम्स से पूछो कि वह आए और लंबी छुट्टियों का प्लान किया जाए।"

इस मेसेज ने हम सभी लोगों को खुश कर दिया, जैसे हवा में प्रेम का संचार कर दिया हो। जैसे ही छुट्टियाँ खत्म हुईं, हम लोगों के पास यहाँ से ले जाने के लिए बहुत कुछ था।

मुझे लगा, गौरी के साथ मेरा संबंध बेहतर हुआ है।

जेरी मेरे द्वारा लिखे गए सारे उद्धरण और गानों को एक साथ इकट्ठा करने लगा, जबकि उसके मन में सिर्फ मैहर चल रही थी। साथ–ही–साथ उसके मन में एक बात लगातार चल रही थी, जो उसे चिंताग्रस्त किए हुए थी। उसे अपने स्टार्ट अप के लिए एक फाइनेंसर की सख्त जरूरत थी। उसने कई बार मुझे गुप्त रूप से बताया था, पर इस बार वह अधिक गंभीर था। उसे पता था अगर मैहर के साथ उसे प्यार की पींगें बढ़ानी हैं तो उसे सफल होना पड़ेगा। मैंने उसकी बात सुनने के बाद उससे प्रश्न किया, "जेरी, तुमने अपने स्टार्ट अप के फाइनेंसर के लिए जो प्रचार किया था, उसका क्या हुआ ?"

"अधिक कुछ नहीं हुआ, यार! दो मेल आए, एक कोई एस.आर.एम. का सहयोगी था और दूसरा एक अन्य। मैंने उनका जवाब दे दिया है। घर पहुँचकर उनसे बात करता हूँ।"

मैंने हमेशा जेरी के व्यापार में सफलता के लिए दुआएँ की थीं। हम उन दुर्लभ मित्रों में से थे, जो एक–दूसरे का हमेशा सपोर्ट करते थे। असफल होने पर हम दो कदम पीछे हो जाते, ताकि जो व्यक्ति गिर रहा है, उसे बचाया जा

सके। सफलता में हम जश्न मनाते। सच कहें तो हम सच्चे यार थे।

फिरंगी जेम्स भारत में स्थानांतरित होने के बारे में सोच रहा था। उसे एक आप्रवासी के तौर पर आने का विकल्प दिया गया था। वह इस मौके को खोना नहीं चाहता था।

वहीं दूसरी तरफ महिलाओं ने शॉपिंग पर ध्यान केंदित रखा और थैंक्स गिविंग की तैयारियाँ करने लगीं। अंत में हम सभी ने यह निर्णय ले लिया कि हम चारों को गुड़गाँव में ठहरना चाहिए। पहली प्रायोरिटी दिल्ली थी, उसके बाद मुंबई और पुणे। पर किसी को यह नहीं पता था कि आखिर गुड़गाँव क्यों चुना गया। इस तरह से हमारी ट्रिप अच्छे नोट पर आकर खत्म हुई।

फिर से उस मीटिंग रूम में गंगा थोड़ी देर रुकने के पश्चात् उस थैंक्स गिविंग वाले मीटर पर आ गई, "ऐसा लगता है, तुम्हारे साथ सबकुछ अच्छा हो रहा था।"

"हाँ, हमें भी ऐसा ही लग रहा था और हमें ऐसा कोई भी सुराग नहीं मिल रहा था कि मेरा भविष्य यहाँ पर आकर खड़ा हो जाएगा। मेरे मन में धुँधला सा भी विचार नहीं आया कि मैं मूर्ख बनने जा रहा हूँ।"

"तो क्या, यह सब थैंक्स गिविंग के कारण ही हुआ है?"

"कुछ घटनाएँ हुईं, धीरे-धीरे जो हमारी जिंदगी तबाह करने लगीं।"

"श्रीन्या और तुम?"

'श्रीन्या और मैं?"

"मतलब, उसने तुम्हारी जिंदगी बरबाद की?"

"गंगा, इसे ऐसे समझो, जैसे—अगर मैं किसी को मार दूँ, कब्र खोद दूँ और उन्हें दफना दूँ, पर कुछ समय बाद कंकाल बाहर निकल आए।"

कुछ देर रुका, फिर बात कहनी शुरू की, "खैर, गौरी और मेरे बीच जैसे चल रहा था, वैसे चलने दिया। इशू फिर से उठने लगे। थैंक्स गिविंग, एक इम्परफेक्ट जिंदगी की परफेक्ट शुरुआत थी।"

'मैंने भी कुछ ऐसा ही सोचा था।"

"यह बहुत ही उत्कृष्ट होनेवाला था।…"

"कब तक?"

"जब तक क्यूबा नहीं पहुँचे…सच कहूँ, इन सब की शुरुआत क्यूबा से हुई। हम वहाँ पर थैंक्स गिविंग की छुट्टियाँ मानाने आए हुए थे, फिदेल कास्त्रो बाबा की स्थली पर।"

"क्यूबा! वाह! मुझे वहाँ जाना है एक बार।"

"क्या कभी तुमने क्यूबा के अभिशाप के बारे में नहीं सुना?"

"नहीं, वो क्या है?"

"छोड़ो। मुझे लगा, तुम मेरे अभिशाप को जानने के बारे में अधिक दिलचस्पी रखती हो।"

मैंने अपनी कहानी ऐसे जारी रखी, जैसे मैं उसे उसके रोल के लिए स्क्रिप्ट सुना रहा हूँ। सोहना जाने के मूल प्लान की जगह क्यूबा ने ले ली थी। हम भी बहुत बड़े पागल थे। कहाँ सोहना और कहाँ क्यूबा!

"यह बस संयोग था कि श्रीन्या क्यूबा के उसी म्यूजिक कॉन्सर्ट में मिल गई, जिसमें हम गए हुए थे।"

गंगा ने यह सुनकर पलकें भी नहीं झपकाई थीं, "तुम पक्का कह रहे हो कि तुमने श्रीन्या को नहीं बुलाया था?"

"हमारे बीच में ऐसा कुछ नहीं था, बॉस। मैं बहुत व्याकुल था।" मैं दूर देख रहा था। मेरी कहानी गंगा के उन कानों में जाने के लिए तैयार थी, जो सुनने के लिए व्यग्र थे।

□

कैरेबिया छुट्टियाँ मनाने के लिए उम्दा जगह थी। हवाना के बारे में क्या कहना? बहुत ही सुंदर जगह। पुराना आर्किटेक्चर, समुद्र की लहरें, हेमिंग्वे का प्रभाव दिखाते लोग, पुरुषों द्वारा सड़क पर चलाया जा रहा संगीत, सभी मिलकर एक नई दुनिया की झलक दिखा रहे थे। हम इस लंबी छुट्टियों में धीरे-धीरे मदहोश हुए जा रहे थे। होटल सरटोगा ने जितना बेहतर तरह से स्वागत हो सकता, करने की कोशिश की। पुराने हवाना में सौ कमरों का वह होटल जितना हमारे दोस्तों के द्वारा बताया-सुनाया गया था, उससे कहीं बेहतर था। एक और उत्साहित होने की बात थी, यह होटल पर्तागास सिगार फैक्टरी के नजदीक था। बस, पास में ही एक पब-बार ढूँढ़ना था। हम बड़े रोब में होटल में सेटल हो चुके थे। हमने ऐसी दुनिया इससे पहले कभी नहीं देखी थी। स्टीव टेलर वहाँ परफॉर्म करने जा रहा था, उसका जोरदार तरीके से स्वागत हो रहा था। इससे ज्यादा क्या चाहिए? महिलाओं की बातचीत शुरू हो गई थी।

"दोस्तो, एरोस्मिथ परफॉर्म करने जा रहा है। मैं बहुत उत्साहित हूँ।" मैहर जोर से चिल्लाई।

"मेरे सैंडल देखो। इन्हें ही पहनूँगी।"

"और अपना वाई.एस.एल. का दुपट्टा भी। और तहलानी वाली अपनी ड्रेस।"

लेडीज को फ्रेश होने और मजे करने को कहकर हम पहले ही दिन

हवाना में नाइट आउट के लिए निकल पड़े। जैसे ही 'पलाडार फोंटना' नामक होटल में हम प्रवेश करने को हुए, टॉम को एक परिचित की परछाईं उसकी बगल से जाती हुई दिखाई पड़ी। आश्चर्यचकित हो, जैसे ही उसने पलटकर देखा, वह नहीं दिखी। मैं उसके अभिव्यक्तिहीन चेहरे को देख रहा था। जल्द ही जेरी भी उसकी गैंग में शामिल हो गया और दोनों एक साथ चिल्लाए, "क्या बेवकूफी है ?"

जेरी पूछने लगा, "तुम···तुम···तुमने उसे यहाँ बुलाया न ?"

"कौन बे ?"

"तुम्हारी फिटनेस ट्रेनर और जल्द ही तुम्हारी होनेवाली गर्लफ्रेंड ?"

"तुम लोगों का दिमाग घास चरने गया है क्या ?"

जब तक हम क्रॉसिंग पर पहुँचते, जहाँ उसे अंतिम बार देखा गया था। वह वहाँ से जा चुकी थी।

"शांत हो जाओ ! मुझे इस तरह से क्यों देख रहे हो बे ? मैंने कुछ नहीं किया है ! बस, एक संयोग होगा।"

"उम्मीद है, हवाना इतना बड़ा हो कि वह अब हमारी नजरों के सामने न पड़े।"

"मैं अचंभित नहीं होऊँगा, अगर वह फिर से हम सभी के सामने पड़ जाती है क्योंकि उसके पैरों के लंबे कदम इस शहर को कई बार नाप सकते हैं।"

"मैं भी यही सोच रहा हूँ। वह जरूर घूमने आई होगी। मैं उसे फोन करता हूँ।"

"फोन करने से पहले सोच लो। वह तुम्हारी बीवी से नफरत करती है। एक वक्त था, जब तुम्हारी बीवी ने तुम्हें उससे मिलवाया था, पर अब वह उतनी ही नफरत करती है। खैर, छोड़ो ! चलो, कॉल कर लो।"

मैं पहले से ही उसे फोन कर रहा था।

"श्री, तुम बोल रही हो ?"

दूसरी तरफ की आवाज कुछ अधिक ही तेज थी।

"तुम मुझसे कैसे बात कर रहे हो ? मैं अजनबी हूँ क्या ? तुम क्या उस गुंडी के साथ हो ?"

"गुंडी?"

"हाँ-हाँ! वही गौरी, जो भी हो।..."

"अच्छा! मैं इस वक्त अपने दोस्तों के साथ हवाना में हूँ।"

वह चुप रही, शायद अचंभित हो गई होगी। मैंने कुछ वक्त लिया ताकि वह इस संयोग को पचाने के पश्चात् सामान्य हो सके। फिर जैसे ही मैंने उसे रेस्टोरेंट का नाम बताया, उसने तुरंत जवाब दिया, "मैं बस कुछ मिनट में आती हूँ।"

"भाई, इतना बड़ा रिस्क... ? उस नेम-प्लेट के झगड़े के बाद तुमने कुछ सीखा नहीं क्या?" जेरी चेहरे पर भययुक्त अभिव्यक्ति लेकर मुझे अधिक डराने के अंदाज में बोला।

"मैं उसे म्यूजिक कॉन्सर्ट में उसे इनवाइट करना चाहता था। शायद यही सबसे अच्छा तरीका था, अपनी गलती पर माफी माँगने का।" मैंने सफाई दी।

"तुम गौरी को कब बताओगे?"

"बस, वापस जाकर आज रात ही बता दूँगा।"

"बुरा विचार नहीं है। ईमानदार होना अच्छा होता है," टॉम बुद्धिमत्तापूर्वक बातें करने लगा।

"हाँ, ईमानदार होना तब और भी अच्छी बात है, जब यह बात पहले से ही पता हो कि अपनी बीवी के अंदर देवी दुर्गा है।" थोड़ा दूर रुका, फिर बात जारी रखी, "खैर, क्या लड़कियों को अपनी देर रात प्लान के बारे में बता दिया है?"

"ठीक तरह से तो नहीं, पर मैंने मैहर को एक मेसेज डाल दिया था और गौरी को यह बात पता ही होगी कि हम लोगों को भी अपना वक्त चाहिए। इसलिए फिक्र मत करो।"

जैसे कि उम्मीद थी, श्रीन्या को यहाँ पहुँचने में अधिक देर नहीं लगी। हम लड़कों ने तुरंत उससे गले लगकर स्वागत किया।

"तुम्हारी महक अच्छी है।" टॉम ने तारीफ करने का मौका नहीं गँवाया।

"शुक्रिया। माफी चाहूँगी, क्या मैं आपका शुभ नाम जान सकती हूँ?"

"दोस्तो, मुझे तुम सबका परिचय कराने का मौका दो।"

सभी को एक-दूसरे से परिचय कराने में मुझे पंद्रह सेकेंड से अधिक का वक्त नहीं लगा, सिर्फ टॉम को छोड़कर। वह अपना परिचय खुद देना चाहता था। "हैलो श्रीन्या, मैं तपस। तपस मोहन! मेरे खास दोस्त मुझे 'टॉम' कहकर पुकारते हैं। तुम भी मुझे 'टॉम' बुला सकती हो।" जितनी देर में मैंने सभी का परिचय करवाया था, टॉम ने अपना परिचय देने में उससे पाँच गुना वक्त लिया।

श्रीन्या ने उसे प्यार से रोका, "तुम्हें जानकर बहुत अच्छा लगा, टॉम।"

हर कोई खिखियाने लगा। टॉम ने पीछे पलटकर देखते हुए ऐसा लुक दिया जैसे कह रहा हो, "मैं तुमसे बाद में बात करता हूँ।"

श्रीन्या थोड़ा असहज हो गई थी और इससे पहले कि हम अंदर प्रवेश करते, टॉम ने यह लाइन बोल दी, "श्रीन्या, मैं यह बताना भूल गया था, मैं अभी सिंगल हूँ।"

'ओह! कम ऑन, टॉम! इतनी भी क्या जल्दी है? मुझ पर इतना भी प्यार मत दिखाओ।' श्रीन्या ने मन में ही सोचा।

जैसे ही सभी बैठकर खाने-पीने लगे, टॉम उम्मीद के मुताबिक श्रीन्या की ओर देखकर वे शब्द बोलने लगा, जो मेरे मन में चल रहे थे, 'ब्यूटीफुल लेडी! क्या मैं, सभी की तरफ से तुम्हें कल रात के कॉन्सर्ट में इनवाइट कर सकता हूँ?'

'ओ तेरी! इसे प्यार हो गया है,' मैंने सोचा।

'हद है! यह लड़का तो मेरे पीछे ही पड़ गया है,' श्रीन्या ने सोचा।

'अमां यार, इसे हो क्या गया है! यह तो बोल्ट से भी तेज भाग रहा है', जेरी ने सोचा। 'उफ्! यह तो उस्सैन बोल्ट और कार्ल लेविस, दोनों से तेज भाग रहा है।' जेरी ने आगे सोचना जारी रखा।

श्रीन्या ने सुनिश्चित किया कि वह अपनी चचेरी बहन के साथ इसमें शामिल होने जा रही है। टॉम की खुशी का ठिकाना न था। हम सभी ने तेज आवाज में प्रसन्नता जाहिर की।

"यह टोस्ट श्रीन्या और टॉम की दोस्ती के नाम।" मैंने चुटकी ली।

फिर अपनी सीट से उठकर श्रीन्या से गले मिलने लगा।

मेरी बदकिस्मती देखिए, उसी वक्त लड़कियाँ आ गईं। वे कुछ शॉपिंग बैग पकड़े हुए थीं। गौरी के हाथ से बस वे दरवाजे पर छूटनेवाले ही थे। वह गरजने वाली थी। मैहर ने तुरंत उसके हाथ पकड़ लिये। उसके शॉपिंग बैग को एक किनारे रखते हुए वह समझाने लगी, "गौरी शांत! शांत!! शांत हो जाओ।"

यह नाटक हमसे बस कुछ दूरी पर और कुछ मिनट में होने लगा था। मैहर उसके बैग पकड़े हुए गौरी की तरफ मुड़ गई। हम इस आपदा से थोड़ी दूर पर खड़े थे। वे हम लोगों को देख चुकी थीं, पर हम उन्हें नहीं देख पाए थे।

रेस्टोरेंट के बाहर मैहर अपनी बेस्टफ्रेंड को समझा रही थी, "इस कठिन वक्त पर मैं तुम्हारे साथ हूँ।"

"मुझे लगता है, यह ताशकंद भी जरूर गई होगी! मुझे वापस भारत जाना है, मैहर।"

"यार, शांत हो जाओ! हम लोग कॉन्सर्ट देखते हैं। वैसे भी मुझे संदेह है कि स्टीव टाइलर कभी भारत आएगा भी।"

मैहर ने तुरंत हॉट डॉग और पानी की बोतल ले ली। गौरी अपने मन में रोक्सेत्टी का सैड सॉन्ग गुनगुनाने लगी।

वापसी के दौरान, मैंने अपनी पत्नी की पसंदीदा मिठाई 'बनोफ्फी पाई' खरीदी, वहीं जेरी भी मैहर को उसकी पसंदीदा-तमाले, चावल और बींस लेना नहीं भूला।

जैसे ही हम होटल की गलियों में पहुँचे, फिर धीरे-धीरे मैहर के कमरे की तरफ बढ़े, जिसके दरवाजे पर 'Do Not Disturb' का बोर्ड देखकर हम अचंभित हो गए। हम अचंभित लोग किसी तरह आगे गौरी की रूम की तरफ बढ़े। वहाँ का दृश्य तो कहर ढाने के समान था।

एक हस्तलिखित नोट टँगा था—'तुम सभी दूर ही रहो' और उसमें मिडिल फिंगर का चित्र बना हुआ था।

"यहाँ क्या हुआ?"

"मुझे लगता है, हमने बिना बताए डिनर प्लान कर लिया। शायद इसी वजह से नाराज होंगी।"

"पर मैंने गौरी को बताया हुआ था कि हम सभी को आने में देर हो सकती है।"

"तो फिर हो सकता है 'कॉल में जोए' का बदला लिया गया हो आज ?"

"बेशर्म, वह अब पुरानी बात हुई। अब वह तेरी भाभी है।" जेरी बोला।

जैसे जेरी और जेम्स कमरे की तरफ बढ़ने लगे, टॉम और मैं, मैहर के कमरे के सामने खड़े थे।

"गौरी से उलझने का रिस्क नहीं ले सकता। पहले मैहर से बात करते हैं।" मेरे मन में गौरी के पुराने कड़वे दृश्य चल रहे थे।

हम लोगों ने डोर बेल बजाई पर 'Do Not Disturb' की वजह से बेल नहीं बजी और खटखटाने की आवाज उसके कानों तक नहीं पहुँची होगी। कुछ असफल प्रयासों के बाद, हम टॉम के कमरे की तरफ लौट आए। उसका कमरा, गौरी और मेरे कमरे के ठीक बगल में था, यही मुझे ठीक लगा। कम-से-कम उसके थोड़ा नजदीक ही रहूँगा।

किसने सोचा था, प्रभावी पुरुष आज भीगी बिल्ली बन जाएँगे ? यह रात हमारे जीवन की सबसे लंबी रात होनेवाली थी। हम घंटों बात करते रहे, उसके पश्चात् हमारा दुर्भाग्य था कि हमने श्रीन्या के होटल जाने के बारे में निर्णय ले लिया। वह हवाना विएजा में रुकी हुई थी। अगर हमें यह सरटोगा नहीं मिलता तो हवाना होटल हमारी दूसरी पसंद थी। मैं बस यह कल्पना ही कर रहा था, अगर हमने वही होटल बुक कर लिया होता तो क्या होता ? गौरी ने पक्का मुझे नपुंसक बना दिया होता।

टॉम सबसे खुश था, जबकि यह विचार जेम्स ने दिया था। उसने सोचा, जब आज हमारी इतनी बुरी रात है तो टॉम अपना दोस्त क्यों झेले हो सकता है, उसके लिए यह सुहानी रात में तब्दील हो जाए। हालाँकि हमें पता था, यह कठिन है पर फिर भी "चांस मारने में क्या दिक्कत है ?" जेरी ने सुझाया।

यह बदकिस्मती से किस्मत की ओर सबसे तेज बदलाव था, ठीक वैसे ही, जैसे अँधेरा से सवेरा।

हम सभी चले गए। हमें सिर्फ टॉम को जाने देना चाहिए था, परंतु जेम्स

ने एक रोचक तथ्य बताया, "याद करो, श्रीन्या अपनी सहेली के साथ आई थी," इसलिए हम सभी वहाँ चले गए।

होटल कैब ने हमें हवाना विएजा की लॉबी के सामने छोड़ दिया, जो सरटोगा से बेहतर नजर आ रही थी। रिसेप्शन से श्रीन्या के कमरे में एक फोन किया गया, जिसका उसने सकारात्मकता से जवाब दिया। "मिस्टर पॉल, आपके चेहरे पर मुसकान हमें अंदर जाने की रजामंदी का संकेत है।" टॉम अपना उत्साह काबू नहीं कर पा रहा था।

"हाँ सर, हम आपको उस कमरे तक छोड़ आते हैं।"

रात्रि के दो बजे देखने में सुंदर, जवान, व्यावसायिक लड़के सुव्यवस्थित कपड़े पहने, सुंदर सी एक दक्षिण भारतीय लड़की के कमरे की तरफ जा रहे थे, इससे हवाना में कोई फर्क नहीं पड़ने वाला था। इन स्टाफ के लोगों को भी कोई फर्क नहीं पड़ता था। तथ्य यह भी था, श्रीन्या ने अनुमति दे दी थी पर भारत में इसके बावजूद भी हमें संदेह भरी निगाहों से देखा जाता। अगर आप जाते भी तो कई खोखट करनी पड़ती। आप जानते ही हो, मैं कहना क्या चाहता हूँ?

□

वापस होटल सरटोगा में, गौरी अपने कमरे से बाहर निकली। उसकी नजर भोजन के उस पैकेट पर पड़ी, जो मैंने, दरवाजे पर टाँग दिया था। उसने गुस्से में उसे पकड़ा और मैहर के कमरे की तरफ बढ़ चली। इससे पहले कि वह मैहर के दरवाजे पर दस्तक देती, मैहर ने दरवाजा खोल दिया था। दोनों महिलाएँ एक-दूसरे को देखती रहीं, एक-दूसरे के मन को पढ़ने की कोशिश थी शायद। दोनों शांत खड़ी थीं। कुछ ही पल में मैहर ने गौरी के हाथ से वह पैकेट पकड़ा और अंदर जाकर खाने लगी। अधिकतर समय उन लोगों ने सांकेतिक भाषा में ही बातें कीं। दस मिनट के पश्चात् जब खाना खत्म हो गया तो गौरी ने अपने हाथ हिलाया जैसे पूछ रही हो, अब क्या करना है? मैहर तुरंत समझ गई और उसने मुट्ठी बाँधकर लॉबी की तरफ एक संकेत किया। गौरी को ठीक-ठीक समझ नहीं आया। कुछ देर शांत रहने के बाद आखिर गौरी ने अपना मुँह खोलकर अपना भरा हुआ गुबार निकाल दिया, "मैहर, कुछ बोलोगी भी या यूँ ही चुप रहोगी?"

मैहर गार्ड के पास गई और उसने पूछा, "वे लड़के कहाँ गए हैं?" स्टाफ ने पता लगाकर उस होटल का नाम बताया, जहाँ पर टैक्सी हमें लेकर गई थी। अगला प्लान उस होटल में पहुँचने का था।

टैक्सी ड्राइवर ने बताया कि अगर आप यहाँ के किसी लोकल व्यक्ति के साथ हो तो यह जगह बहुत सुरक्षित है। तुरंत तेज गति की गाड़ी से सभी महिलाएँ चल दीं। होटल पहुँचने पर ड्राइवर को इंतजार करने के लिए कहकर वे लड़कियाँ तेज गति से उतर पड़ीं।

गौरी अपनी चिंता को छुपा नहीं सकती थी। उसने होटल डेस्क पर पहुँचते ही उन पुरुषों की उपस्थिति की पुष्टि कर ली। होटल डेस्क के स्टाफ ने किसी लफड़ा होने की आशंका से बहाना बनाने की कोशिश की। काफी जोर देने और टैक्सी ड्राइवर के समर्थन देने के बाद स्टाफ ने उन्हें इंतजार करने के लिए कहा। गौरी तनिक भी इंतजार नहीं करना चाहती थी। वह कमरे की तरफ भाग जाना चाहती थी, जहाँ पर पुरुष ठहरे हुए थे।

"कौन सा कमरा है, फिदेल कास्त्रो?"

"मैम, मेरा नाम रोबर्टो है।"

"ओके, ठीक है। मुझे श्रीन्या का कमरा नंबर बताओ।"

रोबर्टो दुविधा में था। मैहर ने हस्तक्षेप करते हुए कहा कि वे फोन पर बात कर लेंगी। विश्वास प्राप्त करने के पश्चात् उसने फोन मिलाकर गौरी को पकड़ा दिया। जैसे ही श्रीन्या ने फोन उठाया, उस पर गालियों की बौछार होने लगी। उसने भी गौरी को नहीं छोड़ा। इतनी गाली-गलौज के बाद, पूरे स्टाफ को एहसास हो गया कुछ गड़बड़ होनेवाला है। उन्हें महिला स्टाफ की कमी महसूस हो रही थी। उन्हें डर लग रहा था कि कहीं ये केस नियंत्रण से बाहर न हो जाए। कुछ ही सेकेंड में नाराज मूड में मैं नीचे आ गया। मुझे पता था, मैंने कोई गलत काम नहीं किया है। बस समय! समय सबसे बड़ा जालसाज है।

मेरे पीछे श्रीन्या और उसके पीछे अर्शिया आ रही थी। अभी तक जो एक तरफ की ही सुन रहा था, वे अब असभ्यता के चरम पर पहुँच गए थे। मैं यह देखकर अचंभित था कि एक स्टाफ का व्यक्ति उन महिलाओं को बुके देने के लिए खड़ा था। अर्शिया भी कम नहीं थी। उसने उन फूलों को होटल डेस्क की तरफ फेंक दिया।

श्रीन्या ने मुझे चेतावनी दे दी, वही काम गौरी ने भी किया। मैं खुद को असमर्थ समझ रहा था। मुझे बहुत दुःख हुआ। मुझे यह विश्वास था कि ऐसा भयानक सीन बनाने के बजाय गौरी पहले मुझसे बात करेगी। मैं कई दफा गलत हो सकता हूँ, पर मुझे लग रहा है कि मैं उस दिन सही था। मैहर ने आग में घी डालने का काम किया। उसने श्रीन्या का कॉलर पकड़कर खींचने की कोशिश की। बस, यह मान लीजिए कि हाथापाई होते-होते बची। उस

वक्त हम सभी ने बीच में हस्तक्षेप किया और महिलाओं से यह झगड़ा बंद करने का आग्रह किया। श्रीन्या चिल्लाई कि वह उसके डेंटल क्लिनिक की एक वक्त क्लाइंट थी। गौरी गुस्से में छोड़कर चल दी। श्रीन्या कुछ देर वहीं खड़ी रही।

मैंने ड्राइवर से कैब की चाबी ली और उसे अपने बगल में बिठा लिया। जेरी कुछ बोलना चाहता था, पर उसने चुप रहना बेहतर समझा। मैंने देखा कि टॉम ने उसे मना किया था। मेरा दुर्भाग्य ही था, मैं जब गाड़ी बाईं तरफ दबाने की कोशिश कर रहा था तो एक कार से हलकी सी टक्कर हो गई। हमारे पास गाड़ी को रोककर किनारे खड़ी करके एक अन्य नजारे का साक्षी बनने के सिवाय कोई चारा नहीं था। उस कार से एक व्यक्ति उतरा और पूछने लगा, "अंधे हो गए हो क्या?" मैंने भी उससे वही प्रश्न कर दिया। उसने जवाब दिया, "मैं हिंदुस्तान से हूँ और वहाँ का एक सीनियर पुलिस ऑफिसर हूँ। तुम कौन हो?"

"मैं भारत का राष्ट्रपति हूँ।" मैं शर्महीन होकर खिखियाने लगा।

इससे पहले कोई और प्रतिक्रिया होती, उसी कार से एक लंबी, खूबसूरत, जवान एवं शांत महिला बाहर निकली। वह शायद प्रत्यक्ष रूप से यह सुनिश्चित कर लेना चाहती थी कि कोई झगड़ा-फसाद न हो, कोई गाली-गलौज न हो और किसी का सिर न फूटे। उसकी भावनाएँ और इशारा देखकर तो यही समझ आ रहा था। वह ब्लैक ड्रेस में आकर्षक लग रही थी। दूर होने के बावजूद उसकी महक मुझ तक पहुँच रही थी। मैं कुछ क्षण तो उससे नजरें हटा ही नहीं पाया।

"सोम, छोड़ो, वापस आ जाओ। ये लोग शराबी हैं।" उसने कहा।

"मैं तुम लोगों को छोड़ने वाला नहीं हूँ। सालों, तुम कहाँ से आए हो? मैं तुम्हारा पासपोर्ट कैंसिल करा दूँगा, देश से निकलवा दूँगा।" उस महान् सोम नामक व्यक्ति ने कहा। वह अपनी उस बीवी (जिसे हम सभी घूर रहे थे) के सामने दिखावा करने की कोशिश करने लगा। मुझे बुरा लगा उसने हमें शराबी कहा, परंतु यह भी संभव है कि वह झगड़ा नहीं चाहती थी जिस वजह से अपने आदमी को समझाने का यही तरीका उसे समझ आया हो।

"अंकलजी, बटन खुला है आपका।" हम पाँच शराबियों में से मैंने खफा होने के अंदाज में कहा। मेरा मजाक सटीक था, मेरा इरादा सामनेवाले व्यक्ति को चुनौती देना था।

सोम अपनी बीवी को कोहनी से झटका देते हुए हमारी तरफ शुतुरमुर्ग की भाँति भागा। उसने मुझ पर झपट्टा मारा। हम दोनों ने एक-दूसरे पर मुक्कों की बरसात कर दी। जेरी फोटो खींचने लगा और उस महिला ने बचाने की कोशिश की। यही कोई तीन मिनट बाद हम दोनों लोग अलग हुए। उन तीन मिनट में बहुत लात-घूँसे पड़े। मुझे भी उतने ही पड़े, जितने मैंने उसे दिए। टॉम और जेरी ने एक-एक को पकड़कर पीछे किया ताकि झगड़ा बंद हो सके। टॉम ने हाथ मिलाने के लिए पूछा। हमेशा अपनी धाक जमाए रखनेवाला सोमेश उस दिन खुद को हारा हुआ मान रहा था। उसने फिर से धमकी दी कि इसके परिणाम बहुत बुरे होंगे। मैंने भी बातों-ही-बातों में उन शब्दों को वैसे ही वापस कर दिया। उसने अपना परिचय-पत्र निकालकर दिखाया कि वह डी.सी.पी. है। एक व्यक्ति द्वारा इस तरह परिचय-पत्र दिखाना सच में बदला लेने का संकेत था। दुर्भाग्य देखो, उस जगह पर मैं राष्ट्रपति का परिचय-पत्र दिखाने से चूक गया। यहीं पर वह मुझसे अधिक अंक बटोर ले गया।

अब यह पता लगा लिया गया था उसकी बीवी—दृष्टि डी.टी.वी. न्यूज चैनल में काम करती थी। वह अभी विनम्र दिख रही थी और मुझे ऐसा लगा, वह इस बात से खुश थी कि मैंने उसके पति को कुछ मुक्के जड़े। मैं अचंभित हो रहा था। वह सिर्फ मुझे ही अलग ले जाकर मुझसे माफी माँगने लगी। यह विचित्र था। इसी वजह से मुझे एहसास हुआ कि उसे पता था, उसका पति संकट पैदा करनेवाला व्यक्ति है, जो कई जगहों पर उसे लज्जित करता है। मैंने भी उस हादसे के लिए उससे माफी माँगी और उसकी पीठ थपथपाई। उसने कोई जवाब नहीं दिया।

हम यह सोचकर होटल की तरफ चल दिए कि अब कोई तकरार नहीं होनी चाहिए। इस तरह की हरकतें हमारे देश की विश्वसनीयता पर सवाल खड़े कर देंगी। इस बार ड्राइवर अपनी कुरसी पर वापस आ गया। हमें बड़ी

जोरों की नींद लगी थी। मेरे मन में पूरे रास्ते भर यही खयाल चलता रहा कि आज का दिन कितना खराब था। यहाँ तक कि गौरी और मैहर ने कितना गंदा तरह बरताव किया।

मुझे किसी होटल में किसी बहुत अच्छे चमत्कार की उम्मीद नहीं थी। बस, मैं यही प्रार्थना कर रहा था कि आज की रात किसी तरह शांतिपूर्वक कट सके। सौभाग्यवश मुझे कमरे में सोने की अनुमति मिल गई थी, गौरी फिर भी कुछ नहीं बोल रही थी। मैंने भी शांत रहना ही बेहतर समझा। उसने मुझे एक भी अवसर नहीं दिया, जिससे मैं उससे अपनी बात रख सकूँ। इन सब बड़ी घटनाओं के बाद मेरा मन भी उसे समझाने के लिए आगे नहीं बढ़ा। यह तनाव पैदा करनेवाली रात थी। इस वक्त मुझे ऐसा लग रह था जैसे मैंने कोई गलत काम कर दिया हो। मुझे तब तक कुछ नहीं पता चला कि इस वक्त गौरी क्या सोच रही होगी, जब तक उसके द्वारा लिखा लंबा पत्र जो उसने तकिए के नीचे रखा हुआ था, प्राप्त नहीं हुआ।

प्रिय नील,

मैंने हमेशा तुमसे ही मोहब्बत की है और हमेशा करती रहूँगी। हो सकता है, मैंने तुम्हारा दिल दुखाया हो, उसके लिए मैं क्षमा माँगती हूँ। मुझे तुम्हें कुछ बताना है। मैं तुमसे बेइंतेहा प्यार करती हूँ, शायद इसलिए मैंने इस तरह प्रतिक्रिया की। मैं खुद को बेवकूफ समझ रही हूँ। इस तरह की हरकत मुझे पब्लिक के सामने नहीं करनी चाहिए थी। मैं खुद को समझा नहीं सकी। तुम्हारा दिल दुखाने के लिए मैं माफी चाहूँगी। मुझे लगता है मैंने तुम्हें शर्मिंदा किया। मैं तुमसे माफी चाहती हूँ, क्योंकि मुझे लगता है मैंने तुम्हें नीचा दिखाया है। मैं माफी चाहती हूँ, क्योंकि मैं तुमसे बहुत प्यार करती हूँ। जानते हो, आज मैंने लिखना क्यों बेहतर समझा, क्योंकि मैं तुम्हारे प्यार में पागल हूँ और मैं सिर्फ एकतरफा बात करना चाहती थी। मुझे वह वक्त याद है, जब मैं तुम्हारे प्यार में घायल हुई थी। वह इसलिए नहीं था कि तुम देखने में अच्छे थे या फिर पैसेवाले या जवान थे। वह इसलिए कि मैंने तुम्हारी नजरों में अपनी परछाईं देखी थी और मैं तुम्हारे साथ सहज महसूस करती थी। पिछले कुछ हफ्तों में

मुझे तुम्हारी आँखों में मेरी कोई परछाईं नहीं दिखी। शायद यही वजह है मैंने आपा खो दिया। मैं यह तुमसे पहले भी कहना चाहती थी, पर मैं असुरक्षित महसूस कर रही थी कि अगर मैंने अपना डर तुमसे बता दिया तो शायद तुम और दूर चले जाओ। मैं अपनी कमजोरी छुपाने लगी। मैं यह छुपाने लगी कि तुम ही मेरी कमजोरी हो। मैं अब तुम्हें लिखते हुए बेहतर महसूस कर रही हूँ।

हमेशा तुम्हारे प्यार में पागल···

गौरी!

XOxo

इस अप्रत्याशित प्रेम-पत्र को पढ़कर मैं खुद को दोषी समझने लगा। मुझे कभी नहीं पता चलता कि गौरी इस संबंध में कितना असुरक्षित महसूस करती है। इसमें मेरी काफी भूमिका है। मुझे ऐसा लग रहा था कि सिर्फ मैं ही था, जो असुरक्षा और आलोचना से गुजर रहा था। एक और कारक था जिससे मैं खुद को असहज मान रहा था वह कि मैं कठोर था। खैर, ये सब विंचार दस मिनट में गायब हो गए। मैंने पीछे से गौरी को पकड़ा। हम लोग निश्चित रूप से नींद में थे, पर वह हमें एक-दूसरे को प्यार करने से नहीं रोक सकी। उस दिन मुझे पता चला, इससे फर्क नहीं पड़ता कि घड़ी में समय कितना हुआ है, दिन है या रात है, नींद कितनी गहरी लगी है। चाहे जो भी बात हो, अगर तुम्हारी प्रेयसी तुम्हारे बाजुओं में है तो किसी बात से कोई फर्क नहीं पड़ता।

गौरी मुझसे पहले जग गई थी। उसने मेरे कपड़ों में इस्त्री कर दी थी, नाश्ता करनेवाली टेबल साफ कर दी थी, नाश्ता ऑर्डर कर दिया था और प्यार से मुझे जगाया था। यही तो था, जिसकी हमारी जिंदगी में कमी महसूस हो रही थी। मुझे और कुछ समझाने की जरूरत नहीं पड़ी। मुझे महसूस हुआ कि मेरी बीवी वापस आ चुकी है। हम दोनों ने किसी विषय पर बात नहीं की। आखिर उसे पता चल गया था कि मैंने वह खत पढ़ लिया है। वह खत उसके तकिए के नीचे से मेरे बैग में चला गया था। मैंने उठते ही प्यार से गौरी को हग किया। उसके सिर को पकड़कर होंठों पर प्यारा सा चुंबन दे दिया।

गंगा अपने सीट से उठी और तालियाँ बजाने लगी। उसके पास बताने के लिए कुछ अच्छी बातें थीं, "तुम लोग सच में रोमांटिक दंपती थे।"

"मैं अभी भी हूँ और मुझे उसकी बहुत याद आती है।"

"यह सुनकर अच्छा लगा। मुझे लगा तुम दृष्टि की ओर ज्यादा झुक गए हो।"

"वह एक एपिसोड की तरह थी, ठीक किसी फिल्मी स्टाइल में।"

गंगा के साथ यह मीटिंग बहुत थकाऊ होती जा रही थी। अपनी पुरानी यादों को सँजोकर उनकी उधेड़-बुन करना और फिर उन्हें लगातार बातों के माध्यम से पहुँचाना, पूरा सिस्टम खराब किए दे रहा था। मेरे पास सिर्फ एक ही उम्मीद थी कि इस मीटिंग के बाद कुछ-न-कुछ सकारात्मक परिणाम निकलकर आएगा। गंगा खुद भी बहुत संवेदनशील महिला थी। वह उठी और मुझे एक ड्राइव पर ले जाने की माँग की। वह कुछ गाने सुनना चाहती थी और इस आत्मकथा को नई तरह से सुनना चाहती थी।

थोड़ा असंवैधानिक होते हुए हमने कारोबार (कार में बार) करने के बारे में सोचा। वाइन शॉप से मैंने अपनी प्यास बुझाने के लिए एक बियर खरीदी। उतनी देर में गंगा कबाब लेने चली गई।

हम जयपुर हाईवे पर निकल लिये। हम अपनी सीमा में रहना चाहते थे, खासकर यह जानते हुए कि पीने के बाद गाड़ी चलाना दंडनीय अपराध है। हम हमेशा सुरक्षा का ध्यान रखते थे और इसलिए हमने सीट बेल्ट बाँध ली थी और गाड़ी की रफ्तार साठ किलोमीटर प्रति घंटा से कम में ही रखनी थी।

"मैंने यह कारोबार श्रीन्या के साथ भी किया है।" मैंने बताया।

"तुम लोग क्यूबा ट्रिप के बाद भी मिले। कैसे?"

"हाँ, हम मिले। उस कॉन्सर्ट के दिन, हम कॉन्सर्ट देखने नहीं गए।"

गौरी से मोहब्बत निभाने के पश्चात्, हम लोगों ने इस चहारदीवारी में ही रुकने का निर्णय लिया। काफी वक्त भी तो हो चला था, जब परिस्थितियों ने इतनी प्यार-विलासिता से रहने का अवसर दिया हो। मैंने तुरंत अन्य लोगों को अपने प्लान से अवगत करा दिया।

वहीं दूसरी तरफ, जेरी मैहर को मनाने में सफल हो गया था। यह कोई

कठिन काम नहीं था। आखिर, अगर गौरी प्रसन्न है, तो मैहर को भी खुश रहना पड़ेगा। जेरी मुझे आभार व्यक्त करना नहीं भूला। उस कॉन्सर्ट वाली रात लड़के सिर्फ एरोस्मिथ के गाने ही गुनगुना रहे थे। यह उसके एल्बम का बहुत बड़ा लॉञ्च था। स्टीव टाइलर हवाना पर कदम रखना चाहता था, जिससे उसकी जादू भरी आवाज इस कैरेबियाई द्वीप समूह में आकाश तक गूँजे। उस दिन गौरी और मैं बिस्तर से ही नहीं उठे। अजीब है न! कुछ ऐसा मंजर था। जैसे कुछ नवयुवा लड़के पागल हो जाते हैं, ठीक वैसे ही हम लोग उस रात बहुत ही वाइल्ड हो गए थे। प्रेम में अजीब शक्ति है। आपको कोई बड़े-छोटे कॉन्सर्ट को छोड़ने का कोई गम नहीं होता। जब आप अपने पसंद के काम करते हो, वह अधिकतर सही होते हैं। इस बार भी हमारी पसंद बिल्कुल सही थी।

कॉन्सर्ट में जेम्स ने प्रवेशक से बात कर अपनी सीट ढूँढ़ी। श्रीन्या भी अर्शिया के साथ वहाँ पहुँच गई थी। साफ तौर पर वह अनिच्छुक थी, पर जब उसने मुझे और नफरत करनेवाली मेरी बीवी को नहीं देखा तो उसने राहत की साँस ली।

जेरी ने श्रीन्या की तरफ आँख मारी, बदले में वह मुसकरा दी। यह इस बात का संकेत था कि उसके अंदर का गुस्सा शांत हो चुका है। अगले ही पल जेरी ने सोम और उसकी पत्नी दृष्टि को देखा। वह उसके नजदीक जाकर बैठ गया। सोम उसे नहीं पहचान पाया पर दृष्टि उसे पहचान गई।

जेरी और श्रीन्या बातों में मशगूल हो गए। उन सभी ने संगीत का भरपूर आनंद लिया। कुछ इस तरह से उन लोगों ने हमें पूरी कहानी बताई थी और कुछ वीडियो भी दिखाए थे।

क्यूबा की इस रोमांचकारी ट्रिप का आखिर सुंदर अंत हो ही गया। संयोगवश, हम सभी की वापसी का टिकट एक ही फ्लाइट और एक ही दिन बुक था। यहाँ पर 'हम सभी' से मतलब उस पुलिस अफसर और उसकी पत्नी दृष्टि, श्रीन्या तथा उसकी मित्र एवं हम सभी एक साथ यात्रा कर रहे थे। मेरा दृष्टि के साथ हाय-हैलो हुआ। श्रीन्या ने मुझसे नजरें तक नहीं मिलाईं। इस ट्रिप में यही कहानी थोड़े दुखद अंत पर आकर खत्म हुई थी। मैंने टॉम

की तरफ देखा, वह श्रीन्या को प्रभावित करने की कोशिश में जुटा हुआ था। मैंने साफ तौर पर यह पता लगा लिया कि इन दोनों के बीच कॉन्सर्ट की रात अधिक बातचीत नहीं हुई थी। मुझे पता था, इसका दोष मुझे ही दिया जाएगा जबकि गौरी और मैहर इसकी मुख्य वजह थी। पर मुझे अभी भी विश्वास था कि सबकुछ अच्छा हो जाएगा। यह सब इसी बात पर निर्भर करता है कि टॉम इन सब चीजों को किस तरह लेता है। जेम्स हमेशा की तरह काम पर लगा हुआ था। वह हम सभी की जासूसी कर रहा था। मैहर जेरी पर निगरानी रखे हुए थी और मैं उन सभी पर। जेम्स जासूस मुझ पर नजरें गड़ाए हुए था। मैं अपने अवलोकन से एक बेहतरीन कहानी बुनने की कोशिश कर रहा था। फ्लाइट में हुई घोषणा ने मेरी आँखों में अवरोध पैदा कर दिया और मुझे सीट पर बैठना पड़ा। यह लंबी उड़ान थी, कुल मिलाकर 32 घंटे की। पहला स्टॉप ओवर और विमान बदलाव टोरंटो में था।

इस तरह की फ्लाइट्स में कई कहानियाँ बुनी जाती हैं। इस फ्लाइट में हर तरह के चरित्र एक साथ बैठे हुए थे, ठीक एक फिल्म की तरह। मैं इस पर आराम से दाँव खेल सकता था। मैं कुछ देर और बिताने के बाद मध्यावकाश की घोषणा करूँगा।

गौरी ने सोने का इरादा किया। मैं दो पेग सिंगल माल्ट व्हिस्की डाउन हो चुका था। मेरी सीट, गली के बिल्कुल बगल वाली थी। तकरीबन फ्लाइट में एक घंटा बीतने के बाद, मैं हर किसी पर नजर रखने लगा। कुछ फीट पास में, मैंने जेरी को पैर फैलाते हुए देखा। जैसे ही मैं उसकी तरफ झुका, उसने हमेशा की तरह मेरी तरफ अपना हाथ हिलाया और उसकी रोजमर्रा की बातें उसके होंठों पर आसानी से पढ़ी जा सकती थीं। उसकी सीट के पास वाइन और व्हिस्की की बोतल भरी पड़ी थी। अपने पीछे बैठी मैहर की तरफ अँगूठा दिखाते हुए उसके होंठों पर यह आवाज आसानी से पढ़ी जा सकती थी।

हम लोगों ने इकॉनमी क्लास का पहला ब्लॉक ले रखा था। टॉम और जेम्स को ढूँढ़ने की कोशिश में मेरी जेरी पर नजर पड़ी और मैं मुसकरा दिया। वे लोग शौचालय का उपयोग कर रहे थे। मैं उनमें से किसी एक के बाहर निकलने का इंतजार कर रहा था, ताकि मैं भी जाकर अपनी शंका समाधान

कर लूँ। टॉम बाहर निकला, मैं अंदर गया। मुझे बाहर निकलने में पाँच मिनट से अधिक का वक्त नहीं लगा। जेरी और श्रीन्या साथ में बैठे हुए आपस में बातें कर रहे थे। टॉम मैहर के साथ बैठा हुआ था। जेम्स अभी भी शौचालय का उपयोग कर रहा था। पिछली रात उसने बहुत गरम खाना खाया था। शायद शौचालय में बहुत देर तक टिकने का यही कारण होगा। तभी मुझे अचंभित करनेवाला दृश्य दिखा—दृष्टि और सोम, दोनों अलग-अलग पंक्ति की सीट में बैठे हुए थे। मैं छुपकर उनकी बातें सुनना चाह रहा था। फिर मैंने उनकी बात को नजरअंदाज करना बेहतर समझा। जेम्स दौड़ता हुआ मेरे पास से गुजरा और मेरे कानों में कुछ बोल गया, जो मैंने तुरंत नजरअंदाज कर दिया। वह दाँत निपोर कर आगे बढ़ गया। जो उसने मेरे कानों में कहा, उसे सुनकर मैंने उसे पक्का जासूस करार दिया। मैंने धीरे से जेरी और टॉम को थपथपाया, जिसके वजह से गौरी जाग गई। वह एकदम से चौंककर उठी। मैंने उससे पूछा कि आखिर क्या हुआ? उसने बताया कि उसने बहुत बुरा सपना देखा। उसने बताया कि मुझे मेरे दोस्तों ने धोखा दे दिया है और मैं जेल के अंदर कैद हो गया हूँ। और यह भी कि उसने मुझे हमेशा के लिए छोड़ दिया है। सच में यह बहुत ही भयानक सपना था। अब यही सही वक्त है इंटरमिशन का। अब आप मेरी जिंदगी के दूसरे पार्ट की कहानी पढ़ेंगे।

□

भाग-2

अनुमानतः यह हमारी बेस्ट लैंडिंग थी। सभी के चेहरे की रौनक और खुशियाँ यह बता रही थीं कि हमारी ट्रिप कितनी अच्छी थी। हमने किसी अपने को नहीं खोया। किसी को दिल का दौरा नहीं पड़ा। किसी भी फ्लाइट के स्टाफ से हमारा कोई झगड़ा नहीं हुआ। शराब की कोई कमी नहीं पड़ी, और सबसे महत्त्वपूर्ण यह कि किसी भी व्यक्ति ने अशांति पैदा करने की कोशिश नहीं की। अभी तक जिन्हें देखकर ऐसा लग रहा था कि सोने वाली दवाई खाकर सो रहे थे, वे जग गए थे। उस फ्लाइट में अधिकतर भारतीय ही थे। बस कुछ ही थे, जो मूल यात्रा के बचे थे। खासकर वे, जिन्होंने क्यूबा से उड़ान भरी थी। बाकियों ने मध्य लेओवर में विमान बैठे थे। अगर मुझे अगली बार मौका मिलता है तो मैं क्यूबा घूमना पसंद करूँगा। टॉम को हवाना में घर बसाने से भी कोई ऐतराज नहीं था। मैंने उसे श्रीन्या से यह कहते हुए सुना था। यह रिलेशनशिप उफान पर थी। इस लंबी उड़ान ने शायद उनके संबंधों को समृद्ध करने की भूमिका निभायी थी। मैं भी दृष्टि को निहारे जा रहा था। सच कहूँ तो उससे मेरी नजरें हट ही नहीं रही थीं। सोम ने मुझे बैगेज बेल्ट से बैग लेते समय उसकी तरफ आसक्त निगाहों से देखते हुए पकड़ लिया था। मैं इस तरह से नहीं देख रहा था, पर मैं घूर रहा था इसलिए देखनेवाले को ऐसा महसूस हो जाता है। मैं उस पत्नी के भाव पढ़ना चाह रहा था, जो ऐसे व्यक्ति के साथ दुनिया के उस छोर पर यात्रा करके वापस लौट रही थी, जो उस पर कब्जा समझता है। सबसे महत्त्वपूर्ण बात वापस आते समय दोनों अलग

पंक्ति की सीट में बैठे हुए थे। मैं सोच रहा था, शायद इन दोनों प्रेमी युगल की जिंदगी की कहानी मैं इनके चेहरे से पढ़कर निकाल सकता हूँ। और हाँ, वह इतनी सुंदर तो थी ही कि उसे घूरने में कोई बुराई नजर नहीं आ रही थी। जब सोमेश मेरी तरफ रुख कर रहा था, तभी दो कांस्टेबल आए और उन्होंने उसे सैल्यूट किया, जिससे उसका ध्यान भटक गया। गौरी ने मुझे कुछ गुमशुदा पाया और पूछ बैठी, "तुम्हें क्या हुआ जानेमन?" मेरी बीवी की यह एक पंक्ति मुझे वापस अपने होश में लाने के लिए काफी थी।

अंततः हम सभी कैब में बैठ गए। मैहर और गौरी एक कैब में बैठ गई थीं, वहीं सभी पुरुष दूसरी में। टॉम ने श्रीन्या के गाल पर चोट का निशान देखा हुआ था। जेम्स ने पीछे देखा और बोला, "दृष्टि को ऐसा लगता है कि उसके पति का किसी दूसरी औरत के साथ चक्कर चल रहा है।"

"सच में? और क्या जानते हो?"

"तुम्हें याद है, जिस रात हमारा झगड़ा हुआ था, दृष्टि ने दुर्घटना के लिए सोम को जिम्मेदार ठहराया जिस वजह से उसके पति और उसके बीच कहा-सुनी हो गई है।"

"मुझे भी ऐसा लग रहा था। इन दोनों में कुछ तो गड़बड़ है।" मैंने अपनी बात रखी।

"वे दोनों हौज खास में अपने खुद के मकान में रहते हैं।"

"क्या बात कर रहे हो? मुझे पता है कि तुम यह नहीं बताओगे कि तुमने किस तरह से यह पता लगा लिया?" मैंने कहा।

जेम्स ने थोड़ा भौकाल जमाते हुए कॉलर उठा ली। हमें नहीं पता, यह जानकारी हमारे लिए कभी उपयोगी होगी भी। यह तभी उपयोगी हो सकती है, जब पुलिस ऑफिसर हमसे बदला लेने का निर्णय ले ले। यह एक भयानक और अजीब विचार था, जिसे मैं अधिक देर तक अपने मन में नहीं रखना चाहता था।

"भाई, बहुत थकान लग रही है। मुझे नहीं लगता कि सोना कोई अच्छा विचार है।" टॉम ने कहा।

"मुझे भी ऐसा ही लगता है।" मैंने तुरंत समर्थन किया।

"एक-एक हो जाए, फिर?" जेम्स ने प्रस्ताव रखा।

हमने निर्णय लिया कि अपना सारा सामान घर में रखकर शाम को हम लोग फिर से निकलेंगे और रात्रि का भरपूर आनंद लेंगे। हम घर पहुँचे, गौरी और मैहर पहले तो सोना चाहती थीं पर एक बार उन्होंने हमारा प्लान सुना तो वे हमारे साथ चलने को तैयार हो गईं। मैहर जेरी के नजदीक रहना चाहती थी। टॉम श्रीन्या को आमंत्रित करना चाहता था और वहीं गौरी मुझे रात में अकेले नहीं छोड़ना चाहती थी। वह इस बात से अवगत थी कि जो प्रेम का बंधन फिर से बना है, उसे बनाए रखना जरूरी है। वह मेरा साथ देना चाहती थी। आखिरकार दो दिनों में उसे डेंटल समिट के लिए चेन्नई भी जाना था। तो साथ में रहना सबसे बेहतर विकल्प था। हम दोनों पति-पत्नी को साथ देखकर जेम्स अपनी यू.एस. में रहनेवाली बीवी को याद करने लगा। उसने उससे वीडियो कॉल करने का निर्णय लिया।

टॉम ने अनिच्छा से श्रीन्या को कॉल किया। उसने आधी रिंग बजने पर ही उठा लिया, जिसका मतलब वह भी इसे कॉल लगाने का प्रयास कर रही थी। उन दोनों ने ऐसे बात की जैसे कल सवेरा ही न होनेवाला हो। इस लंबी कॉल के बाद, टॉम इस तरह मुसकराने लगा जैसे अपनी शादी वाले दिन कोई मुसकराता है। वह ऐसे मेरी पूरी एस.यू.वी. में कूद रहा था जैसे बंदर कूदते हैं। यहाँ से वहाँ, एक सीट से दूसरी सीट। उसने धीरे से मेरे कान में आकर कहा, "श्रीन्या तुमसे एक बार अकेले में बात करना चाहती है। मुझे लगता है, उस दिन से उसने अपने दिल पर बड़ा बोझ उठाया हुआ है, जिसे वह उतार देना देना चाहती है।"

मैंने सहमति में सिर हिला दिया।

हमने साइबर के सोई 7 बार में म्यूजिक और ड्रिंक्स का मजा लेने के लिए निर्णय लिया। श्रीन्या अभी तक नहीं पहुँची थी। मुझे यह पहले से पता था, वह नहीं आएगी पर टॉम को विश्वास था। इसके पीछे कारण यह था कि उसने टॉम से मुझे बात करने के बारे में पूछा था। दूसरी तरफ टॉम ने श्रीन्या से यह बता दिया था कि गौरी भी हमारे साथ आनेवाली है, तो शायद यह कारण हो वह न आए। ऐसा लग रहा था जैसे टॉम और श्रीन्या का शादी का सारा

भार मेरे ऊपर ही हो, यहाँ तक कि उनकी पैच-अप कराने की जिम्मेदारी मेरे ऊपर आ पड़ी थी। मैं खुद को पंडित की तरह देख रहा था, जो दूल्हा-दुलहन का मिलन अपने मंत्रों के माध्यम से करवाते हैं। जेम्स ने टॉम को प्रसन्न करने की कोशिश की, "सुनो टॉम, तुम श्रीन्या के साथ जल्दी से लिव-इन में रहने क्यों नहीं लगते?"

"सही कह रहे हो! मुझे पूछना चाहिए।"

"नील, मुझे श्रीन्या से कोई बात नहीं करनी है। उम्मीद है, तुम समझ रहे होगे। यह मत भूलना, उसने होटल में मुझे ठोकर मारी थी।" गौरी गंभीर मुद्रा में बोली।

मुझे कोई सुराग नहीं मिल रहा था कि उसने कैसे मेरी बात को सुन लिया? वह मेरे पीछे बैठी हुई थी। वह पक्का मेरी जासूसी कर रही थी। मैं नर्वस था। मैं उसका मूड नहीं खराब करना चाहता था। इसलिए मैंने उसे अच्छा महसूस कराना बेहतर समझा। मैं देख सकता था टॉम परेशान है, वह सिर नीचा करके बैठे हुए दो लंबी साँसें ले चुका है। वह कुछ नहीं कर सकता था। और उसने आगे जो बोला, वह इस बात का संकेत था कि उसने मन में क्या चल रहा है, "गौरी भाभी, आपकी चेन्नई समिट कब है?"

उसने इससे पहले कभी गौरी को 'भाभी' कहकर नहीं पुकारा था। यही इस बात का सबसे बड़ा सुराग था कि वह गौरी को भेजने के लिए कितना उतावला था। गौरी इसे पकड़ नहीं पाई, पर मैंने पकड़ लिया था। मैंने जब उसको कोहनी मारी थी, उसने चुप्पी साध ली। इससे पहले गौरी कुछ जवाब देती, मैंने विषयांतर कर दिया था। वार्त्तालाप चेन्नई के मौसम, वहाँ के विजन और वहाँ की सुंदर ईसी रोड जो पांडिचेरी जाता है, पर मँडराने लगा था।

कई साल पहले वहाँ मिड लेवल के स्ट्रिप क्लब होते थे, मैंने उनके बारे सुना है। यह शायद पांडिचेरी की फ्रेंच कॉलोनी का प्रभाव रहा हो, जिसे आजकल 'पुदुचेरी' कहा जाता है। मैं वहाँ जाना चाहता था, पर कभी जा नहीं सका। "बेबी, तुम 'पांडिचेरी' जरूर जाना।"

"हाँ बाबू! मैंने प्लान कर रखा है।" मेरी बीवी ने जवाब दिया।

अभी तक हम लोग सोई 7 में अच्छे से मजे कर रहे थे। मैहर जेरी के

कंधे पर सो रही थी, और उसने जगाने की कोई कोशिश भी नहीं की। मैंने उसे याद दिलाया, इसे जगाओ, ताकि हम कुछ देर मौज करें।

साइबर हब कुछ वक्त गुजारने के लिए अच्छी जगह है। जैसे ही हम बैठे, जेरी हमें कहीं नहीं दिखाई दे रहा था। शायद उसके फोन में कोई कॉल आई थी। जब वह वापस आया तो मैंने जानने की कोशिश की। भयवश उसने उस वक्त जवाब दिया था कि किसी ने इन्वेस्टमेंट के लिए उसे फोन किया था।

अंततः रात हो चुकी थी और हम अगली सुबह के लिए तैयार थे। शायद अब हमारी थकान उतर चुकी थी। ये सभी लोग हमारे घर में बिछ गए। अगली सुबह हम लोगों में विचार-विमर्श चल रहा था कि गुड़गाँव क्यों नहीं रहने लगते। मैं यह सुनकर बहुत खुश हुआ। आखिर श्रीन्या भी वहीं रहती थी, टॉम के लिए बेहतर रहेगा। गौरी और मैहर में कुछ बातें हुईं, अंत में मैहर ने भी वहीं आस-पास रहने का प्लान कर लिया, जिससे घर बदलाव के लिए जेरी भी तैयार हो गया। इसके सिवाय वह व्यावसायिक जगह थी और वहाँ एक अच्छा इन्वेस्टर मिलने के काफी उम्मीद थी। जेम्स जल्द ही वहाँ अपनी बीवी के साथ बसने वाला था। कुल मिलाकर सबकुछ बेहतर चल रहा था।

गौरी ने एक दिन अपने क्लिनिक से छुट्टी ले रखी थी, ताकि वह सो सके। मैंने पैकिंग में उसकी मदद की। जेरी बाहर जाकर कुछ संभावित इन्वेस्टर्स से मिलना चाहता था। मुझे लेकर हर कोई उसी बिस्तर में पड़े रहना चाहता था। खाना बाहर से मँगवा लिया गया था। जिंदगी सही एवं सुंदर रास्ते पर थी।

शुक्रवार का दिन था, मैंने गौरी को एयरपोर्ट पर छोड़ दिया। जैसे ही मैंने कार पार्क की, उसके आँखें भर आईं और मुझे जोर से पकड़ लिया। वह मुझसे जोर से लिपटी रही। उसके हाथ मेरी पीठ पर चल रहे थे, उसके आँसू बहने लगे। मैं भी खुद के आँसू रोक नहीं सका। उसने मेरी तरफ देखा, उसकी नजरों ने वह सबकुछ बयाँ कर दिया, जो मैं सुनना चाहता था। मैंने उसके चेहरे को पकड़कर उसके होंठों पर अपने होंठ रख दिए। उसकी जुबान से अब पहला वाक्य निकला था, "मुझे नहीं जाना! तुम भी साथ चलो न?"

"बेबी! जल्दी वापस आ जाना।"

"तुम भी मेरे साथ चलो न! मैं एक हफ्ते तुम्हारे बिना कैसे रहूँगी?"

कई वर्षों बाद हम अपने प्रेम को सार्वजनिक तौर पर महसूस कर रहे थे। ऐसा पहली बार हो रहा था कि वह इतने लंबे वक्त के लिए अकेले जा रही थी। न मैं साथ था, न ही उसके माता-पिता साथ थे और न ही कोई दोस्त। हमें प्यार ने अपनी भावनाओं से जकड़ लिया था। शुक्र था कि उसी वक्त मैहर का फोन कॉल आ गया, जिससे गौरी अलग हो गई। गौरी ने तुरंत नाक हिलाते हुए अपने हथेली के पिछले भाग से आँसू पोंछ लिये। लड़खड़ाती आवाज के साथ उसने खुद का ध्यान रखने और जेरी के साथ खूब खुश और प्यार से रहने की शुभकामनाएँ दीं।

"हाँ, केले के चिप्स और फ्रिज मैगनेट लाना नहीं भूलूँगी, डार्लिंग। लव यू।" उसने मेरे कंधे पर अपनी बाँह रखते हुए कहा और अगले एक मिनट तक बात करती रही।

वह क्षण आ गया था, जब उसे प्रस्थान करने के लिए छोड़कर जाना था। मैं तब तक खड़ा रहा, जब तक वह ओझल न हो गई। वह भी धीरे-धीरे हाथ हिलाते हुए ओझल हो गई। मैं कार में आकर बैठ गया। मेरा दिमाग सुन्न पड़ गया था, एकदम सुन्न! मैं यही सोच रहा था कि गौरी और मैं एक-दूसरे से कितनी मोहब्बत करते हैं। दुनिया में ऐसी कोई चीज नहीं थी, जिससे मैं उसके बिना जीवन जीने की सोचने का विचार भी करूँ। दूरियाँ ही हमें एहसास कराती हैं कि हम दोनों एक-दूसरे के लिए कितना महत्त्व रखते हैं। मैंने अभी से उसके वापस आने की गिनती शुरू कर दी थी। तुरंत मैंने व्हाट्स एप्प पर कुछ एमोजी के साथ इन पंक्तियों को भी भेज दिया—

तुम्हें कैसे बताऊँ तुम्हें मैं कितना प्यार करता हूँ,
तुम्हें कैसे बताऊँ तुम्हारी कितनी फिक्र रहती है मुझे
मैं अंतिम साँस तक तुम्हारे लौटने का इंतजार करूँगा
मैं तुमसे मोहब्बत करता हूँ और मेरे पास बहुत कुछ है बयाँ करने को।

गौरी का वह पत्र, जो उसने सरटोगा में लिखा था, वह हमेशा मेरे पास रहता था। मैं उसे बार-बार तब तक पढ़ता रहा, जब तक पार्किंग का सुरक्षाकर्मी पीछे से आकर मुझे छोड़ने के लिए नहीं कहा।

"भाईसाब, अब तो आपकी घरवाली अंदर गई। अब तो चले जाइए या फिर कोई और आनेवाली है?"

मैं हँसा और जाने के लिए सिर हिलाया, उस कागज को मोड़कर अपने जेब में डालकर एअरपोर्ट से बाहर चल दिया। तभी मेरे फोन पर टॉम की कॉल आ गई। उसने श्रीन्या को लेकर आने के लिए पूछा। इससे मुझे कोई दिक्कत नहीं थी। वह वसंत कुंज में रहती थी, मैं प्रोमेड मॉल से उधर चल दिया। उसने मुझे ले आने के लिए इसलिए बोला, ताकि बीच रास्ते में मैं उससे बात करूँ और यह बताऊँ कि मेरे अंदर उसके प्रति कोई दुर्भावना नहीं है। मुझे खुद ही पता नहीं चला मैं कितनी जल्दी मॉल के नजदीक पहुँच गया। शायद इसलिए, उस दिन मेरे दिमाग में सिर्फ गौरी ही चल रही थी। आप इसे परमानंद की मुद्रा भी कह सकते हैं। मैं समाधि की तरह चला जा रहा था। मैं प्यार में डूबा हुआ था।

कुछ ही देर में मैंने अपने दिमाग को काल्पनिक बातों से निकलकर बाहर देखा तो श्रीन्या कार के दरवाजे पर दस्तक देती हुई खड़ी थी। मैंने सबसे पहले उतारकर उसे हग किया, दरवाजे खोला और आराम से उसे बैठने का वक्त दिया। वह मंद-मंद मुसकराते हुए 'हैलो' बोली।

हम लोगों में हलकी-हलकी बातें होनी शुरू हुईं। उसने पूछा कि मैं फिर से कब उसकी फिटनेस क्लास ज्वॉइन कर रहा हूँ। मैंने हँसते हुए जवाब दिया कि यह तभी संभव है, जब टॉम उसके साथ रहने लगेगा। उसने इस बात को गंभीरता से नहीं लिया। उसने फिर से मुझे वही सवाल खड़ा कर दिया। मैंने फिर से वही जवाब दिया। फिर उसने मेरी तरफ देखा और बोली कि वह एक रूढ़िवादी दक्षिण भारतीय परिवार से है। सबसे खास बात, वह अपने माता-पिता के साथ रहती है। वह किसी अन्य के साथ रहने की कल्पना भी नहीं कर सकती। उसका यह तर्क सही था। मैं फिर से उसी प्रश्न पर आ गया, "मैं फिर से तुम्हारा कोर्स ज्वॉइन करूँगा। अच्छी बात यह है कि गौरी मेरी जिंदगी में वापस आ गई है और मुझे यह भ्रम था कि मैं मोटा हुआ जा रहा हूँ।"

"इसका यह मतलब नहीं हुआ कि तुम मोटे नहीं हुए जा रहे हो। असल में, तुम मोटे हो! फिटनेस अपने लिए होती है, दूसरो के लिए नहीं।"

"महोदया! जरूर मैं जल्द ही ज्वॉइन करूँगा, पक्का! अब मुझे बुरा न महसूस कराओ।"

"नहीं, ऐसी कोई बात नही! मैं तुम्हारी बीवी को लेकर बहुत आश्वस्त नहीं हूँ। इसलिए कोई जोखिम मत लो।"

"मुझे पता है, तुम उसे पसंद नहीं करती, पर मेरा विश्वास करो, वह मेरी जिंदगी में वापस आ चुकी है।" मैंने प्रसारित किया।

"जो भी है! मैं उस बात को भूल नहीं पा रही हूँ और रही-सही कसर वह बीच माहिर पूरी कर देती है।"

"तुम्हारा मतलब मैहर?"

"मैं उसका नाम नहीं लेना चाहती पर आपने सही पकड़ा है।" श्रीन्या ने हलके अंदाज में कहा।

"कोई बात नहीं श्रीनि! भूल जाओ! मैं उसके लिए माफी माँगता हूँ!"

"चलो माफ किया! पर इसका मतलब यह नहीं कि मैं टॉम के साथ रहने लगूँगी।"

"वह तुम्हारे साथ रहने लगेगा। क्या यह नहीं हो सकता?" मैंने हँसते हुए कहा।

उसने अपने हाथ से मुक्का जड़ दिया। मैंने उसे पिछली बातें भूलने के लिए धन्यवाद कहा। जो उसने तर्क दिए थे वे मेरे दिमाग में काफी वक्त तक रहे। वास्तव में, टॉम के बारे में हुई बातचीत काफी ठोस थी। मैंने उन बातों को तार्किक समझा और यह महसूस किया कि श्रीन्या वास्तव में एक समझदार लड़की है।

"नील, बुरा मत मानना, पर तपस मोहन एक झूठा टॉम है।"

"उफ! क्या हुआ?"

"वह बच्चों जैसा है, जैसे सरल और कोमल...क्या वह अपनी समस्या खुद हल नहीं कर पा रहा था?"

"ओह छोड़ो! उसने सोचा तुम्हें मुझसे बात करनी है, इसलिए..."

"नहीं, वह एक मर्द है और वह सोचता है वह टॉम हंक या फिर कुछ और है।... उसे अपनी समस्या के साथ-साथ तुम्हारी ओर से भी बात रखनी चाहिए।"

"हाँ! मैं समझ रहा हूँ, जो तुम कहना चाह रही हो।"

"आखिर तुम एक मर्द हो, तुम्हें मर्दों जैसा बरताव भी करना चाहिए।"

मुझे पता था कि टॉम क्या है। इसलिए मुझे एक और कोशिश करनी चाहिए, वरना मैं अपने दोस्त का पक्ष रखने में खुद को असफल महसूस करूँगा।

"नहीं श्रीन्या! वास्तविकता में टॉम ने मुझे इसलिए नहीं भेजा कि मैं उसका पक्ष रख कर बात करूँ बल्कि इसलिए भेजा है कि तुम्हें रास्ते से ले आऊँ। वह खुद भी आना चाहता था, पर मैं आ ही रहा था तो···"

"ओह! अच्छा, समझ गई।···मैं फालतू में ही।···चलो कोई नहीं। छोड़ो।"

मैं जाम से निकलता हुआ किसी तरह वक्त पर घर पहुँच गया। टॉम के बेसब्री से भरे मेसेज ने कार की रफ्तार बढ़ाने में मदद की। प्रेम ने रफ्तार बढ़ाने में उतनी ही मदद की।

मैं यह सोचने लगा, किस तरह मुझे गौरी को प्रभावित कर उसे अपना बनाने में दो वर्ष लग गए और इस तपस को देखो। सिर्फ एक ट्रिप में मुलाकात हुई और अब अपने घर पर बुला लिया। ठीक झट मँगनी, पट ब्याह की तरह। इससे सिर्फ एक ही बात निकलकर आती है—जनरेशन गैप। और यह जींस की भी देन होती है। ओह, तो टॉम के पिताजी कैसानोवा के होंगे। मैं भी क्या-क्या बकवास सोचता रहता हूँ! घटिया, एकदम घटिया!

"खोलो"

"क्या?"

"अरे भाई, घर आ गया! कार का दरवाजा नहीं खुल रहा है, इसे खोलो।"

"ओह हाँ! सॉरी···सॉरी! मैं गौरी के खयालों में डूब गया था।"

टॉम अपार्टमेंट के लॉबी में ही खड़ा था, यह हमें अचंभित करने के लिए काफी था। उसके हाथ में एक बुके था। वह श्रीन्या को शर्मिंदा होने के लिए कोई कारण नहीं छोड़ना चाहता था। इससे पहले कि मैं फिर उसके पिताजी के बारे में सोचना शुरू करूँ, मैंने लिफ्ट का दरवाजा खोलकर उन्हें अंदर कर

लिया। मैं नहीं चाहता था कि उन दोनों के साथ कोई मुझे देखे और कोई राय बनाए, खासकर श्रीन्या के साथ। अगर टॉम का बस चलता तो वह श्रीन्या को आगे बढ़ने ही न देता। वह उसमें खो सा गया था। श्रीन्या प्यारी तो थी ही, इसमें कोई शंका की बात ही नहीं थी।

जैसे ही हम अपने फ्लैट पर पहुँचे, जेम्स और जेरी जमाई राजा का स्वागत करने के लिए पहले से ही इंतजार कर रहे थे। जेरी ने मैहर को श्रीन्या की वजह से आमंत्रित नहीं किया था। इनमें से किसी एक को बलिदान तो देना ही था। मैं खुश था कि श्रीन्या के अंदर कोई दुर्भाव नहीं है। सबकुछ व्यवस्थित लग रहा था। जलपान और कॉफी के बाद हम सभी अपने-अपने काम करने लगे। मैं अपने कमरे चला गया और स्टार वर्ल्ड पर कुछ देखने लगा। कुछ ही देर बाद जेम्स और जेरी भी आ गए। मुझे सच में तब अचंभा हुआ, जब जेम्स ने बताया कि वह प्रतिदिन आनेवाला धारावाहिक 'उड़ान' पसंद करता है। जेरी की भी हालत मेरे जैसी थी। हम लोग अपने में ही मस्त थे। हम सभी ने उन प्रेमी युगल को उनके संवेग के साथ उनके आरामदायक दुनिया में छोड़ दिया था।

मैहर एक हफ्ते के लिए अपने माता-पिता से मिलने गई हुई थी और वह तभी वापस आनेवाली थी, जब गौरी। जेम्स अपने आईपॉड में कुछ बेहतरीन गाने बजा रहा था। धारावाहिक देखने के पश्चात् हमने संगीत सुनने को प्राथमिकता दी।

वह बॉन जोवी, बेयोंचे, जस्टिन टिम्बरलेक और ब्रयान एडम्स के गाने बजा रहा था। हमने अच्छा समय बिताया। टॉम श्रीन्या को उसके घर छोड़ आया। जब हम वापस लौटे तो हमने बियर ली। फिर मैंने गौरी को फोन किया और यह सुनिश्चित किया कि वह सही सलामत पहुँच गई और उसने होटल में प्रवेश कर लिया है। उसके पश्चात् जेरी ने मैहर से कॉल और जेम्स ने सिंडी से वीडियो कॉल की। वह तब बड़ी खुश हुई, जब उसे पता चला कि जेम्स का भारत में बसने का प्लान है। जब यह सब जारी था, हमने कुछ और पिंट बियर पिए और जल्द ही नींद की आगोश में चले गए।

□

रात के शांत से माहौल में, हौज खास के अपने मकान में सोमेश और दृष्टि दंपती किसी तुच्छ बात पर झगड़ रहे थे। सोमेश को अगली सुबह किसी अनजान जगह पर ऑफिशियल ट्रिप पर जाना था। दृष्टि ने यह कहते हुए विरोध किया कि उसे भी साथ ले चले। उसने बताया कि अपने पति की उसे अकेले छोड़ जाने की वजह से वह अत्यधिक तनाव से गुजर रही थी। सोमेश ने इसे गंभीर अपमान की तरह लेते हुए बताया कि वह उन ऑफिसर्स में से है, जो अपनी बीवी को छुट्टियों में हवाना लेकर गया। वास्तविकता यह थी कि काफी प्रोत्साहित करने के बाद सोमेश छुट्टियों पर हवाना ले जाने को तैयार हुआ था। वह हमेशा व्यस्त होने का दिखावा करता रहता था। उसने अपनी संपत्ति के बारे में दावा किया कि दृष्टि इस दुनिया की अधिकतर वस्तुओं का उपभोग करके आरामदायक जिंदगी जी सकती है, जो किसी आम पुलिस अफसर की बीवी को नहीं मिलती। इसलिए वह इसका आनंद ले। दृष्टि को यह बात बुरी लगी और उसने सोमेश को अभिमानी व्यक्ति कह दिया, जिसके अंदर कूट-कूटकर अहम् भरा हुआ है।

यह जुबानी लड़ाई तब तक चलती रही, जब तक डिनर के लिए नहीं बुलाया गया। कोई एक-दूसरे से सुलह के लिए तैयार नहीं था। दंपती अहम् और तुनकमिजाजी के शिकार थे। अभी तक गनीमत यह थी कि इन दोनों ने आपस में ही झगड़े सुलझाने की कोशिश की थी, माता-पिता और मित्रों को शामिल नहीं किया था। ऐसा लग रहा था कि उस दिन परिस्थिति नियंत्रण से

बाहर होनेवाली थी। दृष्टि ने सोमेश को चेताया, जब वह वापस आएगा तो वह यहाँ पर नहीं मिलेगी। सोमेश सोचने लगा। वह दृष्टि का हाथ पकड़कर उसे शांत करने की कोशिश करने लगा, पर वह सुनने वाली कहाँ थी? उसने भी अधिक मनाने की कोशिश नहीं की। वह कमरे में घुसकर ऐसा दिखावा करने लगा जैसे बैग पैक कर रहा हो। दृष्टि ने दूसरे कमरे में जाकर दरवाजा बंद कर लिया। कुछ इस तरह से उनकी रात गुजरी। दोनों ने एक-दूसरे से ऐसी हरकत की, जिससे पीछे हटने की संभावना कम ही दिख रही थी।

सोमेश को नींद नहीं आ रही थी। एक तरफ उसके पेशेवर प्रतिबद्धता, वहीं दूसरी तरफ बीवी से उसके झगड़े खत्म होने का नाम ही नहीं ले रहे थे। कोई त्वरित हल नहीं निकल रहा था। हैरानी की बात यह थी कि वह अर्जित के कॉन्सर्ट से टिकट लाया था। वह इतना दुःखी हुआ कि उसने टिकट ही फाड़ डाले। उसने दृष्टि को इस बारे में बताया तक नहीं। उसने अनीता बेकर के द्वारा गाया गया, अपना पसंदीदा गाना 'स्वीट लव' लगाया और अपने तकिया को पकड़े एवं अपने दुःखों में झूलता हुआ धीरे-धीरे नींद के आगोश में चला गया। दृष्टि मध्य रात्रि में जगी। फ्रिज की तरफ जाते हुए उसने सोमेश के कमरे से गाने बजने की आवाज सुनी।

"इस आदमी को देखो। गाना सुनने में व्यस्त है और मैं मूर्खों की तरह दुःखी हूँ। मेन विल बी मेन। मुझे अपनी जिंदगी को सहजता से लेना चाहिए। अंतिक्षा जब मुझे अकेले जाने के लिए प्रेरित करती है तो वह सही कहती है। काश! मैं उन औरतों की तरह होती, जिन्हें अकेले रहने में कोई दिक्कत नहीं होती। मैं कितनी अलग हूँ! भगवान्, मुझे शक्ति दो!" दृष्टि अपने मन-ही-मन खुद को प्रोत्साहित करने की कोशिश कर रही थी।

उसके लिए सबसे बड़ा चिंता का विषय यह था—उसे शंका थी कि सोमेश का कहीं चक्कर चल रहा है। एक बार उसने उसके बैग में एक जोड़ी औरतों के चप्पल पाए थे। जब उसने सोमेश से पूछा, वह अचंभित रह गया और बजाय सफाई देने के उसने उलटा ही पूछ लिया कि उसका बैग क्यों छुआ गया। तब ही उन दोनों में भयंकर अनबन हो गई थी। गुस्से के कारण सोमेश कभी सफाई नहीं देता और दृष्टि यह उम्मीद रखती कि एक दिन

सोमेश आकर उसे विधिवत् समझाएगा। ऐसा कभी नहीं हुआ। सच का कभी पता नहीं चला। अगर वह बात में जवाब देता तो ऐसा लगता, वह घुमावदार बातें बनाने की कोशिश कर रहा है। ऐसे जवाब तुरंत दिए जाने चाहिए। सामान्य दुनिया में इसे घमंड कहा गया है। अहंकार ऐसा जहर है, जो साँप के काटने से भी तेज गति से फैलता है। साँप के काटने में आपको पता होता है कि क्या करना चाहिए। यहाँ आपको कुछ पता ही नहीं होता। अपने जीवन में थोड़ा सा बदलाव और रोज की मोहब्बत शायद अहंकार को कम कर दे। यह संबंध प्रेम और समझ की कमी का शिकार था।

उनका यह झगड़ा अभी तक जारी है। तुच्छ बातों के लिए झगड़ा नहीं करना चाहिए, पर ये लोग माननेवाले नहीं थे। अगर इसे सुलझाना था तो किसी एक व्यक्ति को आगे बढ़कर पहल करनी थी और दूसरे को साथ देना था।

शांत रहना ठीक बात है, पर वह शांति जो प्रेम और सामंजस्य में बाधा डाले, उससे बढ़ी विनाशकारी वस्तु कोई हो नहीं सकती। दृष्टि अपना वक्त चाहती थी, पर सोमेश को लगता था, वह उस पर जासूसी करके परखना चाह रही थी।

अगली सुबह दृष्टि ने मेज पर नाश्ता रख दिया था और वे दोनों एक-दूसरे से बातें नहीं कर रहे थे। सोमेश बिना खाए ही चला गया। उसकी फ्लाइट देरी से थी, फिर भी वह सुबह जल्दी जगा और बिना एक शब्द बोले निकल गया।

दृष्टि की आँखें भर आई थीं। वह डाइनिंग हॉल में बैठकर खूब रोने लगी। वह अपने भावनाओं को निकालने के लिए अपनी जाँघों पर मुक्के मार रही थी। उसके रोने की कठोर ध्वनि जोर-जोर से सुनी जा सकती थी। कई सालों में पहली बार ऐसा हुआ था, वह खुद को सँभाल नहीं पा रही थी। वह खुद को विकराल संकट में पा रही थी। उसने खुद को दर्पण की ओर देखा और खुद पर तरस खाने लगी। परंतु एक बात निश्चित थी—वह कमजोर नहीं थी। यह सब अस्थायी था। उसने अपने फोन की तरफ देखा, उसमें कोई भी कॉल और मेसेज नहीं था। जब वह उसे रखकर दर्पण के सामने कुरसी में बैठने वाली थी, उसका फोन बज उठा। उसने तनिक भी ध्यान नहीं दिया।

फोन फिर बज गया, उसने फोन उठा लिया। अंतिक्षा ने फोन किया था। दृष्टि हमेशा उससे अपनी निजी बातें साझा करती थी।

अंतरा अपनी बहन के मन की बात तुरंत जान जाती थी। वह उसकी आवाज सुनकर भी भाँप लेती थी।

"तू रो क्यों रही है, दृष्टि?"

'कुछ नहीं, यार! जब मिलूँगी तो बताऊँगी।"

"रुको! मैं दस मिनट में पहुँचती हूँ! मैं पास में ही हूँ।"

दृष्टि तुरंत सजने लगी। ऑय लाइनर, ऑय शैडो, काजल लगाया ताकि वह बेहतर दिख सके। उसका अधिकतर मेकअप आँखों पर ही केंद्रित था। अंतिक्षा को पहुँचने में देर नहीं लगी।

"तुम कब से मुझसे बातें छुपाने लगी?" उसने दृष्टि को देखकर पहचान लिया।

"नहीं यार! बस ऐसे ही! मैंने सोचा, तुम्हारे साथ बाहर घूमने चलेंगे।"

"घूमने या पीने?" अंतिक्षा ने मजाक किया और दृष्टि ने हँसकर उसका जवाब दिया।

"तुम्हें फिर से मुसकराते हुए देखकर अच्छा लग रहा है।"

'मैं कभी हँसना भूली ही नहीं। बस, कल की रात भयानक थी।"

"सोम कहाँ है?" अंतिक्षा ने पूछा।

"किसी मीटिंग के लिए शहर से बाहर गया है।"

"आओ, मुझसे गले मिलो! चिंता मत करो, तुम्हें अच्छा लगेगा! मैं नाटक के लिए तुम्हारे टिकेट बुक कर देती हूँ।"

दृष्टि बहुत जोर से रोने लगी। कुछ देर बाद अपनी बहन के कंधों में मिले सुकून से वह ठीक हुई। दोनों बहनें खूब बातें करने की मूड में थीं। अंतिक्षा को नई टी-शर्ट पहननी पड़ी। जो उसने पहले पहने हुई थी, उसमें दृष्टि के काजल और ऑय मेकर बह गया था।

"अंतरा, मैं सोचूँगी! जानती हो, तुम्हारे यहाँ से मेरा ऑफिस बहुत नजदीक है!' दृष्टि ने कुछ इस तरह से बात कही जैसे वह अंतिक्षा के यहाँ पर कुछ दिन गुजारना चाहती हो।

"मेट्रो अच्छा रास्ता है। एक बार सोच लो, दृष्टि!"

वास्तविकता यह थी कि दृष्टि और अंतिक्षा सामान्यत: सोमेश और उसके बीच की बातों पर अधिक बातें नहीं करते थे। अंतिक्षा सबकुछ दृष्टि पर छोड़ देती थी कि वह क्या साझा करना चाहती थी और क्या नहीं। उस दिन दृष्टि ने वह कहा, जो इसके पहले कभी नहीं कहा था, "मुझे लगता है, मुझे सोमेश को छोड़ देना चाहिए।"

"क्या कह रही है! सच में?"

"इस बार मुझे पक्का विश्वास हो गया है।"

"चल, तू तैयार हो जा! बाहर चलते हैं।"

अंतिक्षा दृष्टि के इस निर्णय से थोड़ा व्याकुल हो गई थी। वह इस बात को अधिक लंबा नहीं खींचना चाहती थी। इसलिए बदलाव के लिए बाहर जाना बेहतर विकल्प था। उन्होंने निर्णय लिया, वे हैबिटैट सेंटर के आस-पास घूमेंगे। वहीं पर भारत के बहुत बड़े चित्रकार कोमल बीर सिंह की पेंटिंग प्रदर्शनी थी। वह उनका दोस्त भी था। प्रदर्शनी शुरू होने में वक्त था, इसलिए उसने उनके साथ कैफे में बैठने का निर्णय लिया। वह चित्रकारी के लिए बुद्धि और हास्य के लिए भी जाना जाता था। कोमल बीर ने उन महिलाओं को थोड़ी-बहुत मुफ्त की सलाह दे दी। उसने मुंबई में रहने की सलाह दे दी। उसने दिल्ली को जमकर कोसा! महिलाओं को कोई आश्चर्य नहीं हुआ। वह मुंबई का रहनेवाला था, इसलिए उसने दिल्ली से पलायन करके मुंबई में रहने की सलाह दी।

जेरी, जेम्स और मैंने सुबह के कुछ घंटे हैबिटैट सेंटर के आस-पास घूमने का प्लान किया। टॉम और श्रीन्या ने सोहना के वेस्टिन में डेट प्लान की थी जिसे जेरी द्वारा सुझाया गया था। चूँकि हम थैंक्स गिविंग के वक्त प्रॉपर्टी देखने जा नहीं पाए थे, तो वह चाहता था हम में से कोई एक वहाँ प्रॉपर्टी देखने जाए और वे प्रेमी जोड़े खुशी-खुशी तैयार हो गए।

हैबिटैट के आस-पास हमने भोजन के लिए ऑल अमेरिकन डिनर

रेस्टोरेंट का चुनाव किया। मैं अपने से कुछ कदम की दूरी पर दृष्टि को देखकर अचंभित रह गया। मैंने हाथ हिलाया। वह मुझे पहचान गई और उसने पास आकर हम सभी से हाथ मिलाया। मैंने उसे हग किया। सिर्फ मैं ही था, जिसने उसे हग किया था। मुझे अच्छा लगा। वह मेरे लिए सुहृदय दिल वाली थी। थोड़ी ही देर में उसके पति का चेहरा मेरे दिमाग में आ गया और मैंने पूछने में कतई देर नहीं की, "तुम्हारे गरम-मिजाज पतिदेव कैसे हैं?"

वह कुछ देर चुप रही और फिर धीमी आवाज में बोली, "ठीक ही होगा!"

मैंने अपने मन में सोचा, इन दंपती की गृहस्थ जीवन गहरे संकट में है। मुझे नहीं पता मुझे क्या हुआ, मैंने अचानक से पूछ लिया, "दिल्ली में कुछ-न-कुछ गलत ही है। इन हवाओं में कुछ मिला हुआ है! हम सभी ने खुश रहना ही छोड़ दिया है।"

जो व्यक्ति उनके साथ सीट पर बैठा हुआ था, अपनी सीट से उठा और मेरे पास आते हुए 'हेलो' कहा, "हैलो भाई! मैं तुम्हारी बात से सहमत हूँ। मेरा नाम कोमल है। मेरी प्रदर्शनी देखने आओ न!"

"ओह माय गॉड, आपको कौन नहीं जानता? आपको सामने देखना हमारे लिए सौभाग्य की बात है!" मैं सच में विश्व के बेहतरीन चित्रकार को सामने देखकर खुश था। मिलने-जुलने और दिल्ली की धज्जियाँ उड़ाने के बाद कोमल चला गया। दृष्टि भी छोड़कर जाने लगी।

"हमें भी जाना है! बाद में मिलते हैं! वैसे मैं डी.टी.वी. में काम करती हूँ।"

"वाह! ये तो बढ़िया है! मुझे डी.टी.वी. देखना बहुत पसंद है।"

"क्यों?"

"बस, ऐसे ही। मुझे देखना पसंद है।"

"हाँ, तभी मैं पूछ रही हूँ। आपको क्यों पसंद है?"

"अरे छोड़ो! मैं बस तारीफ करना चाह रहा था।"

दृष्टि हँसने लगी, "डिअर, मैं बस तुम्हारी टाँग खींचना चाह रही थी।"

"तुम हँस भी लेती हो? मुझे नहीं पता था तुम हँस भी लेती हो। खैर,

तुम्हारी मुसकराहट बहुत अच्छी है। मैं अपने बारे में बताता हूँ, मैं कोक में काम करता हूँ। मैं वहाँ पर एशिया पैसिफिक मार्केटिंग डिविजन में हूँ।"

इस मीटिंग के बाद, हम अपनी सीट की ओर नाश्ता करने चल दिए।

दृष्टि ने अंतिक्षा की तरफ देखा और सोचने लगी कि मैंने जो कहा था क्या वह सच है? गैलरी की तरफ बढ़ते हुए उसने अंतिक्षा से पूछ लिया कि क्या वह सच में हँसना भूल गई है। अंतिक्षा उसे सांत्वना देने लगी। मैं उनकी तरफ तब तक देखता रहा, जब तक वे ओझल नहीं हो गईं।

"अच्छी जगह है," जेरी ने तारीफ की।

"ऐसा सुझाव देने के लिए शुक्रिया भाई," मैंने कहा।

वहीं देश के दूसरी तरफ मुंबई के उपनगर में, एक कार्यक्रम के दौरान सोमेश को सर्वश्रेष्ठ पुलिस ऑफिसर का खिताब प्रदान किया जा रहा था। उसके सीनियर ने यह देखा था, उसने कई अवसरों पर बहुत ही लगन से काम किया है। वह इस विरासत को आगे बढ़ाने में गर्व महसूस कर रहा था। इन पुरस्कारों के दौरान उसकी मुलाकात उसके पूर्व बॉस, श्रीमान विद्यानाथन से हुई। विद्यानाथन ने औपचारिकता निभाते हुए उसे बधाई दी, "बिहारी लौंडे! बधाई हो"

"शुक्रिया सर! पर मैं बिहार से नहीं हूँ।"

"बुरा मत मानना, पर मैं तुम्हें यह पुरस्कार मिलता देख अचंभित हूँ। कोई सिफारिश लगाया होगा तू···है न···बोल···बोल··· ?"

सोमेश के चेहरे पर नाराजगी दिखने लगी थी, पर वह आगे बढ़ गया क्योंकि वह अपने सीनियर से बहस नहीं लड़ाना चाहता था। उस दिन मन-ही-मन वह खुद को अपमानित महसूस कर रहा था। इसके बाद उसने विद्यानाथन से हाथ तक नहीं मिलाया। इससे साफ हो रहा था, विद्यानाथन सोमेश को तनिक भी पसंद नहीं करते थे। इस बीच सोमेश हर ऑफिसर से दिल खोलकर मिल रहा था।

इस बीच भारी दिल लिये हुए सोमेश ने दृष्टि को एक यह लिखते हुए

मेसेज किया कि उसे अपने काम में विशेष योगदान करने के लिए पुरस्कार दिया गया। दृष्टि के फोन की बैटरी खत्म हो गई थी और उसे पता तक न चला। वह और अंतिक्षा नाटक देख रहे थे। सोमेश ने फिर से अपने फोन की तरफ नहीं देखा। उसने यह मान लिया था दृष्टि ने उसके मेसेज को नजरअंदाज कर दिया। बाकी वह सभी ऑफिसर से मिलता रहा। सोमेश उस कार्यक्रम में इकलौता व्यक्ति था, जो अपनी पत्नी के साथ नहीं आया हुआ था। इसलिए उसके लिए यह तनिक अजीब स्थिति थी। वह मजे करना चाहता था, पर मन से खुश नहीं था। उसने अपने बॉस के पास पहुँचकर पेटदर्द का रामबाण बहाना बनाकर अवकाश ले लिया। उसने कमरे में वापस आकर दो पेग शराब पी और बिना कपड़े उतारे वैसे ही सो गया। पिछले दिन की अपेक्षा आज वह कोई गाना नहीं सुन रहा था। उसने अपनी आँख बंद कीं और अपने पिछले दिनों की याद में खोकर भावुक हो गया। 'मैं तुमसे घृणा करता हूँ, विद्यानाथन मैं तुमसे नफरत करता हूँ, ग्रांड पा।' एक क्षमतावान और सशक्त पुलिस अफसर अपनी निजी जिंदगी में बहुत कमजोर था। सोने से पहले उसने एक बार फिर से फोन में निगाह दौड़ाई थी।

दिल्ली के हैबिटैट में नाटक खत्म हो चुका था। दृष्टि ने अपने फोन की बैटरी चुकी हुई पाई। अंतिक्षा ने अपना फोन पकड़ा दिया। उसने सोमेश को यह पूछने के लिए फोन किया, वह कहाँ है। वह सो चुका था, उसने फोन नहीं उठाया।

"उसका घमंड तो देखो। पूरा दिन खत्म हो गया, पर उसने एक कॉल करने की जहमत नहीं उठाई।" दृष्टि ने अपने घर की तरफ गाड़ी चलाते हुए कहा।

"शांत हो जाओ, दृष्टि। जिंदगी बहुत सुंदर है। वह जरूर कहीं फँसा होगा।"

बस दो कदम और आगे बढ़े थे बारिश शुरू हो गई। "अरे यहाँ जिंदगी में कोई नहीं है तो प्रॉब्लम, किसी के जिंदगी में कोई है तो भी,...इस मौसम को देखो, कितनी मस्त बारिश हो रही है।"

वे दोनों रास्ते में कोस्टा कॉफी पर कॉफी पीने के लिए रुक गईं। दृष्टि ने अपनी ब्लैक कॉफी पीया, वहीं अंतिक्षा ने अपना लिट्टे कॉफी।

"काश! मेरी जिंदगी बदल जाए। मुझे एक पुरुष की सख्त जरूरत है, जो जरूरत के वक्त मेरी बगल में बैठा हो। इन सालों में सोमेश ने अपना वक्त छोड़कर मुझे सबकुछ दिया। मुझे उसका वक्त चाहिए था, जबकि उसने मुझे पैसा दिया। मुझे उसके साथ छुट्टियाँ बितानी थीं, जबकि उसने बहाने बनाए। मुझे उसका प्यार चाहिए था, जबकि उसने मुझे पाठ पढ़ाए।" दृष्टि ने भावुक होकर कहा।

अंतत: वे अपना पसंदीदा गाना सुनते हुए घर की तरफ चल दीं।

□

उस दिन डी.एल.एफ. अपार्टमेंट में सुबह कुछ सुहावनी हुई थी। मेरी पत्नी के द्वारा भेजा गया व्हाट्स एप्प मेसेज प्राप्त हुआ था। मेरा दिल प्रसन्न हो गया। मैंने जागकर तुरंत उस मेसेज का जवाब ढेर सारी मोहब्बत की भरी बातों से दिया। मेरे दोस्तों ने मुझे खुश देखा और आज के दिन को और खुशनुमा बनाने के लिए हम सभी ने बाहर घूमने का प्लान बनाया। हम उस पूरी रात बाहर ही घूमना चाहते थे। किसी ने इस विचार का विरोध नहीं किया। बस, थोड़ा-बहुत जगह को लेकर बहस हुई थी। एक पक्ष हेरिटेज रिजॉर्ट मानेसर की तरफ था और दूसरा फिर से सोई-7 के पक्ष में। असल में, आज वहाँ कुछ बॉलीवुड गायक गाना गानेवाले थे। जेरी ने तुरंत प्री-बुकिंग के जरिए टिकट चेक किया और सीट बुक कर ली। हाँ, श्रीन्या के लिए भी सीट बुक की गई थी। हमें पता था कि जेरी को मैहर की कमी खलेगी। वहीं अभी भी सिंडी को भारत आने में कुछ दिन थे।

हमने पूरा दिन स्पा में व्यतीत किया। अभी हाल ही में नया स्पा खुला था, जो थाई बेहतरीन मसाज देता है। हम इस अवसर को चूकना नहीं चाहते थे। पिछले साल हम थाईलैंड नहीं जा पाए थे तो यह हमारे पास अंतिम मौका था, कम-से-कम हम थाई स्पा का ही प्रयोग कर लें। जेरी ने इसे भी बुक किया था। वह हमारा ऑफिशियल बुकी था। मेरा मतलब बुक करनेवाला··· अरे, जो भी नाम दे दें।

मसाज के बाद हमने अपनी पत्नियों के लिए शॉपिंग की। बैग छोटे-छोटे थैलों से भरे हुए थे। फिर ठीक 8 बजे हम सोई-7 की तरफ चल दिए।

साइबर सिटी हब में चारों तरफ हलचल-ही-हलचल थी। यह छुट्टी का दिन था और सोई-7 पूरा भरा हुआ था। वहाँ अमीर लोगों के लड़के और लड़कियों, जिनका हर रोज घूमने-फिरने का ही काम होता है, से लेकर हम जैसे लोग जो काफी वक्त से रात में कहीं निकलते नहीं, मौजूद थे। हम सब के अलावा वहाँ कॉर्पोरेट की दुनिया के लोग थे, जिन्हें सामान्य तौर पर यह हिदायत दे दी गई थी कि उन्हें अमुक मात्रा से अधिक अल्कोहल नहीं पीनी है। वह इसलिए कि उन्हें बिल कंपनी को दिखाना पड़ता है। हम आस-पास नजरें घुमाने के बाद अपनी सीट पर बैठ गए और अपनी पसंदीदा ठंडी होल्लंडे के साथ शुरुआत की।

रात्रि 10:15

मैं ठंडी भूरी बोतल की तरफ निगाहें गड़ाए हुए था। अभी हमें चढ़ी नहीं थी, इसलिए हम सभी ने टकीला शॉट लगाना शुरू करनेवाले थे। बातों ने कुछ अलग ही रुख कर लिया—

"यार, ये तो हिट ही नहीं कर रही है।"

"चलो, टकीला मारते हैं।"

हम काफी तेज बातें कर रहे थे। हाँ, फिर भी डीजे से अधिक तेज नहीं थे। ये वही लड़की है न जो कुछ सालों पहले पीते हुए कोई-न-कोई गेम खेला करती थी। मैं निश्चित नहीं था। वह कुछ देर से वही महिला लग रही थी। चार पेग पीने के बाद वह बिल्कुल उसी की तरह लग रही थी। अपनी हथेलियों से मुँह पोछते हुए मैंने स्टीव, अपने वेटर स्टुअर्ड की तरफ देखते हुए पुकारा, "हे स्टीव, क्या लाए हो ?"

"सर ?"

"क्या ?"

"मतलब, आपकी क्या सेवा करूँ ?"

"मुझे पेपर नैपकिन चाहिए।" मैंने उससे कहा, जबकि मुझे वास्तविकता में मेनू कार्ड चाहिए था।

"तुम्हारे रसोइए की खासियत क्या है ?" जेरी ने पूछा।

"थोड़ी बर्फ ले आना।" श्रीन्या ने ऑर्डर दिया।

किसी ने दूसरे छोर से आवाज लगाई और वह लड़का जल्दी में निकल गया। स्टाफ को आज बहुत मशक्कत करनी पड़ रही थी। पक्के तौर पर आज कुछ लोग नौकरी छोड़ देंगे और कुछ निकाल दिए जाएँगे। हे भगवान्! ये फालतू बातें मैं क्यों सोच रहा हूँ? मुझे उठकर शौचालय जाना चाहिए। मेरे पेट में दबाव बनना शुरू हो गया था। मैं शीशे में देख रहा था, ठंडी बियर गरम पेशाब में तब्दील हो चुकी थी। मैं गंभीर मुद्रा में चेन बंद करके मुड़ गया। टॉम ने मेरे गालों को चूम लिया।

"श्रीन्या कैसी लग रही है, बता न यार?" टॉम पूछने लगा।

"हॉट! एकदम कंटास।"

"ओए यार! आई लव यू।"

तभी मेरे फोन की घंटी बजी। गौरी का फोन था। वह जैसे ही होटल के कमरे पहुँची थी, उसे मुझसे प्यार भरी बातें करने का मन हो रहा था। मैंने उसे बताया कि हम सब बाहर पार्टी कर रहे हैं, साथ में श्रीन्या भी है। वह यह सुनकर खुश हुई और कहने लगी, "बाबू! अधिक मत पीना! तुम्हें याद है न, गुवाहाटी में जब बैंगलोर वाले मामा आए थे तो क्या हुआ था?"

"अरे, फिक्र मत करो, मैं आधिक नहीं पीने वाला," मैं जैसे ही शौचालय से बाहर निकला, श्रीन्या महिलाओं के शौचालय की तरफ बढ़ रही थीं और मैंने जल्दबाजी में गौरी को 'बाय' कह दिया। श्रीन्या ने मेरे कानों में कुछ कहा, जो शायद मेरी समझ में नहीं आया।

रात्रि 11:15

"ये गांगुली और शास्त्री के बीच क्या पंगा हो गया?"

"हाँ, ईगो भरा पड़ा है और कुछ नहीं। वैसे दोनों के बीच कभी बनी भी नहीं।"

"हाँ, दादा अपनी जगह सही है।"

"विराट् मस्त बंदा है। उसने गांगुली और धोनी, दोनों को उनके जन्मदिन पर विश किया था।"

‘शास्त्री ने धोनी को विश किया था पर गांगुली को नहीं।"

"शास्त्री में ईगो है, यार।"

"पर गांगुली अच्छा बंदा है।"

"धोनी के बारे में तुम्हारी क्या राय है ?"

‘धोनी भी बढ़िया व्यक्ति है।"

"और शास्त्री ?"

"शास्त्री वही यार, क्या कहते हैं...थोड़ा घमंडी है।"

"विराट और धोनी, दोनों मस्त बंदे हैं।"

"विराट बहुत आगे जाएगा।"

"यह बात तो सच है, अनुष्का और विराट सच में प्यारे प्रेमी हैं।"

"आप लोगों की मेरे और श्रीन्या के बारे में क्या राय है ?" टॉम ने तुरंत मौका देखकर चौका मारा।

"अबे, तूने उसे प्रोपोज किया ?" हम सभी उससे प्रश्न कर बैठे।

"आज रात...आज रात वह रात है, जब हम दोनों एक हो जाएँगे।"

‘वाह क्या बात है !"

"पर वह शास्त्री को अपनी शादी में नहीं बुलाएगा, ऐसा मुझे लगता है।"

"एक बात जानते हो, अनुष्का शास्त्री की पत्नी की अच्छी दोस्त है। इसलिए मुझे लगता है, वह बुलाएगा।"

‘धोनी के बारे में ? मुझे याद है, धोनी ने अपनी शादी में कई खिलाड़ियों को नहीं बुलाया था। इसलिए विराट भी शायद उसे न बुलाए।"

"पर विराट अच्छा आदमी है, वह बुलाएगा।"

‘शर्त लगी ?"

"चल, लग गई।"

"पहले पिछली शर्तों के बकाया दस हजार रुपए दे।"

"अभी हारा नहीं हूँ। देखते जाओ, मलाइका जरूर अरबाज के पास वापस आएगी।"

"ठीक है। लगी शर्त ?"

"अरे स्टीव, कहाँ घूम रहे हो ? मेरे लिए नैपकिन ले आओ।"

"आपको कौन सा गाना सुनना है?"

"ला इस्ला बोनिता"

रात्रि 11:45

हमने जाने कितनी व्हिस्की के पेग पी लिये थे, अब हम 'ऑन द रॉक्स' पीनेवाले थे। श्रीन्या ने अनिच्छा से अपना हाथ अपने मोजीटो के गिलास पर रख दिया। उस गिलास में वर्जिन नहीं था। और ऐसा लग रहा था कि आज रात वह खुद भी वर्जिन नहीं बचेगी। हम सभी संगीत, रंग और बिना रुकने वाली हँसी-मजाक की बातों में खो गए थे।

आखिरकार मेरा पसंदीदा गाना बजने लगा। मैंने पहले टेबल पर बैठे सभी लोगों का अभिवादन किया। मुझे अपने आस-पास होनेवाली कुछ-कुछ बातें याद हैं। तभी किसी के जन्मदिन की घोषणा होने के साथ मेरा गाना रोक दिया गया। मुझे बहुत गुस्सा आया, घोषणा के बाद मेरा गाना हटाकर कोई दूसरा बकवास गाना लगा दिया गया। मैं बुरा महसूस करने लगा। मैं तुरंत खुद को नियंत्रित किया और भावुक होने लगा। मैंने हर किसी की तरफ नजरें दौड़ाईं। टॉम की हवस भरी निगाहें दूर से समझ आ रही थीं। मुझे ऐसा लग रहा था कि जैसे वह अपने हाथ श्रीन्या की तरफ बढ़ा रहा हो, वहीं दूसरे तरफ उसको भी चढ़ गई थी। उसे बोलने तक का होश न था।

अपने ग्रुप में जेम्स और मैं दो ही व्यक्ति थोड़ा होश में थे। ऐसा मुझे लगा!

जेरी उठकर जन्मदिन मनानेवाले लोगों के साथ शामिल हो गया। वह बीच-बीच में मुझे देखकर हाथ हिला देता। वह हँसता और एक महिला की ओर उँगली करके इशारा करता। वह लगातार ऐसी हरकतें कर रहा था और कुछ ही देर में वह महिला केक खाने चली गई।

जेरी वापस आ गया।

"मुझे उसकी याद आ रही है।" जेरी ने कहा।

"वह कब वापस आएगी?" टॉम ने पूछा।

"कल, मित्रो सुनो! उधर कुछ सुंदर लड़कियाँ हैं। क्या हमें उनके साथ शामिल नहीं होना चाहिए?"

"ओके! पहले ये शराब तो खत्म करो।"

"यार, हमें भी किसी दिन ऐसा ही पब खोलना चाहिए।"

"तुमने मेरे मन की बात छीन ली।"

"हमें जल्द ही इसके लिए निवेशक भी मिल जाएँगे," टॉम ने यूँ ही कह दिया था, परंतु जेरी का चेहरा तुरंत बदल गया था। जेरी कुछ वक्त सोचने लगा।

"इतना आसान नहीं है। इसी जेरी को देखो। कितने महीनों से एक निवेशक पाने के लिए संघर्ष कर रहा है।" मैंने बताया।

"अरे, खाने-पीने के व्यापार का अलग आकर्षण है।" टॉम ने समझाया।

"मैंने सुना है, इन सब खिलाड़ियों ने भोजन के व्यापार में जोखिम उठाया हुआ है।" जेम्स ने अपना व्यापारिक ज्ञान दरशाया।

"अरे, जो भी हो! विराट विराट है!"

"मुझे पता है, उसके अंदर वह कला है।"

"पर शास्त्री राजनीति खेलता है।"

"धोनी बेहतर व्यक्ति है।"

'विराट भी···"

'चल न यार, अब डांस करते हैं।"

"ठीक है, पर विराट बहुत अच्छा व्यक्ति है," टॉम ने बात जारी रखी।

तेज म्यूजिक बज रहा था। हम लोगों को भी चढ़ गई थी। जेरी हमें जन्मदिन वाली जगह पर खींच ले गया, जो डांस फ्लोर के बिल्कुल नजदीक थी। वह लगातार महिलाओं की ओर इशारा कर रहा था। टॉम और श्रीन्या असहाय दिख रहे थे। माहौल गरम था। हर कोई गानों के साथ सुर-में-सुर मिला रहा था। जेरी कुछ महिलाओं के कान में कुछ कह रहा था। शायद वह डांस के लिए पूछ रहा था। अंततः उसे एक महिला मिल गई, जो उसके साथ डांस करने को तैयार थी। मैं हवा में अपना हाथ हिला रहा था। टॉम खुद को सँभाल नहीं पा रहा था, इसलिए वह शौचालय की तरफ बढ़ गया। श्रीन्या को कुछ नहीं पता कि वह क्या कर रही थी। कुछ ही क्षणों में मैंने एक युगल को अपनी ओर आते हुए देखा, "तुमने उसे छूने की हिम्मत कैसे की?"

मुझे कुछ पता ही नहीं था। मैंने उससे कहा, "भाड़ में जाओ!" उन्होंने मेरे चेहरे पर कुछ मुक्के जड़ दिए। मैं जमीन पर गिर पड़ा। उसके बाद मैं सिर्फ सुन सकता था, क्योंकि मेरी आँखें बंद हो चुकी थीं। मुझे सामने का कुछ नजर नहीं आ रहा था। जैसे ही मैं देखने में सक्षम हुआ, मेरे आस-पास वही लोग खड़े थे, जिन्होंने मुझ पर वार किया था। मैंने तुरंत उठकर उन्हें मारना चाहता था। मैंने एक व्यक्ति पर प्रहार करने की सोची पर वह मुक्का एक औरत पर लग गया, जो उस मुक्के के पहले बेहद खूबसूरत लग रही थी। जैसे ही ऐसा हुआ, आस-पास कौतूहल मचने लगा। उसके बाद मुझे जहाँ तक याद है, मैं एक तरफ चेहरे के बल जमीन पर पड़ा हुआ था। जब मुझ पर कुछ लाइटें जलाई गईं तो मेरी आँखें खुलीं। श्रीन्या मेरे ऊपर लेटी हुई थी। वे लाइटें असल में कैमरे की थीं। कुछ लोग बड़े कैमरा लिये मेरे आस-पास खड़े हुए थे। मुझे कुछ नहीं पता चल रहा था, मेरे साथ क्या हो रहा है? तभी एक स्टाफ आया और उसने मेरे ऊपर पानी डाल दिया। मुझे जो कुछ याद है, वह यह कि मेरे साथ झड़प हुई थी और मुझे बहुत मार पड़ी थी। किसी को ऐसा लगा कि मैंने एक स्त्री पर हाथ उठाया है। बस, इतना ही। जो कुछ भी था, बहुत भयावह था। मुझे लगता है, ये मीडिया के लोग थे, जो अधूरे काम को बातों से पूरा अंजाम दे रहे थे। वह कैमरा लिये मेरी तरफ ही खड़े थे। तभी पुलिस की जिप्सी आई, जिसमें मुझे ठूँस दिया गया। हाँ, इसे ठूँसना ही कहेंगे। किसी ने मेरे कान में आकर कहा था, "तुमने रात की ऐसी की तैसी कर दी!"

पर मैं विचारशून्य था। मैंने कुछ नहीं किया था। मैं चिल्लाने लगा। मुझे भयंकर चढ़ गई थी। कोई मेरी बातों पर विश्वास करनेवाला नहीं था। फिर भी मैंने अपनी बात रखने का फैसला किया, "मैंने कुछ नहीं किया है, मुझे मारा गया है।"

दो लोगों ने तुरंत अपने मोबाइल दिखाए, जिसमें मैंने एक औरत को उसके चेहरे पर मारा था। वही क्लिप बार-बार चलाई जा रही थी, पर अभी के लिए यही सत्य था। मुझे पुलिस पकड़कर ले गई। श्रीन्या को एक महिला पुलिस उसका मुँह धोने के लिए ले गई। उसे बिना कुछ कहे छोड़ दिया गया। अपने ग्रुप में सिर्फ मैं ही था, जो उन लड़कों के साथ जिन्होंने मेरी जमकर धुनाई की थी, पुलिस पकड़कर ले गई थी।

इससे पहले मैं जिप्सी में डाला जाता, एक औरत दौड़ते हुए आई और पूछने लगी, "आपने एक औरत को मुक्का मारा है। इसके बारे में क्या कहना चाहते हैं?"

"ये आप लोगों की गलतफहमी है।"

"लेकिन हमने आपको अभद्रता करते देखा है। आप टी.वी. पर लाइव हो।"

"यह सब गलतफहमी फैलाई जा रही है।"

इससे पहले वह महिला कोई और प्रश्न करती, उन पुलिसवालों ने मुझे जिप्सी के अंदर डाल दिया। ये सब मुझे झूठा लग रहा था। मेरे साथ जो हो रहा था, वह मेरी समझ से परे था पर मैंने महसूस किया यह बहुत भद्दा था। जब मैं जिप्सी में बैठ गया, तब मैंने अपना चेहरा पीछे देखनेवाले दर्पण में देखा। पूरा फूल गया था। कई जगह से खून निकल रहा था, पर दर्द नहीं हो रहा था। इससे साफ पता चल रहा था मैंने कितनी पी ली थी। मैंने किसी तरह खुद को नियंत्रण में किया। एक पुलिसवाला, जो मेरे बगल में बैठा हुआ था, बोला, "ओ भाई! ये मीडिया वाले तो तेरे पीछे ही पड़ गए पर तुम बहुत पिए हुए हो।"

मैं शांत बैठा रहा।

उसने फिर से उँगली की, "वह लड़की जो तेरे से सवाल कर रही थी, वह बाहर कह रही थी कि हम पुलिस का पीछा करेंगे। हमें अपराधियों को दंड दिला कर ही राहत की साँस लेनी है।"

"ओह! शुक्रिया भाईसाहब।"

"आज रात गुड़गाँव थाने में रहियो। कल बेल लेकर चले जाना।"

"ठीक है।"

मैं गौरी को कॉल करना चाहता था, पर इतना साहस नहीं जुटा पाया। मैं रात ऐसे ही गुजार देना चाहता था। मैं अपना फोन अपने साथ ले गया। बैटरी दगा दे गई थी। पुलिसवालों ने चार्जर देकर मेरी मदद की। फिर मैंने उस फोन से कुछ कॉल कीं। रात खत्म होने का नाम ही नहीं ले रही थी। घनी अँधेरी रात थी। शायद मेरे बुरे नक्षत्र चल रहे थे।

□

सुबह 7:30
होटल ताज, चेन्नई

गौरी के फोन पर अलार्म बजा और वह चमकती सुबह जग गई। भारत के दूसरे भाग चेन्नई में मौसम इतना बुरा नहीं था। उसने जैसे ही परदा हटाया, सूर्य की किरणों ने उसके गालों को चूम लिया। उसकी अलार्म घड़ी में क्लासिकल संगीत बज रहा था। उसने हाथ बढ़ाकर फोन उठाया और देखा, जेम्स एवं टॉम की कॉल पड़ी हुई थी। वह चिंतित हो उठी। कॉल रात के एक बजे की थी। उसने उन्हें फिर से कॉल किया पर उनके फोन स्विच ऑफ जा रहे थे। तब उसने मुझे फोन किया पर मेरा भी फोन बंद पड़ा हुआ था। मैं पुलिस स्टेशन के लॉक-अप में सो रहा था। मेरा फोन पुलिस ऑफिसर की मेज पर था। लगातार कई कोशिशों के बाद भी फोन न लग सका जिस वजह से वह अत्यधिक चिंतित हो गई। उसने मैहर को कॉल किया। उसका फोन भी बंद था। गौरी ने अनुमान लगाया कि वह दिल्ली वापस आने की फ्लाइट में होगी। तब उसे वे महान् श्रीमान मर्फी याद आए। उनका नियम यह कहता था—जब आप किसी चीज की शिद्दत से चाहते हैं तो वह उसी वक्त सच नहीं होती। अब तक गौरी अपने दिल में बहुत भारी महसूस करने लगी थी। उसे ऐसा लग रहा था जैसे कोई अनहोनी हो गई हो। उसने टी.वी. ऑन किया और जो उसने देखा उससे वह सदमे में चली गई।

समाचार की हैडलाइन थी—'गुड़गाँव में महिलाओं के साथ अपराध

चरम पर'। साथ ही उसमें लिखा हुआ था—'गुड़गाँव में रहनेवाला कॉर्पोरेट व्यक्ति एक औरत से छेड़खानी करते हुए पकड़ा गया।'

जो फोटो दिखाई जा रही थी, वह थी—मदहोशी में श्रीन्या की मेरे शरीर में लेटे हुए।

हे भगवान्! ये टाइम्स वाले हमेशा अतिश्योक्ति ही दिखाते हैं। मुझे डी.टी.वी. लगाने दो। ये तो दृष्टि थी। अच्छा! ये वही थी, जो माइक लेकर मेरे सामने खड़ी पूछ रही थी और जिसके लिए वह पुलिसवाला बात कर रहा था।

गौरी ने जो सुना, उससे उसके हाथ-पैर काँपने लगे। वह नजदीक से टी.वी. को घूरे जा रही थी। टी.वी. पर ब्रेक आ गया था, जिस वजह से वह पूरी कहानी नहीं देख पाई थी। उसने अन्य चैनल लगाने की कोशिश की पर अभी ब्रेक पर थे। 'ब्रेकिंग न्यूज' बार-बार टी.वी. पर दिखा रहा था। उसने फिर से डी.टी.वी. लगा ली। समाचार मुझे अपने चेहरे पर हाथ लगाते हुए और मीडिया से बचते हुए दिखा रहा था। फिर से समाचार शुरू हो गया। स्क्रिन पर दृष्टि थी, जो बिना साँस लिये लगातार खबर अपडेट देती जा रही थी—

जैसा कि आप देख सकते हैं, इस आदमी ने गुड़गाँव के बीचोबीच एक लड़की को थप्पड़ जड़ दिया। हम उस क्राइम सीन में सबसे पहले पहुँचे थे। हम हैं सबसे तेज! जैसा आप देख सकते हैं, यह व्यक्ति अचेत है। यह यहाँ पर अपने दोस्तों के साथ हंगामा कर रहा था। यहाँ के लोगों ने बताया कि इसके दोस्त कुछ औरतों को छेड़ रहे थे और उनके साथ गलत व्यवहार करने की कोशिश कर रहे थे। आइए, मैं उसके एक दोस्त के पास ले चलती हूँ।

"हैलो सर! आपका क्या नाम है?"

"मैं टॉम हूँ।"

"ओके मिस्टर टॉम! आप लोग क्या कर रहे थे?"

"कुछ नहीं, हम मजे कर रहे थे और मीडिया ने इस झूठी कहानी की हवाबाजी कर दी। ये सभी आरोप झूठे हैं।"

"इस व्यक्ति की और धूर्तता देखिए। ये इसे छोटी बात कहता है। आजकल के तथाकथित अमीरजादों का दिमाग देखिए।"

न्यूज रूम के अंदर, "दृष्टि, क्या तुम हमें नील के पास ले जा सकती हो?"

"हाँ, उसे पुलिस लेकर गई थी। पहले मुझे उसके पास जाने दो।"

"हमने पब में एक महिला को मारते हुए देखा है। आप इस बारे में क्या कहना चाहते हैं?" दृष्टि ने पूछा।

"यह आप लोगों की गलतफहमी है।"

"लेकिन हमने आपको अभद्रता करते देखा है। आप टी.वी. पर लाइव हो।"

"यह सब गलतफहमी फैलाई जा रही है।"

"पूरे मामले के बारे में सिर्फ यही नील का कहना है। मैं दृष्टि, कैमरामैन मनोज झा के साथ साइबर हब, गुड़गाँव, बेक टू यू अभिनंदन।"

गौरी काँप रही थी। उसके सीने में कोई तकलीफ हो रही थी। वह भागकर अपने दवा के डिब्बे के पास पहुँची। उसने एक कुकी फिर दवा खाई। वह शून्य पड़ गई थी। वह कुछ वक्त उसी अवस्था में बनी रही। वह टी.वी. बंद करके वॉशरूम चली गई। वह समाचार देखते ही रोने लगी थी। आश्चर्य की बात देखो, उसके फोन में अब तक कोई कॉल नहीं आई थी। खबर कल देर रात की थी और अब यह सुबह हो चली थी। शायद उसके जानने वालों ने अब तक यह खबर नहीं देखी होगी, पर जल्द ही उन तक भी बात पहुँच जाएगी। उसने अपनी आँखें धो लीं, पर रोना बदस्तूर अभी भी जारी था। तब वह जोर से चिल्लाने लगी। अंत में उसने उल्टी कर दी और उसकी खायी दवा बाहर आ गई। फिर वह अपने फोन के पास में पहुँची और मुझे फोन कर दिया। आखिरकार, मेरी घंटी बज उठी। मैं उस वक्त बाहर निकल रहा था। बिना कुछ सोचे मैंने उठा लिया, मुझे पता था, गौरी फोन करेगी।

"ये सब क्या है, नील?"

"जब तुम वापस आओगी तो सबकुछ बताऊँगा।"

"मुझे अभी जानना है।"

"मैं अभी भी यहाँ हूँ…"

"मुझे कोई मतलब नहीं। तुम्हें पता है, मैं अभी हार्ट अटैक से मर गई होती? तुम्हें पता है, तुमने अपने परिवार के लिए कितनी बड़ी शर्मिंदगी ला खड़ी की है।"

"ये क्या कह रही हो, गौरी? मैंने सोचा था, तुम मुझे सहयोग करोगी। तुम मेरी बीवी हो। गलत-सही तो बाद की बात है।"

"मिस्टर नील! सुनो! मैं अपने आँखों से देख रही हूँ। वह लड़की तुम्हारे ऊपर लेटी हुई थी। तुमने मुझसे झूठ बोला, तुम धोखेबाज हो। तुम बहुत बड़े लंपट हो…"

गौरी अत्यधिक क्रोधित थी। न्यूज चैनल पर दिखाए जानेवाले चित्र बार-बार उसके मन में उभरकर सामने आ रहे थे। वे आवाजें उसके क़ानों में गूँज रही थीं। अंततः उसने अपनी मम्मी से बात करने का निर्णय लिया। यह उसके लिए कठिन वक्त था। वह अपने मसलों को कभी अपने माता-पिता को नहीं बताती थी। वह इसलिए भी अपनी समस्याओं को उन्हें नहीं बताती थी, क्योंकि उसे लगता था कि इस उम्र में जब उसके माता-पिता को आराम से एवं खुश रहना चाहिए, तब वे चिंतित हो जाएँगे। उसके हाथ अभी भी काँप रहे थे। मैंने उसे फिर से कॉल करने के बारे में सोचा। उसने कॉल नहीं उठाया। उसके बाद उसका फोन व्यस्त जा रहा था। वह अपनी माताजी से बात कर रही थी। बाकी मुझे नहीं पता। मुझे लगा वह मुझे नजरअंदाज कर रही है। मैंने तुरंत मैहर को कॉल किया। उसका फोन बंद था। मैंने टॉम, जेरी, जेम्स सभी को कॉल किया। क्या बेवकूफी है! ये सब कहाँ घोड़े बेच के सो रहे हैं? जो भी मेरे साथ हुआ, उस पर मुझे अभी तक विश्वास नहीं हो रहा था।

मुझे पुलिसवालों ने हिदायत दी कि बिना इधर-उधर देखे मैं चुपचाप निकल जाऊँ, क्योंकि अभी भी कुछ मीडिया के लोग आस-पास खड़े होंगे। मैं बच गया था। कोई एफ.आई.आर. का केस दर्ज नहीं हुआ, ये सब सिर्फ एक शिकायत के कारण हुआ था। पर मीडिया के काफी दबाव के कारण मुझे शहर में ही रहना था। बस, मैं कुछ कदम ही आगे बढ़ा था कि मैंने कुछ कैमरा देखे, मैं तुरंत सर नीचे करके खिसक लिया। मैं फिर से उनके सामने नहीं पड़ना चाहता था। मैं जल्दी से एक ऑटो में बैठ गया और अपने घर की तरफ निकल लिया। मैंने फिर से गौरी को फोन करने की कोशिश की। उसका फोन अभी भी व्यस्त जा रहा था।

कुछ देर बाद मैहर ने मुझे यह पूछने के लिए कॉल किया, आखिर

मसला क्या हुआ? वह सुबह-सुबह गौरी और मेरे कई फोन और मेसेज देखकर अचंभित हो गई थी। "जल्दी से गौरी से बात करो, मैं संकट में हूँ।"

"ठीक है, पर यह क्या है? हवाई अड्डे पर टी.वी. के सभी चैनल की खबरों में तुम दिखाई पड़ रहे हो।" वह शायद बैगेज सेक्शन के पास थी। वह बैग टटोल रही थी, शायद कुछ देर के लिए वह अपना बैग पहचान नहीं पाई। मैं जो बोल रहा था, उसके कानों में कुछ भी नहीं सुनाई दे रहा था। वह थोड़ा धीरे आवाज में बोली, "मुझे गौरी से बात करने दो।"

मैहर ने गौरी को कॉल किया और उसने बिना देर लगाए फोन उठा लिया।

"सुनो मैहर! मैं अभी दिल्ली आ रही हूँ। मैंने टिकट बुक करा ली है। बाकी बचे कुछ दिनों के समिट मैंने कैंसिल कर दिए हैं। नील के साथ बहुत बड़ी गड़बड़ हो गई है।"

"डार्लिंग, शांत हो जाओ पहले। मैंने टी.वी. पर सब देख लिया है।"

"ठीक है, क्या तुमने उससे बात की? क्या तुम उससे बात कर सकती हो? वह सही-सलामत है?"

"हाँ, मैंने बात की। वह ठीक है और तुम्हारी फिक्र कर रहा था।"

"अब क्या किया जाए?"

"कुछ कानूनी काम और मीडिया को सफाई देनी पड़ेगी। हो सकता है, मीडिया तुमसे भी बात करे।"

"ठीक है।"

इस बीच मैंने अपने वकील दोस्त को फोन करके उससे सलाह माँगी। मैहर को फिर से कॉल किया। इस बार उसकी आवाज बेहतर थी। मैं भी बेहतर था। मुसीबत वाली भावना अब दूर जा रही थी। मेरे फोन पर श्रीन्या की कॉल आई। उसने मुझे बताया कि उसके पिताजी के हस्तक्षेप के बाद मुझे छोड़ा गया है। मैं आश्चर्यचकित था। इससे पहले उसने न ही मुझे कभी बताया था और न ही मैंने जानना चाहा। उसका पिता एक पुलिस अफसर था। यह तो अच्छी खबर थी। इसके बाद मुझे टॉम की कॉल आई। वह दुःखी महसूस कर रहा था। वह और श्रीन्या एक साथ मेरे घर पर थे।

"काश! मैंने इतनी दारू न पी होती।···अगर मैं वॉशरूम में उल्टी करने न गया होता तो कुछ न होता।"

"कोई बात नहीं, यार! पर मुझे बुरा इसलिए लगा कि वे सब सिर्फ मुझे पकड़कर ले गए। तुम सब भी होते तो मन हलका हो जाता···इस तरह की बुरी परिस्थिति में अकेला रहने में बहुत बुरा लगता है।"

"हम लोगों ने बहुत पी ली थी, यार! श्रीन्या ने अपने पापा से कह दिया है, वे सब देख लेंगे।"

"ठीक है, भाई।"

"खैर, क्या तुम्हारी गौरी से बात हुई?"

"हाँ, वह दुःखी और परेशान है।"

"तुम्हें उससे माफी माँगनी चाहिए।"

"मैं उसके वापस आने का इंतजार कर रहा हूँ। थोड़ी देर में मिलता हूँ। नाश्ता बनाकर रखना।"

"ये हुई मर्दों वाली बात? जल्दी आओ, नील।"

सोम अपने टूर से वापस आ गया था। उन दोनों के बीच गलतफहमियों की बड़ी सी दीवार खड़ी हो चुकी थी। उसने अपनी पुरस्कार वाली ट्रॉफी सुरक्षित ताले के अंदर रख दी। पहले उसने सोचा था, वह दृष्टि को दिखाएगा, पर बाद में उसने निर्णय लिया कि वह इसे ऑफिस लेकर जाएगा।

दृष्टि उसी डाइनिंग टेबल पर सोम के साथ नाश्ता करने लगी। कुछ देर दोनों शांत बैठे रहे। फिर थोड़ी देर बाद दृष्टि ने सोम से पूछा कि मैं कुछ घंटों में कैसे छूट गया। सोम चुपचाप बैठा था। दृष्टि ने जोर दिया। सोम ने मुँह से कुछ शब्द बोले, जिनका मतलब था, ऐसे केस में जो कानून होता है वही हुआ। इस केस में बेल मिल सकती है। बस, मीडिया ने इसे बढ़ा-चढ़ाकर दिखा दिया, असल में ये उतना बड़ा केस नहीं था। थोड़ी बहस हुई। अंततः सोम ने दृष्टि से पूछा, क्या यह वही लड़का है, जिससे हवाना में झड़प हुई थी। दृष्टि ने उसकी बात की पुष्टि कर दी। सोम मुसकराया और बोला कि

जो उसने कहा था, वह पूरा हो गया। अब वह खुश था, मेरी उद्दंडता का दंड मुझे मिल गया, "चलो, उसे कुछ दंड तो मिला।"

"बात इस पर नहीं हो रही है। मुझे बताया गया, उसने महिलाओं के साथ छेड़खानी की थी।"

"मुझे पुलिसवालों के द्वारा बताया गया, ऐसा कुछ भी नहीं हुआ। वास्तव में, किसी अन्य व्यक्ति ने किया और दुर्भाग्य से उस जगह पर पकड़े ये लोग गए। तुम्हें भी अब इस खबर को आगे नहीं बढ़ाना चाहिए।"

"क्या बकवास है! इसमें तो बहुत बड़ा झोल है।"

"अरे दृष्टि, छोड़ो इसे। अपना काम देखो।"

दृष्टि नाश्ता के बीच में ही उठकर चली गई। उसे बार-बार मेरा चेहरा नजर आ रहा था। वह अपने आँसुओं के बाँध को रोकना चाह रही थी। सोमेश ऑफिस के लिए निकल गया था। उसने अपने बॉस मनोहरण को कॉल किया। उसने बताया कि सोमेश ने इस बात की पुष्टि की है कि सारा मसला गढ़ा गया है। वास्तव में ये झूठी खबर है। मनोहरण ने उसे शांत रहने के लिए कहा। उसने इस बात में सहमति जता दी कि अब ये खबर नहीं दिखाई जाएगी। अब इस बात को छोड़ दो। दृष्टि को बुरा महसूस होने लगा था। वह यह उम्मीद कर रही थी सोमेश रुककर उसे सांत्वना दे। पर एक मजबूत ऑफिसर की तरह वह छोड़कर काम पर निकल गया।

उसने अंतिक्षा को कॉल किया और उसे भी यह सूचना दे दी। वह बुरा महसूस कर रही थी।

"ओह! शिट!" अंतिक्षा अपनी बहन की स्थिति समझ सकती थी।

"तू रुक, मैं आती हूँ।"

"जल्दी आ, मुझे दो घंटे में ऑफिस जाना है।"

मैंने तुरंत अपने घर में प्रवेश किया। जैसे ही मैं नाश्ता करने के लिए बैठा, मुझे बाहर खड़े लोगों की आवाजें ठीक तरह से सुनाई दे रही थीं, जो मेरे विरोध में मेरा नाम लेकर नारे लगा रहे थे। मैंने बालकनी से झाँकने की कोशिश की। वे

अपने हाथों में दफ्तियाँ लिये हुए थे, जिन पर नारे लिखे हुए थे—'भारत छोड़ो', ' महिलाएँ सुरक्षित हों', 'बेटी बचाओ'। यह तीखा आक्रमण था।

मुझे खुद पर घृणा होने लगी। मुझे पता था कि ये लोग सिर्फ अवसर की तलाश में होते हैं। मुझे इसके लिए कुछ करना चाहिए। मैंने डी.टी.वी. ऑफिस में कॉल किया और अपनी पूरी कहानी उन्हें बताई। वे मेरी बातों को समझ रहे थे और उन्होंने बताया, वे इस पर गौर करेंगे। मैं सुन्न पड़ गया था। मुझे एक ऐसे व्यक्ति की जरूरत थी, जो मेरे पास आकर कह सके कि सब ठीक हो जाएगा। एक ऐसा व्यक्ति जो मुझे यह समझा सके, इन सब बेहूदा बातों से मैं कुछ समय बाद हमेशा-हमेशा के लिए दूर हो जाऊँगा। कोई नहीं था, जो यह कह सके कि गौरी मुझे छोड़कर कहीं नहीं जाएगी। कोई ऐसा व्यक्ति नहीं था, जो मुझे सांत्वना दे सके। अचानक तभी दरवाजे की घंटी बजी। मैं इस बात को कैसे भूल गया कि अगर दरवाजे पर गौरी हुई और उसने श्रीन्या को देख लिया तो उसका गुस्सा सातवें आसमान पर पहुँच जाएगा। मैं टॉम को लेकर अलग हो गया और श्रीन्या ने दरवाजा खोला।

"यह श्रीन्या यहाँ क्या कर रही है?"

"इसी की वजह से आज मैं तुम्हरे साथ यहाँ पर हूँ।"

"मुझे पता है···पर गौरी··· ?"

"अब गौरी को···"

इससे पहले टॉम पूरा वाक्य बोल पाता, गौरी ने प्रवेश किया। वह हम सभी को देखकर अचंभित थी। वह एक लंबी उड़ान के बाद वापस आई थी। लंबी, इस लिहाज से—दक्षिण से उत्तर। उसने तुरंत अपने अभिव्यक्ति के तरीके और अपनी भावनाओं पर काबू किया। उसने श्रीन्या से हाथ मिलाया। वह शांत लग रही थी। मुझे नहीं पता कि वह सिर्फ दिखावा कर रही थी। इससे पहले अन्य कोई उसे सहज करता, श्रीन्या उसके पास पहुँच गई, "किसी बात की फिक्र मत करो। डैड ने सबकुछ सँभाल लिया है।"

"शुक्रिया श्रीन्या, पर इन लोगों का क्या होगा, जो बाहर इकट्ठा हैं?"

"ये लोग कार्यकर्ता हैं जिनके पास कोई नौकरी नहीं है। उन्हें पता है कि यह केस मीडिया खूब दिखा रहा है, इसी बहाने उन्हें भी कुछ फुटेज मिल जाएगी।"

"शुक्र है, आस-पास कोई मीडिया नहीं है।"

"हाँ, यह सही बात है। चलो, मैं चलती हूँ, टॉम।" श्रीन्या ने टॉम की तरफ देखा, वह सिर हिलाकर उसके साथ चल दिया। उसने मेरी तरफ देखा और बोली, "मैं जा रही हूँ, पर तुम लोग घर से बाहर मत निकलना। मैं अपने डैड से बात करने की कोशिश करती हूँ। बेहतर होगा, अगर वे कुछ हवलदार यहाँ पर भेज दें।"

"जरूर, शुक्रिया! मैं तुम्हारा एहसानमंद हूँ।" मैंने कहा।

"हाँ-हाँ, पक्का। मैं इस एहसान का कर्ज तब माँगूँगी, जब जरूरत पड़ेगी, तब तुम मुझे वापस कर देना।" उसने हँसते हुए कहा।

"ये कोई कहने की बात है?"

"मैं मजाक कर रही हूँ।"

वे दोनों हमें छोड़कर चले गए। जेरी ने कॉल किया। वह अब जगा था। जेम्स अभी भी सो रहा था। वे मेरे वकील दोस्त के यहाँ पर थे, जो डी.एल.एफ. फेज-3 में रहता था, जो साइबर हब के नजदीक ही है। मैंने उसे तुरंत घर आने के लिए कहा। वह बस बीस मिनट की दूरी पर था।

एक घंटे के बाद, जो लोग विरोध के लिए इकट्ठा हुए थे, धीरे-धीरे खिसक लिये। हमें महसूस हुआ कि जो श्रीन्या ने कहा था वही सही था। वहाँ पर कोई मीडिया नहीं था। कोई हलचल नहीं थी। उन्हें जोर-जोर से चिल्लाने में कोई फायदा नजर नहीं आया। गौरी ने भी उन्हें चेताया था, वह पुलिस को बुला लेगी। वे सब ढोंगी कार्यकर्ता थे।

गौरी बहुत दुःखी नजर आ रही थी। उसने मुझे बताया कि उसके माता-पिता यहाँ उसके साथ रहने के लिए आ रहे हैं। वह मुझसे कुछ दिन अलग रहना चाहती थी। मुझे इस बात से कोई तकलीफ नहीं थी। मुझे पता था कि वह दुःखी और परेशान है।

मुझे उससे कुछ ऐसी प्रतिक्रिया की उम्मीद थी। वह अपने आप को अकेले कमरे में बंद कर लेगी, कुछ ऐसा माहौल बनाएगी जैसे एकदम शांत, ताकि मुझे इतना बुरा महसूस हो जैसे मैं अकेला किसी कर्फ्यू में फँस गया हूँ, परंतु उसका यह विचार बेहतर था।

"मैं कब वापस आऊँ?" मैं कुछ भी ऐसा नहीं बोलना चाहता था, जिससे वह मुझ पर भड़क उठे।

"मुझे नहीं पता।"

"पर गौरी, तुम नाराज क्यों हो?"

"भाग जाओ यहाँ से नील! इतना सबकुछ हो गया और तुम मुझसे पूछ रहे हो कि मैं नाराज क्यों हूँ?"

"मैंने कुछ गलत नहीं किया है।"

"सच में? तुम अपने दोस्तों के साथ गंदगी फैला रहे थे। तुम अपनी बीवी से झूठ बोल रहे हो। तुम्हें पब में पकड़ा गया। मीडिया दिखा रहा है, तुम्हारे ऊपर एक लड़की लेटी हुई थी। पुलिसवाले तुम्हें पकड़कर ले गए और तुम्हें बंद कर दिया। तुम्हारी ही खबर चल रही है मीडिया में। मुझे बताओ वह फोटो झूठी है। बताओ नील?"

"अभी मुझे कुछ नहीं कहना, पर मुझे लगता है कि मैं निर्दोष हूँ। ये सब गलत दिखाया गया है। तुम्हें तो पता ही है मीडिया क्या करता है?"

"तुमने हम सभी को शर्मिंदा कर दिया है। तुम्हें खुद पर शर्मिंदा होना चाहिए। तुम अपराधी हो। खुद को बचाने की कोशिश मत करो।"

"मैं नहीं करता।"

"हाँ, मत करो। मुझे श्रीन्या से कोई दिक्कत नहीं। तुमने मुझसे झूठ नहीं बोला होता। तुम्हें इस हद तक गंदगी नहीं फैलानी चाहिए थी। तुम्हें उस लड़की के साथ जमीन पर नहीं गिरना चाहिए था। मैंने तुम्हें माफ कर दिया होता, पर अब मुझे वक्त चाहिए।"

मैं अपने मन में सोच रहा था, यह शायद मेरी जिंदगी में पहली बार है, जब मैं पूरी स्थिति को गौरी को समझा पाने में असमर्थ था। मैं उससे गले लगकर उसकी बाँहों में रोना चाहता था, पर उसने हम दोनों के बीच बहुत बड़ी दीवार खड़ी कर दी थी। मुझे बहुत बुरा लगा। मेरा ईगो मुझे रोक रखा था। जैसे ही मैं उसके नजदीक जाने को हुआ, उसने पीछे हटकर मुझे धकेल दिया। उसने मेरे अहम् को और बढ़ा दिया। मैंने दूर होकर उसे करारा जवाब दिया।

"अब सुनो! इस बुरे वक्त में, मुझे लगा तुम मेरा साथ दोगी। पर अब,

तुम्हें जो करना है, करो! मैं···" मैंने बड़बड़ाना शुरू किया था, पर बीच में रुक गया।

"भाड़ में जाओ मिस्टर···नरक मिले तुम्हें।"

"तुम भी भाड़ में जाओ।"

मैं तुरंत अपने बैग पैक करने लगा और कुछ ही मिनट में घर छोड़कर चला गया। गौरी को रोते हुए सुना था मैंने। उसने मुझे रोका तक नहीं। मैंने भी पीछे पलटकर नहीं देखा। मेरे मन में भी बहुत गुस्सा भरा पड़ा था। उसके मन में शायद अधिक था। मैंने गाड़ी उठाई और निकल आया।

बाहर सड़क पर मैंने जेरी को देखा। मैंने साइड में गाड़ी खड़ी की। हमने सुट्टा पीना शुरू किया। मैंने उसे हर तरह से गरियाया। उसने अपनी गलती स्वीकार की।

"तुमने मुझे अकेले कैसे जाने दिया? तुम लोगों को पुलिस की उस जीप में बैठ जाना चाहिए था।"

"मुझे भी अफसोस हो रह है। मुझे बहुत चढ़ गई थी। जब यह सब हुआ तो लोगों ने मुझे बहुत मारा। मुझे लगता है, दृष्टि ही सबसे पहले तुम्हारे पास पहुँची थी।"

"हाँ, तुम सही कह रहे हो। वह ठीक नहीं है। उसने सिर्फ मुझसे बदला लेने के लिए यह सब किया है।"

"मुझे भी ऐसा ही लगता है, नील। तुम इन मीडिया वालों पर कभी विश्वास नहीं कर सकते। वे किसी भी हद तक गुजर सकते हैं। खैर, गौरी क्या कह रही है?"

"मेरी उससे लड़ाई हो गई है। मुझे लगता है, इस बार लंबा चलने वाला है।"

'शांत हो जाओ! सब ठीक हो जाएगा।"

मैं अंदर-ही-अंदर दृष्टि को सोचकर उबल रहा था। मुझे ऐसा लग रहा था, जैसे मेरा उपयोग किया गया हो पर मैं असहाय था। मैंने मीडिया से पहले ही बात कर ली थी। वे लोग चुप थे। उन्होंने मुझे नुकसान पहुँचा दिया था। गौरी और मैं अलग हो चुके थे। संपूर्ण दुनिया में कोई भी समझने वाला नहीं था कि ब्रेकिंग न्यूज के चक्कर में इन्होंने मेरी जिंदगी तबाह कर दी थी।

लगभग खत्म ही कर दी थी। जेरी ने मेरी कार मेरे घर में खड़ी करने और मुझे उसकी गाड़ी में चलने के लिए पूछा।

इन लोगों ने पूरी तरह से सुसज्जित (फुल्ली फर्निश्ड) फ्लैट किराए पर ले रखा था। यह डी.एल.एफ. फेज-4 में, बीसवें खंड में था। जेम्स ने किसी कंपनी के साथ डील तय की थी। टॉम की भी गुड़गाँव में एक कंपनी में नौकरी लग गई थी। क्या विरोधाभास था, मैंने सोचा। भगवान् कितना दयालु है। एक तरफ वह आपको दुःख पहुँचाता है और दूसरी तरफ उसके उलट छप्पर फाड़कर खुशी देता है।

हमने बाजार से बियर ली और कार साइड में खड़ी करके गटक ली, फिर फ्लैट पर पहुँचे।

दृष्टि के फ्लैट में, अंतिक्षा और वह सोच रही थी। उन्होंने विचार किया कि किस तरह आगे बढ़ा जाए। दृष्टि को अगले दिन एक काम के लिए विदेश जाना था। दोनों ने विचार-विमर्श करके यह निष्कर्ष निकला—दृष्टि विदेश से लौटने के बाद कुछ दिनों के अंदर वह मुझसे और मेरी पत्नी से मिलने आएगी तथा सबकुछ बता देगी, जो गलती से मीडिया में दिखाया गया। जब उसे पता चला तो चैनल ने वह दिखाना बंद कर दिया। यही सही रहेगा। कम-से-कम दृष्टि को इस बात का कम मलाल रहेगा। इस काम के बारे में जो बातें हो रही हैं, वह सिर्फ उन दोनों तक ही सीमित रहेंगी। उन्हें किसी अन्य व्यक्ति को नहीं बताया जाएगा। दोनों में आपसी सहमति बन गई।

गौरी के माता-पिता उसके घर पहुँच गए। वे हम दोनों की चिंता कर रहे थे। उसकी माँ ने कई बार मुझे कॉल करने के लिए जोर दिया, पर उसने एक न सुनी। उन्हें समझ आ गया, वह इस वक्त किसी तरह का कोई ज्ञान लेने के मूड में नहीं थी। उनके माता-पिता ने हर वह मदद की, जो एक बिटिया को देनी चाहिए।

□

काफी जोखिम और अपमान सहते हुए इन बारह घंटों की कड़ी परीक्षा के बाद मुझे थोड़ा विश्राम करने के लिए वक्त की जरूरत थी। पूरी तरह से सुसज्जित घर बहुत ही साफ-सुथरा था। मैंने बालकनी की तरफ देखा। बालकनी बहुत बड़ी बनी थी। पौधों की वजह से जगह बहुत ही शांत लग रही थी। मुझे पसंद आई यह जगह। अगर गौरी मेरे साथ होती तो उसने भी इस घर को जरूर पसंद किया होता। हम भी नए घर में जाने के लिए सोच रहे थे। हमने पर्याप्त धन सेव कर लिया था, जिससे हम बड़ा घर ले सकते थे। मुझे अभी से अपनी पत्नी की बहुत याद सताने लगी थी। मुझे महसूस हो चुका था कि मैं अपनी पत्नी के बिना नहीं रह सकता, यहाँ तक कि एक क्षण भी नहीं। इस परिस्थिति में भी नहीं। मेरा ईगो कहीं भाग चुका था। मेरे लिए दो ही बातें झूठी कही जाती हैं—पहला घमंड और दूसरा मेरा क्रोध।

जेरी ने मुझे बताया कि वह दो घंटे में वापस आ जाएगा। वह जेम्स को और कुछ बोतल बियर एवं भोजन देने जा रहा है। मैं वहाँ पर अकेला रह गया था। मैं अपनी पीछे वाली जेब से बटुआ निकालकर उसमें गौरी की फोटो देखने लगा। फिर मैंने खुद से कहा—मेरे बटुआ में सबसे कीमती वस्तु यह फोटो ही है। मेरे मन में इस विचार के सिवाय कोई अन्य विचार चल ही नहीं रहा था। मैं उसकी ओर निहारे जा रहा था। फिर मैंने उस फोटो से ध्यान हटाकर अपने मोबाइल पर ध्यान केंद्रित किया। उसमें हाल ही में हवाना में खींची गई फोटो दिखाई पड़ी। तुम्हारी बहुत कमी खल रही है।

मैंने बालकनी से उठकर बढ़िया गाना बजाया। मुझे अधिकतर गाने डेफ लेप्पर्ड और एरोस्मिथ के पसंद थे, मैं उनकी सी.डी. खोजने लगा। मुझे नहीं मिली। फिर मैंने एफ.एम. रेडियो 98.3 खोला और फिर 93.5 में बदल दिया—यही दोनों मेरे पसंदीदा चैनल हैं। मेरे कानों में मधुर संगीत गूँजने लगा।

मैं उन सुंदर पलों में खो गया। मेरा दिल दु:खी हो गया। मैं कान में हैडफोन लगाकर बालकनी में आँखें बंद करके बैठ गया।

रंगों की चमक मेरी दु:खभरी और दर्दभरी आँखों के सामने कुछ वक्त के लिए गुजर कर ओझल हो गई। सुस्त मन, शून्य दिल और आत्मा का खालीपन, मुझे कई तरह की भावनाओं से गुजार रहा था। जो रंग मेरी आँखों से गुजरे, उन्होंने कोई प्रिज्म नहीं बनाया। दिल ने धड़कना बंद कर दिया। मुझे ऐसा लगा, मेरे साथ यह भी दु:खी है। उसकी चाहत थी कि दोनों प्यार करनेवाले दिल एक साथ मिल जाएँ। उसकी चाहत थी कि प्यार के रंगों से एक बार फिर प्रिज्म बन जाए। उसकी चाहत थी, वह फिर से अपने प्रेमी के लिए धड़कने लगे। उसकी चाहत थी कि वह गाए, नाचे और झूमे। यही तो प्यार है। प्रेम यही तो है, जिसमें दिल हमें सिग्नल के द्वारा एक-दूसरे की भावनाएँ भेजता है। मैं इसे दिल के कोने तक महसूस कर रहा था। 98.3 एफ.एम. पर मेरे मित्र नावेद ने एक प्यारा गाना बजा दिया था—

'छन से जो टूटे कोई सपना,
जग सुना-सुना लागे···'

"जी हाँ दोस्तो, आज फिर से आपका होस्ट और दोस्त नावेद हाजिर है गानों की दुकान लेकर···और कुछ अच्छी बातें भी होंगी···" नावेद अपनी जादुई आवाज में बोले जा रहा था। वह अपने सुनने वालों के लिए कांटेस्ट चला रहा था। आज की थीम यह थी कि अगर आपका अपने प्रेमी या प्रेमिका से नाराजगी चल रही है तो आप उन्हें संदेश देकर मना सकते हैं। इसमें नावेद आपकी पूरी मदद करेगा। मेरा कुछ भाग अपने मन और दिल के विरोधाभास में खो चुका था, परंतु कुछ भाग म्यूजिक सुनने में व्यस्त था।

मैंने नावेद को कॉल किया। मेरी उससे लंबी बातचीत चली। मैं रेडियो पर लाइव था। नावेद ने बिना देर किए मेरा नाम पूछा और जब उसने मेरा

नाम सुना तो वह खुश हो गया, क्योंकि वह पहले से ही मुझे जानता था। तब उसने मुझसे अपना संदेश बोलने के लिए कहा। मैं बहुत उत्साहित था और मैंने वह गाना गुनगुनाना शुरू कर दिया जो बज रहा था। फिर मैंने बोलना शुरू किया—

"मुझे वो दिख रही है आँखों के सामने। उसकी मुसकराहट मेरे दिल को पिघला रही है। मैं ये जानता हूँ कि सिर्फ वही है, जो मेरे अंदर के अंदर बसती है, मैं ये जानता हूँ, सिर्फ वही है, जो प्यार की बिजली मेरी नसों के तारों में भेजती है, जिससे खुशियाँ उमड़ती हैं। वही है, जो मेरी जिंदगी का सिग्नल है। वह मेरी जिंदगी है। वह मेरे दिल के अंदर की धड़कन है, पर आज मुझसे खफा है। वह मुझसे शायद इसलिए खफा है कि वह सोचती है कि मैं उससे प्यार नहीं करता। पर गौरी सुनो, क्या तुम मुझको सुन रही हो? गौरी, क्या तुम मेरी आवाज सुन रही हो?"

"हाँ नील⋯आगे बोलो! तुम ऑन एयर हो। उन्हें अपना मेसेज दो। वह जहाँ कहीं भी होंगी, सुन रही होंगी," नावेद ने मुझे प्रोत्साहित किया।

"ओके, सुनो फिर, गौरी। मैं तुमको ये बताना चाहता हूँ कि मैं अपने दिल से खून चीर कर निकालूँगा और उसकी स्याही बनाऊँगा एवं फिर उससे कोरे कागज पर कुछ लिखूँगा। कुछ लोग उसको कविता या शायरी कहेंगे, लेकिन वह मेरे लिए प्यार है। मैं तुमसे प्यार करता हूँ।"

हर तरफ खामोशी छा गई। कुछ श्रोता थे, जो चाय वाले की दुकान के पास खड़े थे, भोजन कर रहे थे, गाड़ी चला रहे थे, सब शांत हो गए थे। एकदम खामोश! पिन ड्रॉप साइलेंस। नावेद भावुक हो गया। उसने गौरी को फोन करने का प्रयास किया, ताकि वह उसे भी कॉल पर ले ले, पर उसका फोन पहुँच से बाहर था।

थोड़ी देर की शांति के बाद, मेरी आँखों से आँसू निकलने लगे। मैं जोर से रोना चाहता था। अचानक मैंने पलटकर देखा तो जेरी, टॉम और जेम्स को मेरी ओर दौड़कर आते हुए पाया। उन्होंने मुझे उठा लिया और बताया कि हम लोग पार्टी करेंगे। टॉम को एक अच्छा ऑफर मिल गया था। जेरी ने भी पुष्टि की कि उसके साथ बहुत कुछ होने जा रहा है।

अब मुझे अजीब लग रहा था। मैंने रेडियो का सीन ऐसे देखा जैसे यह सब सत्य घटना हो। यह सब कल्पना थी। कोई नावेद नहीं था, मैंने कोई भाषण नहीं दिया था। सब झूठ और फरेब की बातें थीं।

मुझे कल्पना करना और सपने देखना पसंद है। मैं अपनी जिंदगी का कुछ भाग सुंदर सपनों में खो जाते हुए गुजारता हूँ। मुझे इसमें महारथ हासिल है पर मुझे उन सुंदर काल्पनिक दुनिया से बाहर इस वास्तविक दुनिया में वापस आना बहुत बुरा लगता है। कभी-कभी मैं खुद को इस सामान्य दुनिया में बोझ जैसा महसूस करता हूँ।

लड़कों ने मुझे शांत, उदास, भारी मन और शारीरिक रूप से कमजोर देखा। उन्होंने मुझे गले लगा लिया। इस बीच मैंने अधिकतर पुरुषों में यह महसूस किया, वे कृत्रिम चीजों में खुश हो जाते हैं, जबकि महिलाएँ सबसे पहले किसी भी समस्या की जड़ सही करना चाहती हैं। जब वे उसे सुधार लेती हैं, तब जाकर कहीं सामान्य हो पाती हैं।

हम लोग कुछ देर के लिए बैठ गए और कुछ मसलों पर बातचीत करने लगे। टॉम ने बताया कि श्रीन्या ने बताया था कि मामला सुलझ गया है। अंततः यह सुनिश्चित हो गया कि मेरे ऊपर कोई एफ.आई.आर. या कोई शिकायत नहीं की गई। यह सबकुछ जो हुआ, वह सिर्फ एक फोन कॉल की वजह से। इसलिए फिक्र करनेवाली कोई बात नहीं है। इस बात ने मेरा मूड कुछ हद तक ठीक कर दिया परंतु सबसे बड़ी चिंता की बात यह थी कि मैं और गौरी, दोनों अलग रह रहे थे।

टॉम नहाने चला गया और जेम्स रसोई में कुछ नया बनाने की कोशिश करने लगा। जेरी मेरे साथ बालकनी में वहीं बैठा रहा। वह मेरे पास आया और मेरा हाथ पकड़कर मुझे दिलासा देने लगा।

"यार! मैं तुम्हें कष्ट में नहीं देख सकता," उसने प्यार दरशाया।

"क्या करूँ, यार?"

"सुनो, मेरे पास एक बहुत उम्दा आइडिया है।"

"तो फिर किसका इंतजार कर रहे हो?" मेरे हताश स्वर निकल पड़े।

"नहीं, हो सकता है तुम्हें विचार अस्वाभाविक लगे और एकदम से तुम्हें

अपील करने में असफल हो जाए। पर विश्वास करो, यह आइडिया तुम्हारी जिंदगी बदल सकता है।" जेरी के आँखों में चमक बिखर गई थी।

"पागलों की तरह बातें करना बंद करो।"

"तो सुनो!...प्लान ये रहा।"

जेरी ने अंदर झाँककर सुनिश्चित किया कि जेम्स और टॉम उसकी बातों को सुन तो नहीं रहे। मुझे कुछ समझ नहीं आ रहा था। मुझे पता था, वह ऐसी बात बोलने जा रहा है, जिसे तुरंत नकार दिया जाएगा। पर वह पहले शब्द से ही बहुत आत्मविश्वास से भरा हुआ था।

वह कुछ इस तरह के प्रश्न करने लगा, जिससे मेरे और गौरी के बीच प्यार की गहराई का पता चल सके। कुछ यहाँ तक भी थे कि मैं उसे पाने के लिए किस हद तक जा सकता हूँ। मेरी पर्याप्त परीक्षा लेने के बाद, वह पॉइंट पर आया। उसने लंबी साँस ली और बिना सोचे यह बयान दे दिया।

"गौरी को किडनैप कर लेते हैं।"

बेशक उसने इस बयान के लिए बहुत कड़ी प्रतिक्रिया की उम्मीद की होगी, पर उसने कभी यह नहीं सोचा होगा कि मैं उसके चेहरे पर पानी फेंक दूँगा। यह किसी भी बयान का मेरे द्वारा की गई सबसे बड़ी प्रतिक्रिया थी। जेरी उठा और मुझे दो-चार लगा दिए। मैंने उसका हाथ मरोड़ दिया और हम दोनों जमीन पर गिर पड़े और लड़ने लगे। जब हम दोनों थक गए, उसने फिर से उसी विषय को उखाड़ दिया और मैं उसे रोकने लगा। अंततः मैंने उससे पूर्णतया अपनी बात को समझाने के लिए निवेदन किया।

"हो सकता है, मैंने एकदम से बंदूक चला दी हो। पर मुझे बैकग्राउंड के बारे में बताने दो। अब तुमसे कुछ सवाल करूँगा, तुम्हें उनके तुरंत जवाब देने हैं।" जेरी करण जौहर की तरह बात कर रहा था।

"सवाल दागना शुरू करो," मैं किसी तरह इस मसले को खत्म करना चाहता था।

"महिलाएँ अपने मर्दों से नाराज क्यों होती हैं?"

"जब वह उनके पास होती हैं और मर्द दूसरी औरतों से बात करते हैं।"

"रात 9 बजे के बाद महिलाएँ अपने पति से क्या उम्मीद करती हैं?"

"टी.वी. का रिमोट कंट्रोल उनके पतियों को हाथ नहीं लगना चाहिए।"

"मध्य रात्रि के बाद महिलाएँ अपने पुरुष से क्या अपेक्षा रखती हैं?"

'चाहे जो भी बात हो, पर उन्हें सोने दिया जाए।"

'एक महिला को उसके मर्द की कौन सी बात पागल कर देती है?"

"अबे, चुप कर! सीधी-सीधी बात बता," मैंने कहा।

"ओके! अंतिम प्रश्न का जवाब दे दो। उनका दिल कब खुश हो जाता है?"

"प्यार, उनका ध्यान रखना, उनका सम्मान करना, सच बोलना···और क्या?"

"बिल्कुल सही। पर जब वे नाराज होती हैं तब?"

"माफी, और लगातार फोन कॉल।"

"तुमने वे सारी कोशिशें कर लीं? काम आईं?" जेरी अपनी भौहें उठाते हुए पूछा।

"अच्छा तुम ही बताओ कि अब कौन सा फॉर्मूला काम करेगा?" मैंने उससे पूछा।

"उन्हें बुरी परिस्थितियों से बचाना, उनकी मर्यादा बचाना, उन्हें बदमाशों से बचाना।"

"अबे, फिल्मी बातें मत करो।"

"सुनो बे! तुम्हारे लिए यही एकमात्र हल बचा है। मैं यह नहीं कह रहा हूँ कि तुम उन्हें कोई नकली गुंडे भेज दो और फिर तुम उन्हें मारने लगो। हम लोग उससे बेहतर करेंगे। कुछ और अधिक भयानक, जिससे वह तुम्हें फिर कभी नहीं छोड़ पाएगी।"

"मैंने तुम्हें सुना! तभी तुम कह रहे थे, हम उसका अपहरण कर लेंगे। पर यह कैसे मेरी मदद करेगा?"

"हम उसके सामने असली अपहरणकर्ता बनकर जाएँगे, तब हम उससे फिरौती माँगेंगे। अगर उसका पति हमें एक करोड़ रुपए नहीं देगा तो हम उसे मार डालेंगे।"

"अबे यार! पगला गए हो का? यह प्लान है या मेरा वारंट?"

"यह बहुत ही जबरदस्त प्लान है। जब हम उसे छोड़ेंगे तो वह तुम्हारे लिए फिदा हो जाएगी। वह तुम्हारी एहसानमंद हो जाएगी। तब वह अपनी सारी बातें बताएगी, जो उसके साथ घटित हुआ और तुम उसे फिक्र न करने के लिए कहोगे। और इस बारे में कोई बात करने के लिए मना कर दोगे।"

"ठीक है! यह इतना बुरा नहीं लग रहा, जितना मैंने सोचा था। पर हमें इसकी बहुत अच्छे से तैयारी करनी पड़ेगी। किसी को भी इसके बारे में पता नहीं चलना चाहिए, खासकर जेम्स। वह हमारे लिए बी.बी.सी. की तरह है।"

"तुम्हें क्या लगता है, बालकनी का दरवाजा मैंने घंटा हिलाने के लिए बंद किया है? एक आवाज बाहर नहीं जा सकती।"

यह विचार मेरे मन में बैठ गया। मुझे ऐसा लग रहा था कि मैं गौरी को हमेशा-हमेशा के लिए प्राप्त कर लूँगा। मुझे पता था कि यह गलत रास्ता है, पर इससे किसी का नुकसान भी तो नहीं होनेवाला। मेरा इरादा नेक था। मैं उसे कोई धोखा भी नहीं दे रहा हूँ। मैं किसी वेश्या के साथ रात बिताने भी नहीं जा रहा हूँ। ऐसा कुछ भी नहीं था। और यह कोई असली अपहरण भी नहीं है। यह बस इसलिए कर रहा हूँ, ताकि वह जान पाए मैं उसे पाने के लिए कुछ भी कर सकता हूँ। जब हमारे बीच में इतनी बड़ी खाई पड़ गई हो, तब इसे मिटाने के लिए कुछ ऐसे कदम उठाने पड़ें तो कोई बुराई नहीं समझ आती। वैसे भी प्यार में कुछ भी गलत नहीं होता। जेरी ने बताया वह दो दिन के अंदर इस प्लान को अंजाम देगा और उसके पहले वह इसकी टोह लेगा।

□

अगले दो दिन, जेरी गायब ही हो गया। उसने बताया वह प्लान पर कड़ी मेहनत के साथ काम कर रहा था। जवाब में, मैंने उसे सफलता मिलने की प्रार्थना की। मुझे पता था कि जेरी अपने लिए एक ऐसे पूँजीपति की तालश में परेशान था, जो उसके स्टार्ट अप में पूँजी लगा दे। उसने बताया कि इस बीच वह मैहर से भी मिलेगा।

आखिर वह दिन आ ही गया जिस दिन इस प्लान को अमल में लाना था। वास्तव में, मैं बहुत उत्साहित था। जेरी ने मुझे बताया, हम गौरी का शाम 8 बजे मार्केट के पार्किंग से अपहरण करेंगे। उस वक्त वह वहाँ कुछ किराने का सामान लेने जाएगी। मैं यह जानकर खुश था, वह कम-से-कम खाना-पीना तो खा रही है। आखिर उसके माता-पिता हैं, उसका देखभाल रखने के लिए। वह जी रही थी, जल्द ही वह मेरे साथ जीवन जिएगी।

ठीक 7:45 पर हमने जेरी की कार मार्केट में खड़ी कर दी। मैं अंदर ही बैठा रहा और जेरी बाहर चला गया। वह मेरे पास आया और मुझे हिदायत दे दी कि मैं बाहर न ही निकलूँ और न ही झाँकने की कोशिश करूँ। इसके पीछे यह कारण था कि कहीं कोई मुझे देख न ले। कुछ मिनट में वह वापस आया और बोला, "गौरी अपने दोस्त के साथ आई है और उसकी कार ठीक अपनी कार के बगल में खड़ी है।" मैं नीचे उतरा और देखने की कोशिश की, मुझे कोई दिखाई नहीं दिया। गौरी जेरी के पीछे थी शायद। जिस वजह से मैं उसे देख नहीं पा रहा था। जेरी ने मुझे उसके पीछे चलने के लिए कहा। मैं जेरी

की सांकेतिक भाषा को समझकर उसका अनुसरण कर रहा था। सांकेतिक भाषा का अभ्यास हमने पहले ही कर लिया था। जिस वक्त वह अपने हाथ खोलेगा, उसका मतलब यह था कि मुझे गौरी को पकड़ने के लिए दौड़कर वहाँ पहुँचना था। जैसे ही उसने ऐसा किया मैं उसके पास पहुँच गया, तब तक उसने क्लोरोफॉर्म लगाकर उसे बेहोश कर दिया था। हर जगह अँधेरा था, और धुंध छाई हुई थी, इसलिए मैंने बैलेंस बनाए रखने में अपना ध्यान दिया। कुछ ही वक्त में हमने अपना काम पूरा कर लिया था यानी हमने गौरी को पिछली सीट में लिटा दिया था और मैं ड्राइविंग सीट पर बैठकर भागने लगा।

उन लड़कों के फ्लैट में उस वक्त कोई नहीं था। श्रीन्या और टॉम दो दिन के लिए किसी अनजान जगह गए हुए थे। जेम्स एयरपोर्ट पहुँचने वाला होगा। वह संयुक्त राज्य अमेरिका के लिए उड़ने वाला था। वह वहाँ सिंडी से मिलेगा और भारत में विस्थापित होने के लिए प्लान करेगा। इस वजह से हम तीन—गौरी, मैं और जेरी ही घर में बचे थे।

इस नकली अपहरण के कुछ मिनट बाद मैंने लाइट जलाई और गौरी की तरफ मुड़कर देखा। फिर जो मैंने देखा, मुझे मूर्ति बनाने के लिए काफी था। मैं वैसे ही कुछ क्षण मूर्ति बना रहा। मैंने गाड़ी तेज की और तुरंत कार एक गली की तरफ मोड़ दी। रात्रि 8:15 मिनट में दो व्यक्ति एक महिला को अपहरण करके एक पेड़ के नीचे ले आए थे। यह अपराध है और इसकी कड़ी सजा मिल सकती थी। यह केस तब और गंभीर हो जाता है, जब हमने जिस महिला का अपहरण किया हो, वह किसी बड़े पुलिस अफसर की पत्नी हो। वह महिला स्वयं एक पत्रकार भी हो। वह कोई अन्य महिला नहीं, बल्कि दृष्टि थी। स्तब्धता गायब हो गई थी। मैंने जेरी की तरफ देखा, "ओह! यह क्या कांड किया तूने?"

"यह कैसे हो सकता है? ये हमारे बुरे कर्मों का नतीजा है।"

"हमें यहाँ से जल्दी निकलना चाहिए। किसी तरह फ्लैट पर पहुँच जाएँ। इसके किसी तरह होश में आने का इंतजार करें। मैं इसे सबकुछ सच-सच बता दूँगा। यहाँ खड़े रहने में कोई बुद्धिमानी नजर नहीं आती।"

पर सत्य यही था कि मेरे दिमाग ने काम करना बंद कर दिया था। मैं

कुछ भी तर्कपूर्ण नहीं सोच सका। बस एक ही विचार मन में कौंध रहा था कि इससे पहले कोई पुलिस जीप हमें पकड़ ले, किसी तरह हमें घर पहुँच जाना चाहिए। राहत की बात यह थी कि पार्किंग की जो जगह खाली थी, वह ठीक लिफ्ट के बगल में ही थी। इस काम की भी हमने काफी तैयारी की थी। सिर्फ एक ही बदलाव हुआ था—व्यक्ति बदल गया था। बाकी सब जस का तस था। हमने दृष्टि को बहुत आराम से उठाया, जैसे वह हमारे साथ चल रही हो और अपने घर में प्रवेश कर गए। उसे जागने में अभी आधा घंटे का वक्त था। उसे बिस्तर पर लिटाने के बाद हम अपनी दूसरी चाल चलने में व्यस्त हो गए।

हमने कागज के टुकड़े तोड़े और उन पेपर में कुछ इस तरह लिख दिया—'सॉरी, इसे इनसान की गलती समझिए,' 'बहुत बड़ी गलती हो गई, पर इरादे बुरे नहीं हैं,' 'अपनी पत्नी को पकड़ना चाहता था, पर तुम हाथ लग गई।' हमने सोचा था, जैसे ही दृष्टि अपनी आँखें खोलेगी तो शायद यह सब देखकर शांत हो जाए। हमने उसके मुँह में कपड़ा ठूँस दिया था और आँखें बंद कर दी थीं। उसके कान खुले थे, पर हाथ और पैर बँधे हुए थे।

इस बीच मैंने डिनर तैयार करके रख लिया। वह इस वक्त भूखी होगी और हम पहले से ही सारी तैयारी कर लेना चाहते थे। वह क्या प्रतिक्रिया करेगी, इसका पता हमें नहीं था। मुझे यह पता था कि इस औरत ने मेरी जिंदगी तबाह कर दी है। सच कहूँ तो मैं जिस हालत में था, उसकी वजह यही थी परंतु मैं जिस परिस्थिति में खड़ा हो गया हूँ, वह यही सोचेगी कि यह सब मैंने बदला लेने के लिए किया है। विडंबना देखिए, अब मुझे उसकी अच्छे से देखभाल के साथ माफी भी माँगनी पड़ेगी।

इस बीच मैंने जेरी से जोर देकर यह जानने की कोशिश की, उसने ऐसी गड़बड़ कैसे कर दी? वह कैसे इतना बड़ा बेवकूफी कर सकता है?

"यह कांड हमारे साथ ही होना था? अब सिर्फ एक ही रास्ता है—जेल" मैंने बड़े चिंताग्रस्त मुद्रा में कहा।

जेरी कुछ नहीं बोल रहा था। सच तो यह है कि उसके पास बोलने के लिए कुछ था भी नहीं। मैं बार-बार कमरे में जाकर इसलिए झाँक लेता था कि कहीं वह जग तो नहीं गई। दृष्टि अब अँगड़ाई लेने लगी थी। सबकुछ तैयार

था, मैं कुछ देर उसे निहारता रहा। वह बहुत आकर्षक थी, पर इससे मुझे क्या फर्क पड़ता था? यह मेरे लिए गौरी को मिस करने जैसा था। मैं ऐसी सुंदर काया को देखने के बावजूद अपनी बीवी को याद कर रहा था। मैं सच में अपनी पत्नी से बेपनाह मोहब्बत करता था। सबकुछ तो ठीक, पर मुझे इस वक्त इस परिस्थिति से बाहर निकलना था।

अपने डर को भगाने के लिए मैंने ईश्वर को याद किया। मैं मन-ही-मन भगवान् को याद करने लगा। मेरे अंदर एक अजीब बात है। जब भी मेरे ऊपर समस्याओं का पहाड़ टूट पड़ता है तो मैं लगभग हर धर्म के सभी भगवान् को याद करने लगता हूँ। इसी क्रम में मैंने अपने मन में ही अपनी बनाई हुई संक्षिप्त हनुमान चालीसा पढ़ी, अल्लाह, ॐ, जीसस और बुद्ध के नाम कई बार लिये। यह मेरे मन में आत्मविश्वास की वृद्धि कर देता है। मैंने खुद को ईश्वर के समक्ष समर्पित कर दिया। इसका परिणाम यह हुआ कि मैं सामान्य महसूस करने लगा। मुझे किसी बात का भय नहीं था। मेरे अंदर ऊर्जा भर गई थी। अब परिणाम से कोई लेना-देना नहीं था। अब मैं आगे आनेवाली हर चुनौती का सामना करने के लिए तैयार था।

मैं प्रार्थना में लीन था, तभी मुझे कुछ सिसकियाँ सुनाई पड़ीं, जिसकी वजह से मैं तुरंत कमरे में गया। दृष्टि जग गई थी और कपड़ा बँधा एवं ठूँसा होने के कारण वह ढंग से साँस लेने में असमर्थ थी। मैं उसके नजदीक गया और धीरे से माफी माँगी तथा बताया कि यह सब गलती की वजह से हो गया। मैंने वे सारे पेपर पढ़े, जो मैंने उसे पढ़ने के लिए लिखा था। उसने कोई प्रतिक्रिया नहीं दी। बस, अपने हाथ और पैर छुड़ाने की कोशिश करती रही। मैं बार-बार उन्हीं पंक्तियों को दोहरा रहा था। उसने मुझे नजरअंदाज किया। तब मैंने उसे अपना नाम बताया। वह रुक गई। वह पेपर देखने लगी। वह मुझे अपने हाथ-पैर खोलने के लिए सांकेतिक भाषा में बोलने लगी। हालाँकि इस भाषा को समझने में मुझे कुछ वक्त लगा। मैंने बिना डर के उसे खोल दिया।

"नील, ये क्या बेहूदा हरकत है?"

"दृष्टि, मैं सबकुछ बताऊँगा। पर पहले खाना खाओ। डिनर तैयार है।" मैंने उसे शांत करने की कोशिश की।

"नहीं, पहले बताओ।"

मैंने बिना रुके पूरी कहानी बयाँ कर दी। वह हिली तक नहीं। उसने एक शब्द भी नहीं बोला। शायद ईश्वर ने मेरी सुन ली थी। जेरी यह देखकर अचंभित था कि दृष्टि के कोई बंधन नहीं है, फिर भी चुप है। वह बिस्तर से उठी और मुझे पाँच मिनट निहारती रही। फिर बोली, "अगर तुम्हें मेरा मुँह चुप रखना है तो तुम्हें एक काम करना पड़ेगा।"

"मेरी यही शर्त है।"

दृष्टि समझदार और आत्मविश्वास से भरी महिला थी। उसने डर और क्रोध के कोई लक्षण नहीं दिखाए। जैसा कि हमने कल्पना की थी, उसके विपरीत वह न रोई और न ही चिल्लाई। वह इस परिस्थिति को बेहतर ढंग से सँभाल रही थी। वह चट्टान की भाँति खड़ी थी, पर नम्र लग रही थी। वह कठोर दिखाई दे रही थी, पर शांत थी। उसने इधर-उधर देखा और हँसकर बोली, "यह पता करो, सोमेश किसके साथ सोता है? मुझे इसका उत्तर जल्दी चाहिए।"

मैं यह सुनकर पहले अचंभित हुआ। सच ही है, उसे अपने पति की जिंदगी के इस पहलू को जानने का इससे बेहतर अवसर न मिलता। उसे पता था, वह हम पर बिना किसी डर के विश्वास कर सकती थी। उसने हम पर विश्वास किया। आखिर, वह विश्वास क्यों नहीं करती? हमने अपनी गलती स्वीकार कर ली थी। मैंने पूरी कहानी सुना दी थी। हमें कोई फिरौती नहीं चाहिए थी। कोई भी प्रतिशोध लेने का इरादा नहीं था। वह भी मेरे जैसा व्यक्ति जो अभी दो दिन पहले बलि का बकरा बनाया गया हो, एकदम से वह फिर उसी साँप के बिल में हाथ नहीं डालेगा। अब मेरी चिंताओं की रेखा मिटने लगी थी।

दृष्टि ने मेरी तरफ देखते हुए बातों से हमला कर दिया, "क्या सोच रहे हो नील? कहाँ खो गए?"

"कुछ नहीं! क्या हम लोग पहले कुछ खा लें?"

"उम्मीद करती हूँ, कोई जहर नहीं मिला होगा," वह हँसने लगी।

पहले मैंने स्वाद चखा, फिर उसकी तरफ प्लेट बढ़ा दी। उसने भी कोई

इनकार नहीं किया। हमने अपने रसोइए जेरी के द्वारा दिए गए भोजन का अच्छे से स्वाद लिया।

"मैहर बहुत भाग्यशाली है।" मैंने उसे चिढ़ाया।

"अहा! अगर मैं गलत नहीं हूँ तो···तुम गौरी की सहेली मैहर से शादी करने जा रहे हो?" दृष्टि ने प्रश्न किया।

यह बातचीत कब एक-दूसरे की जान-पहचान तक पहुँच गई, पता ही न चला। मैंने यह अनुमान लगाया वह अब आरामदायक स्थिति में महसूस कर रही थी। अब मेरी बारी थी, "तुम्हारे और सोमेश के बीच में क्या चल रहा है?"

"कुछ नहीं। मुझे लग रहा है कि तुम लोगों ने मुझे उठाकर लाने के लिए बेहोश किया था। उसी की वजह से मेरा सिर चकरा रहा है। खैर, तुम लोगों को तो पता होगा मैं पत्रकार हूँ। जहाँ तुमने मेरा अपहरण किया है, उस जगह सी.सी.टी.वी. कैमरा है। तुम पकड़े जाओगे।"

"मैंने उस जगह को कई बार देखा है। पार्किंग की जगह पर कोई कैमरा नहीं है, हालाँकि गैलरिया मार्केट में जरूर एक कैमरा है।"

"ओके, तब वे एंट्री और एग्जिट पॉइंट जरूर देखेंगे।"

"हम अन्य सड़क की दूसरी तरफ से आए थे, न कि मार्केट की तरफ से। और उन गलियों में कोई कैमरा नहीं है।"

"ओके, लाओ मैं अपने घर में फोन करके बता देती हूँ कि मैं अपने दोस्त के यहाँ मिलने आई हूँ और आने में लेट हो जाऊँगी।"

इससे पहले कि वह फोन करती, मेरे फोन पर टॉम की कॉल आ गई। वह बहुत चिंतित लग रहा था, "नील, तुमने समाचार देखे?"

"नहीं, अभी तो नहीं, पर क्या हुआ?"

"वह लड़की, दृष्टि जो डी.टी.वी. पर रिपोर्टर थी, उसका अपहरण हो गया। सभी जगह बस यही समाचार दिखाई पड़ रहा है।"

"क्या! वे क्या दिखा रहे हैं? मु···मुझे इस बारे में कोई जानकारी नहीं है।"

"किसी ने यह अपहरण होते हुए देख लिया और पीछे से फोन में रिकॉर्ड

कर लिया। चित्र बहुत साफ नहीं है, बहुत अँधेरा भी था। और जानते हो, ये सब गैलेरिया में हुआ है।"

"ओके, मुझे टी.वी. खोलने दो। हम लोग बाद में बात करेंगे।"

इससे पहले कि मैं फोन रखता, दृष्टि ने पहले ही न्यूज चैनल से सारी खबरें इकट्ठी कर ली थीं। उसका फोन कार के पास ही छूट गया था। किसी ने यह घटना कुछ दूरी से फोन पर रिकॉर्ड कर ली थी। पिछले दो घंटे की घटनाओं को फिर से याद करना, अपने शरीर में रोंगटे खड़े करने के लिए काफी था। हम पकड़े भी जा सकते थे।

दृष्टि हमारी तरफ मुड़ी और बोली कि इस वक्त फोन करना सही विचार नहीं है। वैसे भी उसके पास फोन था नहीं, अगर वह हमारे फोन से करती तो हम फँस भी सकते थे। कोई भी नादानी हमें कहीं का नहीं छोड़ेगी। जरा हैडलाइन तो देख लीजिए।

अगर इस शहर में एक पत्रकार का अपहरण हो सकता है, तो फिर कौन सुरक्षित है?

सीनियर पुलिस ऑफिसर की पत्नी का अपहरण हो गया है, पुलिस अपनी तरफ से उसे ढूँढ़ने की पूरी कोशिश कर रही है।

क्या किसी से रंजिश थी?

सभी राजनीतिक पार्टियाँ दिल्ली-एन.सी.आर. क्षेत्र में सुरक्षा को लेकर एक-दूसरे पर तंज कस रही थीं।

"देखना, अभी टी.वी. पर 6 बॉक्स दिखाई देंगे, जिसमें एक-दो राजनतिक पार्टी के नेता, पुलिस अफसर और कार्यकर्ता एक-दूसरे पर छींटाकशी करते हुए बहस करेंगे।" दृष्टि ने अदा भरी मुसकान बिखेरी।

"सही पकड़े हैं।"

"हाँ नील, इसके मजे लो।"

वह ठहाका मारकर कुछ देर हँसने लगी।

अंततः जब उसने हँसना रोका तो फिर बोलने लगी, "तुम लोगों को पता है, काफी लंबे वक्त बाद मैं खुद को स्वतंत्र पा रही हूँ। कसम से! मुझे नहीं पता ऐसा क्यों? पर मैं आज खुलकर साँस ले रही हूँ। मैं आज खुद को

साहसी महसूस कर रही हूँ। तुम्हें पता है, इन समाचारों से मुझे कोई फर्क नहीं पड़ता; क्योंकि मुझे पता है इन दृश्यों के पीछे क्या होता है? इसलिए कोई फिक्र की बात नहीं।"

फिर मैं उठकर गानों के साथ डांस करने लगा। हम में से कोई भी टी.वी. नहीं देख रहा था। दृष्टि ने हिदायत दी कि अब हम में से कोई भी समाचार की बात नहीं करेगा। सिर्फ हम लोग मजे करेंगे। जेरी ने बताया कि वह किसी व्यावसायिक डील के लिए किसी से बात करने जा रहा है, इसलिए वह हम लोगों का साथ नहीं दे पाएगा। वह किसी को कॉल लगाकर बालकनी पर चला गया। इसका फायदा यह हुआ, दृष्टि को मुझसे खुलकर बात करने का वक्त मिल गया।

उसने उस झूठी कवरेज के लिए मुझसे माफी माँग ली। वह मुझे आगे बताने लगी कि आज वह मेरे साथ इसलिए है, क्योंकि भगवान् ने उसकी प्रार्थना स्वीकार कर ली। वह अपने विदेश दौरे से कल ही तो वापस आई थी। उसे मुझसे माफी माँगने आना था और विधि का विधान कुछ इस तरह से मिलाना लिखा था। मैं भावुक हो गया। उसे ये सब मुझसे नहीं कहना चाहिए था। दृष्टि बहुत अच्छे दिल वाली थी। मैं यह विश्वास कर पाने में असमर्थ था कि यह वही औरत थी, जिसने उस दिन कैमरा लेकर इतने कठोर शब्दों से मुझ पर आक्रमण किया था।

जेरी अंदर आ गया और उसने बताया कि वह किसी काम से बाहर जा रहा है। गौरी को इस बात से कोई फर्क नहीं पड़ा बल्कि उसने अपने जिंदगी के बारे में बताना शुरू कर दिया। ऐसा लग रहा था, हम लोग इससे पहले कई बार मिल चुके हैं। उसने काफी हद तक अपने और सोमेश के बारे में बताया। मुझे उसके लिए बुरा महसूस हो रहा था। मैं अब तक जितनी भी महिलाओं के संपर्क में आया था, उनमें यह सबसे बुद्धिमान थी। सच कहूँ, महिलाएँ होती ही हैं बुद्धिमान, पर उसके अंदर कुछ विशेष था। मैं उस पर मुग्ध हो गया। उसके अंदर मंत्रमुग्ध करनेवाली पर्सनालिटी ही थी। जैसे वह मुसकराती, जैसे वह बोलती, उसका असर मेरे दिलो-दिमाग पर छाते जा रहा था।

पता नहीं, उस दिन मुझे क्या हो गया था, मैंने अचानक उसे वाइन

ऑफर कर दी थी। शायद मेरे मन में भोजन के साथ पीने का विचार सही लगा हो, पर फिर भी मैं उसके साथ पीने में इतना सहज महसूस नहीं कर रहा था। अब जैसा हो रहा था, मैं होने दे रहा था। मैं उसकी बात बड़े ध्यान से सुन रहा था और मन में यह बैठा लिया था कि मैं उसकी मदद करूँगा एवं उसे सोमेश के बारे में जो भी जानकारी चाहिए होगी, लाकर दूँगा। उसने मुझे बताया कि मैं सुनिश्चित कर लूँ कि सोमेश को तनिक भी यह शंका न हो कि हम उसकी जासूसी कर रहे हैं और उसे रँगे हाथों पकड़ना चाहते हैं।

वह रेड वाइन के मजे लेने लगी और मैं ग्लेंमोरंजी पी रहा था। रात्रि के 11 बज रहे थे, जब मैंने जेरी को कॉल किया। वह दूसरे कमरे में सो रहा था। मुझे इतनी चढ़ गई थी, मुझे पता ही नहीं चला वह कब अंदर घुस गया।

मैं और दृष्टि बालकनी में आकर खड़े हो गए। सुहावना मौसम था। ऊपर धुंध छाई हुई थी। गोल्फ कोर्स में उजाला-ही-उजाला था, जो उस धुंध रूपी लिफाफे में चमक बिखेर रहा था। चमचमाते कण हमारे आस-पास उड़ रहे थे। तभी अचानक दृष्टि ने मेरा हाथ पकड़ लिया, "किन्ना छुन्नर लग रहा है? है न नील?"

"हाँ, दृश! सच में बहुत सुंदर लग रहा है।"

हद हो गई! सिर्फ दो घंटे में वह दृष्टि से दृश बन गई। यह व्हिस्की का असर था या फिर किसी महिला के हाथ का स्पर्श, जो रंग बिखेरने लगा था? मैं सोचने लगा। इस स्थिति में ऐसा हो ही नहीं सकता कि आप जिंदगी के बारे में कुछ भी बुरा सोचें। हम दोनों के कदम धीरे-धीरे आगे बढ़ रहे थे।

उसने एक सिगरेट जलाई और मुझे पकड़ा दी। हम उस बालकनी की चहारदीवारी पर टहलते हुए बात करते रहे। उसे मेरा 'सेंस ऑफ ह्यूमर' बहुत पसंद आया, ऐसा उसने मुझे बताया था। उसने सोचा था कि मैं बहुत शांत स्वभाव का व्यक्ति हूँ। मैंने यह महसूस किया कि उसे मुझमें कुछ ऐसा दिखा, जिसकी वजह से वह मुझ पर आकर्षित हुई जा रही थी।

"एक गिलास और?" उसने पूछा।

"बिल्कुल, पियो।"

"ये अच्छी वाइन है। मुझे तो अच्छी लगी।"

"आखिर पसंद किसकी है ?" मैंने मुसकान बिखेर दी।

मैंने अपना तीसरा पेग बनाया और मन को यह तसल्ली दी कि इसके बाद अब नहीं पीनी है। काफी रात हो चुकी थी, जब मैं अंदर शराब लेने गया तो मैंने यह सुनिश्चित किया कि दृष्टि के लिए गेस्ट रूम तैयार हो।

"ठीक है। इन सब को भूल जाओ! आओ अब बालकनी में चले, क्यों ?"

"हाँ, मुझे खुली हवा में साँस लेना है। मुझे समझने के लिए धन्यवाद।" उसने जवाब दिया।

दो शादीशुदा लोगों की ऐसे ही दुनिया बदल जाती है। बहुत ही बारीक रेखा है जो उस दिन टूटते-टूटते बची। बस, कुछ क्षण में ही हम दोनों ने मर्यादाएँ लाँघ दी होतीं। इसके बाद कुछ भी आसान न होता। स्कूल में विचार पढ़ा था, हम क्यों ऐसी स्थितियों को बढ़ावा देते रहते हैं, जिन्हें बाद में रोक पाना मुश्किल होता है। हम क्यों बह जाते हैं उन परिस्थितियों के साथ, जब हमें पता होता है कि वापस आना बहुत मुश्किल है। मैंने भी वह बाँध पार कर लिया था और उस स्थिति तक पहुँचने वाला था, जहाँ से वापसी कभी संभव नहीं थी, कभी नहीं। भगवान् ने हमें बचा लिया।

अब स्थिति को सामान्य करने की मेरी बारी थी। इससे पहले मैं कुछ बोलता, दृष्टि ने मेरी तारीफ करते हुए कहा कि मैं अच्छा आदमी हूँ। उसने मुझे जोर दिया कि मैं हमेशा उसके संपर्क में रहूँ। उसने मुझे 'डियर फ्रेंड' कहकर पुकारा। उसे नींद आ रही थी। सोने से पहले उसने एक बार फिर से मुझे याद दिलाया कि मैं सोमेश के बारे में सबकुछ पता करूँ। फिर उसने एसी की तरफ इशारा करके उसे ऑन करने के लिए कहा। मैं उसे अठारह पर लगाकर अपने कमरे चला गया।

कमरे में बज रहा म्यूजिक मुझे उस अवसाद से बाहर निकलने में मदद कर रहा था। फिर मैंने अपने फोन पर गाना लगाया। वही पिंक फ्लॉयड के द्वारा गाया हुआ मेरा पसंदीदा गाना—'कंफर्टेबली नंब।'

इसे मैं यही कोई तीन बार सुनने के बाद सो गया।

□

अगले दिन पुलिस हेडक्वार्टर में माहौल बहुत गरम था। पुलिसवाले नाराज थे कि आखिर उनके अफसर की पत्नी का एक भीड़-भाड़ वाले क्षेत्र से अपहरण हो गया था। इसे बेहतर सामंजस्य के साथ अंजाम देना था, क्योंकि सोमेश दिल्ली में कार्यरत था और इस घटना को गुड़गाँव में अंजाम दिया गया था। फिर भी, दिल्ली और गुड़गाँव दोनों जगह की पुलिस का ध्यान इसी केस में था। इस मामले को बहुत गंभीरता से लिया जा रहा था। पुलिस इस मामले को हर नजरिए से देखने की कोशिश कर रही थी, चाहे फिरौती हो या शत्रुता हो या फिर कोई अन्य कारण। कुछ लोग जिन पर संदेह था उन्हें पकड़ लिया गया था। आस-पास के छुटभैया गुंडों से कॉन्टेक्ट किया जा रहा था। खबरी हर जगह पर लगा दिए गए थे। हर जगह पर चेकिंग चल रही थी। बॉर्डर बंद कर दिए गए थे। समाचार-पत्रों में इस अपहरण की खबरें मुख्य तौर पर छपी थीं। यही बड़ी घटना थी।

सोमेश ऑफिस में चिंताग्रस्त मुद्रा में बैठा हुआ था। वह अपने और दृष्टि के वीडियो देखने लगा। वह खोखला महसूस कर रहा था। यह उसके लिए चुनौतीपूर्ण वक्त था। उसने दृष्टि के माता-पिता को बुलाया और उन्हें सुनिश्चित किया कि वह दृष्टि को बिना किसी क्षति के ढूँढ़ लाएगा। वह क्रोधित था। तभी एक पैकेट उसके नाम पर पहुँचा। उसने उसे खोलकर देखा तो उसमें एक सी.डी. थी। कोई पत्र नहीं था। यह उसके लिए आश्चर्यचकित करनेवाला था।

उसने उस सी.डी. को बड़े ध्यानपूर्वक देखा। इसमें दृष्टि के साथ उसके झगड़े के वीडियो थे। वह स्तब्ध था। वह समझ गया कोई उसे फँसाना चाहता है। एक-दो नहीं, कम-से-कम एक दर्जन वीडियो पड़े होंगे। कोई उस पर नजर रख रहा था। "ये कैसे हो सकता है? कोई कैसे इतनी बारीकी से इस घटना को अंजाम देकर मुझे फँसाने की कोशिश कर सकता है और मुझे तनिक भी आभास तक न हुआ। कोई ऐसा क्यों करेगा?" ये सारे खयाल उसके दिमाग में चल रहे थे और वह ऑफिस में इधर-उधर भटक रहा था। वह जल्दबाजी में कोई कदम नहीं उठाना चाहता था। इस मामले को वैसे भी मीडिया ने बढ़ा-चढ़ा दिया था। आखिरकार दृष्टि, उस मीडिया का अभिन्न अंग थी। उसके कई दोस्त जानते थे, उन दोनों की बन नहीं रही है। अगर उन तक वीडियो पहुँच गए तो सारी उँगली उसके ऊपर उठाई जाएँगी। इससे फर्क नहीं पड़ता कि बाद में क्या परिणाम निकल कर आता है? वह किसी से गुप्त रूप से इस विषय पर चर्चा करना चाहता था। वह अपने बॉस के ऑफिस की तरफ दौड़ा। जैसे ही उसने बॉस के ऑफिस में प्रवेश किया, उसके बॉस ने कहा, "मैं तुम्हें कॉल करने ही वाला था। तुमने खबर देखी? बिना हमसे पूछे उन्होंने इसे सभी चैनलों में चला दिया है। इससे तो बदनामी हो जाएगी, पर जो टी.वी. में दिखाया जा रहा है, वह सही नहीं है।"

सोमेश फिर से यह देखकर अचंभित हुआ कि उसके वीडियो राष्ट्रीय न्यूज चैनल में चल रहे थे। वह हताश और निराश हो गया। उसने बताया कि वह क्यों उनसे मिलने आया था। उसने उन्हें सी.डी. दिखाई। बॉस को अपने प्रतिष्ठित अफसर पर विश्वास था। सोमेश ने उन्हें विश्वास दिलाया कि वह इन सबकी जड़ तक जाएगा और यह पता लगाकर मानेगा कि इन सबके पीछे आखिर किसका हाथ है। उसे पता था, यह इतना आसान नहीं है, पर उसके पास कोई और विकल्प भी नहीं था। उसकी प्रतिष्ठा दाँव पर लगी थी। गुस्से में वह ऑफिस से बाहर निकलकर एन.एच.-8 हाईवे की तरफ निकल पड़ा। उसने अपनी एक गुप्तचरों की टीम बना ली। वह निगरानी बढ़ाकर अधिक बुद्धिमान अफसर को लगाना चाहता था। उसके क्वार्टर के कई लोग इस राष्ट्रीय सेवा में लग गए थे। वहीं, मीडिया पुलिस को नीचा दिखाने का कोई

मौका नहीं छोड़ रहा था। हर तरफ से दबाव था, पर दूसरे दिन भी कोई सुराग नहीं मिला।

दोपहर होने को थी। दृष्टि एकदम जगी, चिल्लाने लगी, "अंतरा···अंतरा कॉफी दो।"

मैं दौड़कर उसके कमरे में पहुँचा। कुछ ही क्षणों में उसने पहचान लिया, यह जाना-पहचाना कमरा नहीं है। उसने कहा, "गुड मॉर्निंग, नील।"

यह सीन मेरे लिए ठीक वैसा ही था, जैसे डी.डी.एल.जे. फिल्म में राज और सिमरन पीकर एक कमरे में पड़े रहते हैं।

ठीक उसी लहजे में मेरे मुँह से निकला, "गुड मॉर्निंग सि···सिमरन" वह हँस पड़ी और बताने लगी कि ऐसा कुछ ही उसने कल रात में भी सोचा था।

उसने बात करना जारी रखा और सोमेश के बारे में मुझे शीघ्र पता करने के लिए जोर दिया। इसी बीच पता नहीं दृष्टि को क्या हुआ, उसने मुझे देखते हुए अदा भरी मुसकराहट बिखेर दी। उसने बताया कि वह मुझ पर फिदा हो गई है। मैंने उसे चेताया पर वह किसी की सुनने वाली कहाँ थी? फिर उसने मुझसे पूछ लिया, क्या मैं उसे तनिक भी पसंद करता हूँ? मैंने सहमति में हामी भर दी। उसने मेरे कान के पास आकर बताया, वह मुझे प्यार करती थी। मैं वहीं खड़ा रहा, करता भी तो क्या? मैं उसे ठेस नहीं पहुँचाना चाहता था। मुझे पता था, हम दोनों ने एक-दूसरे को पहले से ही कई बार ठेस पहुँचाई है। इसलिए मैं इस बात को तवज्जो में लेकर कोई प्रतिक्रिया नहीं देना चाहता था। मैं मुसकराया और उसे अंदर से कॉफी ले आया। जब मैं रसोई में था, वह जोर से चिल्लाई, "सोमेश ने कभी मुझे प्यार नहीं किया। यहाँ तक उसने कभी इसकी परवाह भी नहीं की। मुझे सिर्फ एक ही चीज की कमी थी—प्यार। यह मत सोचो कि मैं तुम्हें आकर्षित करने के लिए अपने सारे सीक्रेट बता दे रही हूँ। मैं तुम्हें बेपनाह मोहब्बत करना चाहती हूँ।"

वह बोलती रही, मैं सुनता रहा। मैं उसकी प्रेम भरी बातों को एक कान

से सुनता और दूसरे से निकाल देता। मैं उसके लिए कॉफी ले आया। तब हम लोगों ने समाचार लगाया। कुछ वीडियो दिखाए जा रहे थे, जिसमें दृष्टि और सोमेश की बहस होती दिखाई गई—कभी मॉल में, कभी कार में, कभी सिनेमा में, लगभग हर जगह। वीडियो भद्दे थे, पर जैसे ही दृष्टि ने यह देखा, वह रोने लगी। वह मारे डर के काँपने लगी। मैं उसे इस अवस्था में नहीं देख सकता था। मैंने उसे गले लगा लिया। वह एक शब्द नहीं बोली। वह तकरीबन तीस मिनट तक बोलती रही। तब वह एकदम से उठकर पूछने लगी, "नील, कहीं इन सब के पीछे तुम तो नहीं?"

"क्या? तुम्हारा क्या मतलब?"

"तो यह सब इतना सटीक समय पर क्यों हो रहा है?"

"मैं समझ नहीं पा रहा।"

"समाचार देखो, बताया जा रहा है कि मेरे और सोमेश के बीच में कुछ गड़बड़ थी और इसके पीछे सोमेश का हाथ बताया जा रहा है।"

"तो?"

"पर मुझे पता है, तुम मुझे यहाँ लेकर आए हो।"

"और वह एक गलती थी?"

"इतना बड़ा संयोग? तो फिर ये वीडियो सोमेश को किसने भेजे?"

'दृष्टि, मुझे कुछ नहीं पता। मैं ठीक तुम्हारी तरह यहीं पर बैठा हूँ। आखिर मैं ऐसा क्यों करूँगा? तुम्हारे पति पुलिस अफसर हैं, जरूर किसी ने इस मौके का फायदा उठाया होगा।"

"हाँ, मुझे भी लगता है। मुझे तुम पर शक नहीं करना चाहिए था। मेरे पास आओ।"

मैं उसके पास पहुँच गया और वह मुझे प्यार करने लगी। वह रुकने का नाम ही नहीं ले रही थी। वह बोले जा रही थी, "आई लव यू नील, मुझे तुम्हारा साथ चाहिए।"

मैंने उसे विश्वास दिलाया कि इस बुरे वक्त में मैं उसके साथ हूँ और भविष्य में भी रहूँगा।

अगले 24 घंटे हमारे यहाँ किसी के आने की उम्मीद नहीं थी। जेरी अपने

काम से दिन का बड़ा वक्त बाहर ही गुजारने जा रहा था। फिर, हमें सोमेश के बारे में पता लगाना था। इस बीच मुझे गौरी से बात करने का बहुत मन कर रहा था, मैंने संयम बनाए रखा। यह कोई बहुत अच्छा विचार नहीं था। यहाँ तक कि उसने भी पिछले चार दिनों में मुझे फोन नहीं किया था।

अब मेरी बारी थी कि मैं दृष्टि को वह पता लगाने में मदद करूँ, जो वह चाहती थी। जेरी और मैंने अपनी साधारण सी रणनीति बनाई। हम एक भाड़े की कार से घूमना चाहते थे। हमने हट्र्ज कार भाड़े पर ले ली। हमारे एक वकील दोस्त ने बताया, सोमेश ने पहाड़गंज में एक ड्रग रैकेट का पर्दाफाश किया था। उस वक्त यह माना जाता था, उसके टीम में एक महिला भी थी। उसने अपने पुलिस अफसरों से उसे एक सरकारी प्रॉसीक्यूटर की तरह मिलाया था। इस जानकारी ने हमारी मदद की, पर हम उसके बारे में और अधिक जानना चाहते थे। फिर हमारे दोस्तों ने एक पुलिस के खबरी के बारे में बताया, जो हमारी मदद कर सकता था, पर उन्होंने उससे सावधान रहने के लिए भी चेताया। उसने उस मुखबिर का रेट भी बताया और हमें इससे कोई तकलीफ नहीं थी। हमने अपनी कार रेलवे स्टेशन पर खड़ी की और रिक्शा से पहाड़गंज गए। एक चाय की दुकान पर वह हमें मिल गया। उसने जानकारी देने के हमसे पंद्रह हजार रुपए लिये और अपना मुँह चुप रखने की हिदायत दी। यह हमारे लिए बिल्कुल नया अनुभव था। हमें बताया गया सुकन्या एक जर्मन लड़की थी और उसका असली नाम इरीना था। वह सोमेश के साथ जासूस के तौर पर काम कर चुकी है। उनकी सबसे बड़ी उपलब्धि ड्रग रैकेट पकड़ना था। इस मुखबिर ने अधिक जानकारी देने के लिए, हमसे पाँच हजार रुपए की और माँग कर दी। हमने बिना देर किए उसे पैसे पकड़ा दिए। उसने उस होटल की डिटेल दे दी, जहाँ पर सुकन्या और सोमेश उस रैकेट को पकड़ने की रणनीति के दौरान जयपुर में एक साथ रुके थे। हम तुरंत फ्लैट गए और वहाँ से जयपुर के लिए निकल पड़े। हमने दृष्टि को 'कार्य प्रगति पर है' के बारे में बताया। उसने हमें सुरक्षित रहने की सलाह दी।

सभी अफसर पूरे जोर-शोर से इस केस की जाँच-पड़ताल में लगे थे, वहीं दृष्टि के पति सोमेश ने पिछले कुछ दिनों की उसके कॉल की रिकॉर्ड निकलवा ली। पर फिर भी उन कॉल से कोई सुराग नहीं मिला। जाँच-पड़ताल के दौरान उसके टैक्सी बुकिंग, क्रेडिट कार्ड इत्यादि चीजों की जानकारी भी निकलवा ली गई। उसने अंतिक्षा से बात की, जिसने यह बताया कि वह बाहर काम से गई हुई थी और उसे इस बारे में कोई जानकारी नहीं है। यहाँ तक उसने कोई समाचार भी नहीं सुना। दृष्टि के बारे में सुनते ही उसके पैरों तले जमीन खिसक गई और उसने जल्दी से वापस आने का वादा किया। सोमेश ने उससे दृष्टि के बारे में कोई खबर मिलते ही उसे बताने के लिए कहा।

यही सबसे बड़ी चिंता का विषय यह था कि अभी तक कोई फिरौती की कॉल नहीं आई थी। इस अपहरण का उद्‌देश्य ही नहीं समझ आ रहा था।

इस तरफ, हम गाड़ी चला रहे थे। जैसे ही हमने जयपुर हाईवे पकड़ा, मेरे फोन की बेल बजने लगी। ये तो दृष्टि की कॉल थी। उसने मुझसे गाड़ी आराम से चलाने और जल्दी वापस लौटने के लिए कहा। जेरी ने मेरी तरफ कुछ इस अंदाज में देखा जैसे पूछ रहा हो तुम लोगों के बीच में क्या खिचड़ी पक रही है? मैंने उसकी बात यह कहते हुए नकार दिया कि ऐसा कुछ भी नहीं है। दृष्टि अपनी शादी से खुश नहीं है और हम लोगों ने जो किया है, उससे वह परेशान है, इसलिए मैं उसको लेकर सचेत हूँ। वह ऐसे मुसकराया जैसे मैं उसे बेवकूफ बनाने की कोशिश कर रहा हूँ।

इससे पहले हम एक्सप्रेसवे पकड़ते, हमने गाड़ी एक किनारे खड़ी की और एक-एक बियर पी। फिर हम अपने काम पर निकल लिये। यह वीक डे था तो अधिक भीड़ होने की उम्मीद नहीं थी। हम मात्र 3 घंटे में जयपुर पहुँच गए। बिना समय बरबाद किए, हम सीधे होटल पहुँचे और उनसे डिटेल माँगी पर दुर्भाग्यवश हमें कुछ न मिला। मैंने आस-पास देखा, हर जगह सी.सी.टी.वी. कैमरा लगा हुआ था। इसीलिए रिश्वत देना भी सही नहीं लगा। यह फोर स्टार होटल था। मुझे पक्के तौर पर यह एहसास था कि

सोमेश और सुकन्या दोनों भेष बदलकर आए होंगे और भिन्न-भिन्न नाम रजिस्टर करवा कर ठहरे होंगे। पर हम अपने हर हथियार लेकर तैयार थे। मैंने तुरंत सोमेश और इरीना की फोटो दिखाई और लॉबी में खड़े मैनेजर से पूछा। वह समझदार व्यक्ति था। उसने बाहर जाकर फव्वारे के पास इंतजार करने के लिए कहा।

हमारी उम्मीदें जग गईं। उसने गौर से फोटो देखी और फिर हँसते हुए बोला, "आज पहली बार कोई व्यक्ति पुलिसवालों की जासूसी करने आया है।" मैं भी उसकी इस बात पर हँसा। मैंने उसे बताया सिर्फ निजी कारणों की वजह से यह जानकारी चाहिए। उसने बताया अगर यह मामला टी.वी. समाचार के लिए हो तो वह कोई जानकारी नहीं दे सकता। मैंने उसे वह लिफाफा दिया, जिसमें पच्चीस हजार रुपए थे। ये सब हमारे वकील दोस्त ने सिखाया था। उसने हमें सभी के रेट बता दिए थे। मैंने उस वक्त यह महसूस किया कि जिंदगी में एक वकील दोस्त जरूर होना चाहिए। आपको धन खर्च करना पड़ सकता है, पर सब मिल जाएगा, जो आप चाहते हैं। वरना आपको यह तक नहीं पता होगा कि धन कहाँ खर्च करना है ?

व्यस्त मैनेजर ने रुपए मिलते ही गिरगिट की तरह रंग बदल लिया। इस मैनेजर ने हमें वह सब जानकारी दे दी, जो हमें चाहिए थी। उसने हमें सुनिश्चित किया इरीना और सोमेश के बीच ऐसा कुछ भी नहीं था। वास्तव में कुछ और पुलिसवाले थे, जो उसके होटल पर ठहरा करते थे।

वापसी करने के बाद जेरी ने मेरी तरफ स्तब्ध निगाहों से देखा। उसने मुझसे पूछा, "आखिर तुमने इतना अच्छे से मैनेज कैसे कर लिया ?" जवाब बहुत साधारण था—आत्मविश्वास और अच्छा बरताव आपके कई काम बना सकता है। हम बहुत भाग्यशाली थे, जैसा कि वहाँ बहुत अधिक भीड़ नहीं थी। मैं इन सब बारे में सोचते हुए वापस आ गए। हो सकता है, दृष्टि सोमेश को प्यार न करती हो या फिर उलटा। दृष्टि को सोमेश की निष्ठा पर संदेह था। अब उसने मुझसे यह भी बता दिया है कि वह मुझसे प्यार करती थी। मैं समझ सकता था मैंने उसे सौहार्द दिया, पर···इतनी जल्दी ? शायद यही जिंदगी है। आपको पूरी जिंदगी लग सकती है और हो सकता है आपको अमुक शख्स से

प्यार ही न हो एवं कभी-कभी बस एक कप कॉफी ही काफी होती है। यहाँ तो बस क्लोरोफॉर्म से ही प्यार हो गया। हा···हा!

दृष्टि जिसे सुकन्या के नाम से जानती थी, इरीना और सोमेश के बीच कुछ नहीं था।

जब रात में हम पहुँचे तो हमने फ्लैट का दरवाजा खोला। दृष्टि सो चुकी थी। वाइन का गिलास उसके बगल में रखा हुआ था। एसी कमरे को बहुत ठंडा किए हुए था, जबकि बाहर इतनी गरमी नहीं थी। मैंने यह अनुमान लगाया, वाइन की वजह से उसका शरीर का तापमान बढ़ गया होगा। शायद उसको मेरी महक मिल गई थी।

उसने मेरी उँगली पकड़ ली, और वहीं ठहरने के लिए निवेदन किया। जेरी के पैरों तले जमीन खिसक गई। जैसे ही उसकी नजर जेरी पर पड़ी, वह सचेत हो गई। तुरंत उसने अपनी टोन बदल ली और पूछने लगी, तुम दोनों यहीं पर रुको, ताकि तुम लोगों से कुछ बात हो सके। जेरी हम दोनों को अकेला छोड़कर जाना चाहता था, पर हमने जोर दिया तो वह कुछ देर बैठ गया। मैं दृष्टि के चेहरे के भाव पढ़ रहा था। पर उसे यह जानकर अचंभा हुआ।

उसने मुझसे कहा, "नील, हो सकता है, मैं इन सब के लिए तैयार न हूँ। मुझे ऐसा विश्वास था कि तुम कुछ तो बताओगे कि उन दोनों के बीच में दाल में कुछ काला है। मुझे इस बात का पक्का विश्वास था। मैंने इस बात को अंतरा से भी नहीं बताया था। बस, अंदर पाले हुए थी। आज तुमने जब मुझे यह सब बताया तो मैं कुछ भी प्रतिक्रिया देने की हालत में नहीं थी। मैं हार चुकी हूँ। मुझे कुछ नहीं समझ आ रहा है, मैं क्या कहूँ ? शायद अब बहुत देर हो चुकी है, लौट पाना मुश्किल है। सच कहूँ, मैं अब उसे पसंद भी नहीं करती हूँ।"

हम वहीं खड़े रहे। सच कहते हैं—इनसानी भावानाओं की तीव्र शक्ति और किसी संबंध का बदसूरत सत्य का निवास चहारदीवारी के अंदर ही होता है। जरा सोचिए, अगर दुनिया देखें तो सोमेश और दृष्टि ने ऐसा कुछ भी गलत नहीं किया है। पर अगर दृष्टि के नजरिए से देखें, उसने जिस दुनिया

की कल्पना की थी, उसके जीवन में उसका कभी अस्तित्व ही नहीं रहा। वह सिर्फ उम्मीदों में जीती रही। जब उसने सोचा कि उसे प्रतिक्रिया देने का कुछ मौका मिला, तब 'खोदा पहाड़, निकली चुहिया' की तर्ज पर कुछ न निकला। जिस दिन उसे खुश होना चाहिए था, वह निष्क्रिय थी। यही तो किसी संबंध का जटिल भाग है। इसकी शुरुआत सिर्फ प्यार से होती है और जब प्रेम को ढंग से सँभाला न जाए तो वह जटिल बन जाता है। प्यार में छोटी-छोटी बातें बहुत महत्त्वपूर्ण होती हैं।

मुझे अपने दांपत्य जीवन का डर सता रहा था। जिस वक्त मैंने दृष्टि से अपना हाल-ए-दिल बयाँ किया, उसने मुझे सांत्वना दी कि मैं परेशान न होऊँ, वह मेरी सारी इच्छाओं की पूर्ति करेगी। यह तो और भी जटिल बनता जा रहा था। मैंने उसे चेताया कि हम दोनों का कोई भविष्य नहीं है। उसने मुझसे धैर्य रखने के लिए कुछ ऐसे कहा—कोई जल्दी नहीं है, तुम अपना समय ले लो। वह मेरा इंतजार करेगी। मैंने फिर से उसे समझाने की कोशिश की और उसने फिर से वही जवाब दिया। अंत में उसने मुझसे कहा, वह मुझसे प्यार करती है, यह उसकी इच्छा है और मैं कौन होता हूँ, उसकी इच्छा पर पाबंदी लगाने वाला? बात भी सही थी। खैर, जेरी तब तक कमरे से बाहर निकल गया था।

"मैं कोई टीनएजर नहीं हूँ, नील। न ही तुम कोई कॉलेज में पढ़नेवाले लड़के। हम समझदार हैं। मुझे पता है कि प्यार क्या होता है? तुम्हारे साथ मैं इसे महसूस करती हूँ।"

"ठीक है, दृष्टि। मैंने कई बार तुम्हें बात बता दी। अब बार-बार उसी बात को दोहराने से कोई फायदा नहीं। मैं सच में गौरी से बेपनाह इश्क करता हूँ और हम दोनों के बीच में जो हुआ, वह क्षणिक था। शायद इसे सिर्फ आकर्षण कह सकते हैं।"

"यह तुम्हारे लिए आकर्षण होगा, नील। मेरे लिए प्यार है। मैं तुम्हारी धड़कनों को महसूस करती हूँ।"

"ये तो पागलपन है, दृश। और हाँ, ये हिंदी फिल्मों की लाइनें अच्छी थीं।"

"तुम्हारे प्यार में पागल हो गई हूँ, अब ये प्यार भरी लाइन तुम्हारे लिए तो निकलेंगी ही।"

मैं हँसना चाहता था। ये मोहब्बत थी ही नहीं। मुझे पता था, अगर यह मोहब्बत होती तो मुझे भी महसूस होती।

इससे पहले हम सोते, जेरी को हमने फिर से कमरे में बुलाया और दृष्टि को अगले दिन सुबह भिवाड़ी छोड़ने का प्लान करने लगे। अगले दिन की कहानी बुन ली गई थी। अगली सुबह 6 बजे हमने उसे भिवाड़ी के एक चाय वाले की दुकान के पास छोड़ दिया। यह बात हमें पक्के तौर पर पता थी, यह सुरक्षित जगह है।

□

सुबह सात बजे चाय वाला और उसकी बीवी अपनी गुमटी के पास आए और उन्होंने वहाँ पर दृष्टि को पाया। वह आँखें बंद किए हुए सिकुड़ी बैठी हुई थी। वे सब लोगों को पुकारने लगे। उन्होंने खबरों में देखा था और उन्हें पता था कि यह शख्स कौन है। तुरंत पुलिस बुलाई गई।

दृष्टि ऐसा दिखावा कर रही थी जैसे वह सदमे में हो। कुछ सीनियर पुलिस अफसरों से बात करने के बाद उसे घर पहुँचाया गया। तुरंत मीडिया भी पहुँच गया। वह अपने घर 9:45 बजे पहुँच गई थी। घर के नौकरों ने उसकी थाली लेकर पूजा करते हुए घर में स्वागत किया, ताकि बुरी आत्माएँ घर से दूर ही रहें। सोमेश ने दृष्टि को गले लगाया और स्टाफ को बाहर जाने का आदेश दिया। वह अपने बीवी के साथ कुछ निजी बातें करना चाहता था।

"तुम घर वापस आ गई, मैं बहुत खुश हूँ। तुम्हें नहीं पता मैं कितना परेशान था?"

"शुक्रिया सोम! मुझे थोड़ा आराम करना है।"

"हाँ दृष्टि, पर संक्षिप्त में मुझे बताओ आखिर तुम्हारे साथ क्या-क्या हुआ, ताकि मैं अपने बॉस और तुम्हारे मीडिया के मित्रों को सूचित कर दूँ?"

"कुछ नहीं हुआ! उन्होंने कुछ नहीं कहा! वे मीडिया के खबर देखकर डर गए थे और मुझे बिना नुकसान पहुँचाए छोड़ दिया। बस, इतना ही। अब मुझे आराम करने दो, सोमेश।"

"ठीक है, सो जाओ!"

सोमेश ने हर किसी को यही बात बता दी। दृष्टि को आश्चर्य हुआ आखिर उसका पति सीधा उसी बात को क्यों पूछ बैठा? वह सोने चली गई। सोने से पहले उसने मुझे याद किया। मेरी याद आते ही उसके चेहरे पर मुसकान आ गई। उसने अपना कृत्य बड़ा अच्छे से निभाया।

मीडिया ने इस मामले में तुरंत प्रतिक्रिया की और पूरी तरह से पुलिस को दोषी ठहराया। उन्होंने यह दोष दिया कि पुलिस ने एक बड़ी जानकारी उनसे छुपाई। कुछ चैनल वालों ने दृष्टि से बात करने के लिए जोर दिया। बस, डी.टी.वी. चैनल ने दृष्टि को परेशान नहीं किया। उसका दिन सोते हुए आराम से गुजर गया, क्योंकि वह काफी देर से जगी। अंतरा शाम को उसके पास पहुँच गई। हमेशा की तरह दोनों गले मिले और फिर एक-दूसरे की हाल खबर ली। दोनों महिलाओं ने थोड़ी देर बात की। दृष्टि ने उसे कुछ नहीं बताया न ही वह बताना चाहती थी। उसने उसे वही झूठी कहानी सुना दी और फिर मनोहरण को फोन करके वही बात बताई। अगले दिन उसने पूरी जानकारी दी, क्योंकि पुलिस को जानकारी की जरूरत थी।

इस बीच गौरी अपने मायके, सिलिगुड़ी चली गई थी। जब उसके माता-पिता यहाँ मिलने आए थे तो उसकी मम्मी ने कुछ दिन साथ चलने के लिए जोर दिया था। उनका मानना था—इसी बहाने मन बहल जाएगा। वह उस दिन शाम को ही तो वापस आई थी। वह बुरे विचारों के साथ वापस आई थी। उसे उम्मीद थी, इस बीच मैं उससे संपर्क करने की कोशिश करूँगा, पर मेरी तरफ से ऐसी कोई पहल नहीं हुई थी। जो भी घटनाएँ गुड़गाँव में हो रही थीं, वह उन सब से बेखबर थी। वह भीड़-भाड़ वाले क्षेत्र से कहीं दूर शांत जगह पर रह रही थी। वापस आने के बाद उसने मैहर को फोन किया। मैहर ने भी उसे जोर दिया कि वह मुझे कॉल करे और शाम को कोई प्लान किया जाए।

इतने दबाव के बाद अंततः उसने मुझे कॉल किया। मैंने तुरंत उसकी कॉल उठा ली। वह खामोश थी। मैंने भारी आवाज में 'हैलो' कहकर विश किया। मैं उसकी आवाज सुनने के लिए बेताब था। मेरा आत्मसम्मान कहें

या घमंड, वह कहीं दूर भाग चुका था, पर मेरे शब्द उसके पास सही से नहीं पहुँच सके।

इससे पहले वह कुछ बोलती, मैंने उसे बताया कि मैं बढ़िया हूँ और आजकल एक प्रोजेक्ट के सिलसिले में व्यस्त हूँ। इसलिए माफी चाहूँगा, मैं उसे फोन नहीं कर पाया। फिर मैंने उससे पूछा, वह कैसी है? उसने कुछ बोला, पर तब तक मेरा मन उन पुरानी बातों में पहुँच चुका था।

क्यूबा में, जब हम दोनों के बीच मन-मुटाव था, तब वह गौरी ही थी, जिसने सबसे पहले कदम बढ़ाए थे। इस बार भी उसी ने कदम बढ़ाया था। उसे इस बात का पता नहीं था, मुझे उसकी कितनी कमी महसूस हुई। उसे इस बात का भी अंदाजा नहीं था कि मैंने अपने प्यार के लिए सबकुछ बिगाड़ लिया। शायद मैं कभी उसे पिछले तीन दिन के बारे में बता भी न पाऊँ। अपने पिछले तीन दिन के बारे में जो मैंने उस रिपोर्टर के साथ गुजारे थे, जिसने कुछ दिनों पहले मुझे खलनायाक घोषित कर दिया था। अभी तक उसे श्रीन्या से परेशानी थी, अब एक नाम और जुड़ गया—दृष्टि।

हे भगवान्! मैं बहुत बड़ा वाला हूँ। मैं बेशर्म हूँ। हे ईश्वर, मेरी मदद करो। मेरे साथ कुछ भी बुरा नहीं हुआ, पर यह बात मेरे मन में पीड़ा पैदा कर रही थी। हे भगवान्! मदद करो। मैं अपने आप को आपके हवाले समर्पित करता हूँ। आज के बाद जो भी होगा, वह सब आपके हाथों में है। मैं कमजोर हूँ, अब मुझसे नहीं होगा।

मैं अपने मन-ही-मन बक रहा था। मैं चिंघाड़ें मारकर रो लेना चाहता था। मेरे पास गौरी का सामना करने की हिम्मत नहीं थी। मेरे मन में कुछ ऐसा चल रहा था, जिससे मैं खुद को समझा पाने में नाकाम था। कुछ ही देर में मेरे खयाल धुआँ हो गए।

गौरी ने मुझे कई बार पुकारा, तब मैं अपनी कल्पना से बाहर निकल सका। इससे पहले मैं अपनी काल्पनिक दुनिया से पूरी तरह बाहर निकल पाता, फोन कट गया था। मैंने तुरंत फिर से उसे फोन लगाया। उसने मुझसे पूछा, क्या मैं सही हूँ? मैंने उसकी सहमति में हामी भर दी। उसने मुझे घर वापस आने के लिए पूछा। मैं बहुत खुश हुआ। मैंने उसे बताया कि मुझे वक्त

दो और इस शाम मैं थोड़ा काम में व्यस्त हूँ। मैं कल घर आता हूँ। उसने मुझ पर दबाव डाला, मैंने उससे निवेदन किया। उसे शायद मेरा निवेदन सच्चा लगा, इसलिए वह मेरी बात मान गई।

तभी मुझे दृष्टि की कॉल आई। मैंने नहीं उठाया। वह लगातार कॉल कर रही थी। मैं उसे नजरअंदाज कर रहा था। मैं उससे दो दिन तक बात न करने के लिए दृढ प्रतिज्ञ था। यह भावना सिर्फ पाँच मिनट रुकी। उसने एक ऐसा मेसेज भेजा, जिसे पढ़कर सारे विचार हवा हो लिये। उसने एक ऐसी पिक भेजी, जिसमें हम दोनों एक-दूसरे को आलिंगन किए हुए थे। मैंने उसे कॉल किया। उसने मुझे बताया कि मैंने उसके लिए कोई और विकल्प बचाया ही नहीं था। इसलिए उसे यही सही लगा। मैंने उसकी इस कला को निहायत ही घटिया हरकत करार दिया। उसने फिर से वही डायलॉग झाड़ दिया—इश्क और मोहब्बत में कुछ भी बुरा नहीं होता, जानेमन। यह सबकुछ वक्त तक चलता रहा। वह मुझसे मिलने के लिए दबाव डाल रही थी। मैं उससे मिलना चाहता था और निजी तौर पर यह बताना चाहता था कि जो वह चाहती है, वह संभव नहीं है।

हम डिनर के लिए मिले। वह मुझसे बहुत अच्छे से बरताव कर रही थी। उसने उस पिक के लिए मुझसे माफी माँगी।

"मैं सच में तुमसे मोहब्बत करती हूँ और मैं यह सुनिश्चित कर देना चाहती हूँ कि मेरा कोई इरादा तुम्हें तकलीफ पहुँचाने का नहीं है। मैं बस तुम्हें यहाँ मिलने के लिए बुलाना चाहती थी। मैं तुमसे हमेशा-हमेशा प्यार करूँगी। मुझे तुम्हें देखते ही कुछ-कुछ होता है। बस, ये सब गलत वक्त पर हुआ। बाकी इन अड़तालीस घंटों ने मुझे जीवन जीने का नया नजरिया दे दिया।"

फिर उसकी आँखों से कुछ आँसू निकलने लगे। मुझे उसके लिए बुरा लग रहा था। मैंने उसे दांपत्य जीवन को सुधारने की सलाह दी। बदले में उसने मुझे फिक्र न करने की सलाह दी। फिर मेरा हाथ पकड़कर बोली, "मैं तुम्हारे लिए अच्छी कामना करती हूँ।"

हमने भोजन किया और फिर निकल पड़े। वह मेरे कानों के पास आकर फुसफुसाई, "मैं तुमसे बहुत प्यार करती हूँ।"

"तुम्हारा कुछ नहीं हो सकता।"

"अपना ध्यान रखना, नील।"

वह अपनी गाड़ी में बैठ गई। जिस वक्त मैं अपनी कार में बैठा, मैंने देखा गौरी और मैहर मेरी तरफ आ रहे थे। मेरी हवा गुल हो गई। सामने सब धुँधला-धुँधला दिख रहा था। मैंने उससे अनगिनत झूठ बोले थे। उसने मुझे दृष्टि के साथ देख लिया था। मैं क्या कहता?

गौरी ने सिर्फ इतना कहा, "कल मिलती हूँ। तलाक के लिए तैयार रहो।"

"मैं सबकुछ बताऊँगा, गौरी। ऐसा कुछ भी नहीं है, जैसा तुम सोच रही हो।"

"मुझे कोई बात नहीं सुननी।"

"मैहर, इसे समझाओ! तुम्हें पता है मैं इससे कितनी मोहब्बत करता हूँ?"

"नील, मैंने इसे सब बताया। इसीलिए वह शांत है और चिल्लाकर-चिल्लाकर कपड़े नहीं फेंक रही है।"

वह नाराज होकर चली गई। मैहर ने पीछे पलटकर देखा। मैंने हाथ जोड़कर उसे मनाने का निवेदन किया। मैंने दृष्टि को कॉल किया। इससे पहले वह कुछ बोलती, मैंने फोन काट दिया। मुझे सोचने के लिए वक्त चाहिए था। मैंने गहरी साँस ली। मैं कार में चुपचाप बैठा रहा। पिछले कुछ वक्त से मेरे साथ ऐसा ही हुआ था। हे ईश्वर! मेरी मदद करो। मैंने खुद को आपके सामने समर्पित कर दिया है, भूले तो नहीं?

फिर मैंने जेरी और टॉम को कॉल किया। दोनों घर पर ही थे। मैं उतनी तेजी से गाड़ी चला रहा था, जितनी तेजी से चला सकता था। मेरे फोन में दृष्टि के दो मिस्ड कॉल भी पड़ी हुई थीं। मैंने सिर्फ इतना मेसेज किया, गलती से फोन लग गया था। उसने पूछा, सही बताओ? मैं खीज गया, पर मैंने कोई जवाब देना उचित न समझा।

मैं जल्दी से फ्लैट पर पहुँचा।

टॉम ने मेरी तरफ देखा और कहा, "तो तुम गौरी का अपहरण करना

चाहते थे और दृष्टि को उठा लाए। फिर तुम दोनों में नजदीकियाँ बढ़ने लगीं और अंततः प्यार हो गया। उसने तुम्हारी मदद माँगी और तुमने उसकी मदद कर दी। वह अब तुम पर मिट रही है। गौरी तुमसे दूर हो चुकी है। मैं कुछ भूल तो नहीं रहा हूँ?"

मैंने जेरी की तरफ देखा। वह नीचे देखने लगा। टॉम मेरी तरफ घूर रहा था और मुझ पर चिल्लाने लगा, "तुम कब से मुझसे बातें छुपाने लगे? तुम्हें नहीं पता मैं गौरी की कितनी इज्जत करता हूँ? तुम्हें यह तो पता होगा कि गौरी मेरी कितनी इज्जत करती है?"

"तुम ये भावुक डोज देकर बात क्या कहना चाहते हो?"

"सुनो, तुम्हें दृष्टि को कॉल करना चाहिए और यह हिदायत दे देनी चाहिए कि वह फिर कभी फोन न करे। मैं तुम्हें विश्वास दिलाता हूँ, वह अपहरण के बारे में किसी से नहीं कहेगी। आखिर वह तुमसे प्यार करती है। वह तुम्हें प्रपोज भी कर चुकी है।"

"हाँ।"

"अगर कुछ होता भी है तो दोस्त किसलिए होते हैं? हम लोग हैं न! सँभाल लेंगे।"

"तुम्हें याद है न, हवाना में गौरी ने एक बुरा सपना देखा था मुझे लग रहा है, अब वह सच होनेवाला है।"

"उन बातों को भूल जाओ। बस, दृष्टि को कॉल करो और मामला सुलझा लो।"

मैंने दृष्टि को कॉल किया। वह चिंतित और मेरे लिए अधिक फिक्रमंद लग रही थी। इस बात ने मुझे अपना पॉइंट रखने के लिए सही रास्ता दिखा दिया। मैंने उसे अपनी जिंदगी से दूर जाने का आग्रह किया। वह चुप रही। मैंने उसे कुछ बोलने के लिए कहा। वह जब बोली तो उन बातों को झगड़े में तब्दील होने में वक्त न लगा।

मुझसे झगड़ने के तुरंत बाद उसका सोमेश से झगड़ा हो गया। उन दोनों में अब तक का सबसे भयंकर झगड़ा हुआ। सोमेश को ऐसा लग रहा था जैसे दृष्टि उससे कुछ छुपा रही हो। इस झगड़े का परिणाम यह हुआ कि दृष्टि ने

कह दिया, वह उसके साथ अब नहीं रहेगी। दृष्टि ने बताया कि उसे सोमेश के साथ रहने में घुटन सी महसूस होती है और वह अब उसके साथ नहीं रहेगी। सोमेश को समझ ही नहीं आया, वह क्या करे? उसने दृष्टि से पता लगाने की कोशिश की कि क्या उसकी जिंदगी में कोई और आ गया है? उसने उँगली दिखाते हुए सोमेश से तेज आवाज में कहा, "दफा हो जाओ यहाँ से।"

दोनों आपस में बेवकूफाना हरकत कर बैठे। दृष्टि फफक कर रो लेना चाहती थी, पर खुद पर यथासंभव नियंत्रण किया। उसने अपना बैग पैक किया और निकल गई।

सोमेश चिल्लाया, "कभी वापस मत आना।"

"भाड़ में जाओ, टट्टू," उसके ये अंतिम शब्द पूरे घर में जोर-जोर से सुनाई पड़े।

वह अंतिक्षा के घर पहुँच गई।

अंतिक्षा ने पूछा, "तुमने नील का गुस्सा सोमेश पर निकाल दिया। माना पुरुष हरामी होते हैं, पर तुम्हें ऐसा नहीं करना चाहिए था।"

"काफी समय से यह गुस्सा भरा पड़ा था। मैं तीन दिन बाद वापस लौटी थी और सोमेश बड़ा अजीब बरताव कर रहा था।"

"खैर, छोड़ो! तुम आराम करो। क्या तुमने सच में अपनी शादी तोड़ने का निश्चय कर लिया है?"

"हाँ, अब इस रिलेशन में रहने का भी कोई फायदा नहीं। मैंने सबकुछ ट्राई कर लिया पर कोई फर्क न पड़ा।"

दोनों तब तक बात करती रहीं, जब तक सो नहीं गईं।

गंगा की आँखों में आँसू भर आए। मुझे तो एहसास ही नहीं हुआ था। वह इतनी तल्लीनता से मेरी कहानी में खो चुकी थी कि वह आँसू नहीं रोक पाई। बाहर सूर्य बादलों के पीछे छिप गया था और बूँदा-बाँदी होने लगी थी। घने बादलों ने शहर को घेर लिया था। हम दोनों उन बादलों की तरफ निहार रहे थे।

मैंने उसे टिश्यू पेपर दिया। उसने उसका उपयोग किया और बाहर फेंक दिया। मैं विश्वास नहीं कर पा रहा था, उसकी आँखें आग के गोले के सामान

बड़ी-बड़ी दिख रही थीं। मैं हँसने लगा। उसने मुझ पर एक मुक्का जड़ दिया। मैंने उससे पूछा कि आखिर वह क्यों रो रही थी। उसने बस मेरी तरफ देखा और कहने लगी, "ये जो कहानी बताई तुमने, बहुत उदास करनेवाली है। तुमने सबकुछ खो दिया। मुझे बहुत बुरा लग रहा है।"

"अरे बॉस! ठीक है। बड़े-बड़े शहरों में ऐसी छोटी-छोटी घटनाएँ होती रहती हैं।"

"वापस चलना चाहिए। गुड़गाँव में बारिश से पानी भर जाएगा। हम कोई रिस्क नहीं ले सकते।"

हम लोग वापस लौट आए और गंगा को सारी कहानी बयान की। हमने निर्णय लिया कि ऑफिस का माहौल हलका ही रखेंगे। अगले दो दिनों में मुझे एक हफ्ते के लिए मुंबई जाना था। मेरी बॉस चाहती थी कि मैं कुछ बेहतर महसूस करूँ, इसलिए उसने मुझे मुंबई में प्रोजेक्ट दे दिया था।

□

सोमेश और दृष्टि ने डाइवोर्स फाइल कर दी थी। वहीं पेशेवर जिंदगी में, सोमेश किसी काम के सिलसिले में जयपुर गया था। उसे यह सूचना मिली थी कि एक होटल मैनेजर ने गुप-चुप तरीके से दो लोगों को कुछ जानकारी दी थी। जिस मुखबिर ने उसे सूचना दी थी, उसके बारे में होटल के मैनेजर को भी नहीं पता था। यही तो पुलिस के खुफिया विभाग की खासियत है। पहले तो सोमेश को ऐसा लगा कि होटल मैनेजर ने बहुत ही खुफिया जानकारी दे दी होगी। पर जब उन्होंने सी.सी.टी.वी. कैमरा की फोटो ध्यानपूर्वक देखी तो उसने हम दोनों को पहचान लिया। वह हमें देखकर अचंभित था। कुछ ही वक्त में पुलिस अफसरों ने मैनेजर से वह सारी जानकारी उगलवा ली, जो उसने हमें दी थी। सोमेश को संदेह था कि गौरी उससे कुछ छुपा रही थी। अब उसके पास प्रमाण था। चूँकि उसकी विचित्र पत्नी इस केस की शिकार थी, इसलिए वह बहुत सचेत होकर कदम रख रहा था। उसने बहुत ध्यानपूर्वक प्लान किया।

वह दृष्टि से मिला और उसने बताया कि पुलिस ने पता लगा लिया है—जेरी और मैंने उसका अपहरण किया था। दृष्टि यह सुनकर हतप्रभ रह गई। सोमेश ने उसे फिक्र न करने की सलाह दी और यह भी कहा कि वह अन्य लोगों से यह कहेगा, उस पर दबाव बनाया गया था। अगर उसने ऐसा नहीं किया तो जरूरी जानकारी छिपाने के लिए उसके खिलाफ केस दर्ज किया जाएगा। यह सुनकर दृष्टि घबरा गई। किसी तरह वह तैयार हुई। पर वह किसी

भी तरह मुझे फँसाना नहीं चाहती थी और सोमेश ने उसे सुनिश्चित कर दिया कि मुझे कुछ नहीं होगा। उसने बताया कि यह मामला उसके सीनियर अफसर देख रहे हैं, इसलिए उसे पूरी जानकारी देनी पड़ेगी।

अगले दिन सोमेश अपने सीनियर अफसर से मिला और उन्हें पूरी कहानी सुना दी। मेरे खिलाफ एक अरेस्ट वारंट जारी कर दिया गया। मुझे ही यह सब नहीं पता था। सोमेश ने दृष्टि के मन में यह मनगढ़ंत कहानी ठीक तरह से बैठा दी थी कि जब पुलिसवालों ने मुझसे पूछा तो मैंने उन्हें बताया कि यह दृष्टि थी, जो मुझे फँसाने की कोशिश कर रही थी। वह मेरे प्यार में पागल हो चुकी थी और दृष्टि अपना आपा खो बैठी।

सोमेश ने वे सब बातें सुन ली थीं, जब दृष्टि दो दिन पहले घर पर मुझसे बातें कर रही थी। जिस वजह से उसे मेरे और दृष्टि के बारे में पता चल गया था। बाकी कहानी सोमेश ने खुद से बुन ली। जिसका परिणाम यह हुआ कि दृष्टि मेरे विरोध में आ गई और मैं उसके। सोमेश हम दोनों की वजह से बहुत परेशान हुआ था, इसलिए वह मुझे जेल के अंदर देखना चाहता था। वह मुझे अपने डाइवोर्स का कारण समझ रहा था। मेरे ऊपर अपहरण का केस ठोक दिया गया था। दृष्टि ने कोर्ट में यह बात स्वीकार की।

गौरी को सबकुछ पता चल गया था। मेरे माता-पिता उससे मिले और प्रारंभ में वे भी मेरे खिलाफ थे। मैं हर किसी को खलनायक की तरह दिखाई पड़ रहा था। बस, टॉम ने उसे समझाने की कोशिश की, पर वह भी नाकाम रहा।

बस कुछ ही लोग जैसे—गंगा, जेरी, टॉम और शायद जेम्स ही मुझे हीरो समझ रहे थे। मुझे यह भी नहीं पता कि श्रीन्या मेरे बारे में क्या सोचती थी ?

मैं और टॉम मुंबई में थे। मैं उसे अपने असाइनमेंट में साथ ले गया था। जब पुलिसवाले हमें पकड़कर ले गए, तब हम पिज्जा खा रहे थे।

कुछ हाथापाई हुई थी। मेरे शरीर के भीतर दर्द हो रहा था। मैं रो रहा था। पुलिसवालों ने मुझपर पानी फेंका, मुझे ऊपर उठा लिया और गाली देकर बात करने लगे थे। वह मुझ पर अपना प्रभाव दिखा रहे थे। मैं उनकी निंदा कर रहा था। वे लगातार यह कह रहे थे, एक पुलिसवाले की औरत को परेशान करने

की यह सजा तो बनती है। मैं सोच रहा था, अगर मैंने दृष्टि को 'हाँ' कह दिया होता तो क्या परिस्थिति दूसरी होती? मैं सोच रहा था, शायद मैं बेहतर परिस्थिति में होता।

तभी मुझे पुलिसवालों ने हाथ लहराते हुए पूछा कि मैं क्या सोच रहा हूँ? "ओह, हम अभी भी यहाँ हैं," मैंने काल्पनिक दुनिया से बाहर निकलते हुए पूछा।

पुलिसवाले मुझे जीप में ले गए। टॉम ने मुझे फिक्र न करने की सलाह दी। मैंने उसे बिल पे करने का आग्रह किया।

तभी उनमें से एक पुलिसवाले ने जहरीली मुसकान लेकर पूछ ही लिया, "आप वही भाईसाब हो न जो कुछ दिन पहले एक पब में एक छोकरी के साथ लेटे हुए थे?"

"जी भाई साहब, मैं वही हूँ। आपको भी लोटना है मेरे साथ?"

यह बात सुनकर अन्य पुलिसवाले ठहाका मारकर हँसने लगे।

मुझे पुणे की जेल भेज दिया गया था। जब मैं जेल में था तो बाहर की दुनिया बड़ी तेजी से बदल रही थी। दृष्टि और अंतिक्षा साथ में रह रही थीं। टॉम और श्रीन्या लिव-इन रिलेशनशिप में रहने लगे थे। मेरे बाहर आने के बाद टॉम उससे शादी करना चाहता था। ये उसकी बहुत प्यारी बात लगी। जेरी का व्यवसाय चलने वाला था। मैहर पढ़ने के लिए विदेश गई हुई थी और गौरी अपनी दुनिया में मस्त थी।

ये अब तक की मेरी कहानी है। अब वापस वर्तमान में पैर रखते हैं। यही वह दिन है, जब मैं बेल पर जेल से रिहा हो कर आया हूँ। हम दिल्ली पहुँच गए थे। मैंने अच्छी नींद ली थी। अब मैं अपने दोस्त के अपार्टमेंट की बीसवीं मंजिल पर हूँ। मेरे माता-पिता मेरे साथ एक दिन रुके और अब वे भी वापस लौट चुके हैं। मेरे पिता ने मुझे पूरी मदद देने के लिए सुनिश्चित किया। ऐसा ही मेरे दोस्तों ने भी वादा किया।

□

भाग-3

मेरे माता-पिता कुछ दिन मेरे साथ रुकना चाहते थे और यहाँ तक कि उन्होंने अपने साथ कुछ दिन मेरे होम टाउन गुवाहाटी में चलने के लिए जोर डाला। पर मैंने उन्हें बताया कि इस वक्त मेरे पास बहुत काम करने के लिए है। मुझे नई जॉब की तलाश करनी है, या फिर गंगा से मिलकर उसी कंपनी में फिर से कोशिश करनी पड़े। फिर मुझे अपने वकील दोस्त और इन यारों से भी मदद लेनी है। मेरे डैड रुकना चाहते थे और अपने प्रभाव का प्रयोग करना चाहते थे, परंतु मेरे दोस्तों ने मुझे पूरी मदद करने का वादा किया।

श्रीन्या काम से विदेश गई हुई थी, इसलिए टॉम हमारे साथ ही रह रहा था। टॉम और श्रीन्या एक नए अपार्टमेंट में शिफ्ट हो गए थे।

सिंडी और जेम्स यहीं पर साथ में रह रहे थे। सिंडी ने मेरे लिए बहुत ही स्वादिष्ट पास्ता बनाया। मैंने भर पेट खाया। उन्होंने मेरी खूब खातिरदारी की। मुझे उनकी इस आवभगत से बहुत खुशी हुई।

जेरी को मैहर के बिना अच्छा नहीं लग रहा था। अभी उसे विदेश से आने में कुछ वक्त था।

तुरंत, मैं गौरी के बारे में सोचने लगा। फिर से मैं काल्पनिक दुनिया में खोने लगा। पता नहीं ऐसा क्या हुआ कि मुझे महसूस होने लगा कि नावेद मेरे साथ है। प्यार में किसी भी हद तक पागलपंती की जा सकती है। जल्द ही मेरा तलाक होनेवाला था और मैं था कि उसे वापस लाने के सपने देख रहा

था। पता नहीं क्यों मुझे ऐसा लग रहा था, वह मेरी जिंदगी में जरूर वापस आएगी। मैंने खुद से वादा किया कि मुझे बहुत मूर्ख बनाया गया, पर अब नहीं। ठीक है, मेरे साथ बहुत गड़बड़ हुई, पर यह सब प्यार के लिए ही तो था। मुझे अभी तक यह नहीं पता था कि आखिर दृष्टि ने गिरगिट की भाँति रंग क्यों बदल लिया। मुझे ऐसा लग रहा था सोमेश ने उसे जोर डाला होगा, पर उसी के विपरीत उन दोनों का भी तो अलगाव हो गया था। शायद कुछ ऐसा था, जो मेरी नजरों के सामने नहीं आ रहा था या फिर जिसके बारे में मुझे जानकारी नहीं थी।

मैंने पास्ता खा लिया था और सबसे खास बात मैंने सिंडी को पहली दफा सिंडी 'भाभी' कहकर पुकारा था। उसे बहुत पसंद आया। जेम्स मुझसे नाराज था, क्योंकि जब वह अमेरिका में था तो मैंने उससे कुछ भी नहीं बताया था, और मुझे सबकुछ अकेले ही सहन करना पड़ा। उसने मुझसे वादा किया, अब वह मेरी तरफ रहेगा और मेरी भरसक मदद करने की कोशिश करेगा।

जेरी काम पर बाहर गया हुआ था। टॉम और जेरी हर तरह के कॉन्टेक्ट खोज रहे थे, जिस वजह से केस को जल्दी-से-जल्दी अपने पक्ष में किया जा सके। अगर पुलिस का कोई कॉन्टेक्ट मिल जाए तो सोने पे सुहागा जैसा था। तभी टॉम खुशी के मारे चिल्ला उठा। उसने बताया कि डी.आई.जी. विद्यानाथन हैं, जिन्हें हमने केदारनाथ में बहने से बचाया था। मैं भी खुशी के मारे उछलने लगा।

"अबे यार! मुआह···तुमने दिल जीत लिया बे, टॉम!"

"अबे हाँ! तुझे याद है, उसने साफ तौर पर कहा था, जब हमें उसकी मदद की जरूरत हो, वह हमारी मदद करेगा।"

तब मैंने कहा था--"पुलिसवालों की न दोस्ती अच्छी है और न ही दुश्मनी।"

"तुम्हें याद है, तब उसने तुम्हारा जवाब क्या दिया था?" टॉम ने हँसते हुए पूछा।

"अरे हाँ! वह बोला था—'जब जरूरत पड़ेगी तो याद कर लेना'।" हम सभी ठहाका मारकर हँसने लगे।

मुझे याद है, मिस्टर विद्यानाथन उस वक्त एडीजे थे, पर फिर भी बहुत सामान्य बरताव था उनका। शायद इसलिए भी हो, क्योंकि हमने उनको एक तेज धारा में बहती नदी में डूबने से बचाया था। अगर उस दिन हम उन्हें न बचाते तो भगवान् जाने, वे नरक जाते या स्वर्ग? हमने उन्हें बचाया उसके बाद उन्होंने हमें अपनी जानकारी दी, पर दुर्भाग्यवश हम उसे खो चुके थे। अब ये खोजना हमारा काम था। वह नीली बत्ती वाला अफसर था।

जेम्स ने बीच में बोल पड़ा और टॉम से पूछने लगा, "श्रीन्या से क्यों नहीं मदद माँगते हो आखिर उसके पापा भी तो पुलिस अफसर हैं, जिन्होंने नील की उस पब झगड़े से निकलने में मदद की थी।"

मैं इस बात को कहने में थोड़ा असहज था, फिर भी जेम्स से बात कह दी, "टॉम उनका होनेवाला दामाद है, जरा उसके नजरिए से भी सोचें। वे क्या सोचेंगे?"

"मुझे पता है, भाई। मैंने उनसे बात की है, पर कभी मिला नहीं हूँ।"

"चलो, फिर मुझे लगता है, मिस्टर विद्यानाथन से मिलना बेहतर विकल्प है।"

मुश्किल से सात मिनट के अंदर जेम्स ने मिस्टर वी के बारे में सबकुछ पता कर लिया। उसने मुझे बताया कि मिस्टर वी भारत सरकार के साथ काम करते रहे हैं। उन्होंने प्रधान सेक्रेटरी के तौर पर काम किया है। पुलिस डिपार्टमेंट में उनका बहुत प्रभुत्व है।

टॉम, जेम्स और मैंने यह निर्णय लिया कि अपॉइंटमेंट फिक्स करने के बाद हमें मिस्टर वी से मिलना चाहिए और हमें उनका अपॉइंटमेंट मिल गया। मिस्टर वी को हम सभी के चेहरे याद थे। उनके ऑफिस का स्टाफ इतना विनम्र था, उसने हमें अंदर जाने की अनुमति दे दी। हमें उनसे अगले दिन मिलने की अनुमति प्राप्त हुई।

पूरा दिन अपने दोस्तों को जेल की कहानी सुनाते हुए बीता। मैंने इनसे कुछ नहीं छुपाया। बहुत बुरा वक्त था।

शाम के वक्त गौरी ने टॉम को बुलाया था। वह वे कागजात चाहती थी, जो मैं घर से गलती से उठा ले आया था। टॉम ने वह संदेश मुझे सुना दिया। मैंने उसके हालचाल लिये। टॉम ने बताया कि वह शांत और मेकैनिकल हो गई है। वह इससे पहले भी टॉम से कई बार मिल चुकी थी। टॉम ने उसे मनाने की काफी कोशिश की, पर वह अपनी बात पर अटल थी।

गौरी और मैं अपने अंतिम सुनवाई से बस कुछ ही महीनों दूर थे। उसके बाद हम दोनों को तलाक की अनुमति दे दी जाएगी। अभी दोनों तरफ के माता-पिता ने बीच-बचाव नहीं किया था, पर मुझे विश्वास था एक वक्त बाद कुछ नाटक होगा। मेरे माता-पिता ने पहले मुझे खलनायक मान लिया था, पर मैं उनका पुत्र था। इसलिए उन्होंने माफ कर दिया था।

अगले दिन सुबह 9 बजे, इससे पहले गौरी क्लिनिक जाती, वह अपने कागजात लेने आ गई। मैंने उससे फैसलों की सूची और जो भी उसकी जरूरत के कागज हों, ले जाने के लिए कहा। वह मान गई। सच कहूँ तो मैं फिर से शुरुआत करना चाहता था। वह मेरे लिए अजनबी लग रही थी, पर हमारे बीच का संबंध बहुत पुराना था। वह मुझसे जुड़ी हुई थी। मैं इस बात को अपनी रग-रग में महसूस कर सकता था। मैं उसके दिमाग को पढ़ना चाहता था। आखिर मैं कहाँ असफल हो रहा था? कहाँ पर वह मुझसे दूर होकर अजनबी बन गई? शायद मैं वह बिंदु पकड़ नहीं पाया। वह दूर जा चुकी थी, बहुत दूर। टॉम ने मुझे फटकार लगाई कि मुझे उसे रोकना चाहिए था। शायद यहीं पर समस्या बनी हुई थी। मुझे उसे तब रोकना चाहिए था, मुझे मनाना चाहिए था। पर मेरा असफल होना जारी था। मैं खुद को बेगुनाह साबित करना चाहता था और उसके बाद गौरी पर निर्णय छोड़ देना चाहता था। टॉम ने मेरा आत्मविश्वास जगाया। उसने मुझसे कहा, "इससे फर्क नहीं पड़ता, वह पहले कैसी थी? अब तुम्हें उसका नजरिया समझना चाहिए, आखिर वह क्या गलतफहमी पाले हुए है?" मुझे अपनी तरफ से भरसक प्रयास करने चाहिए। गौरी को यह विश्वास था कि मैं खुद को बेगुनाह नहीं

साबित कर पाऊँगा। इसलिए यह मेरे लिए सत्य और असत्य की लड़ाई जैसी थी। मुझे यह पता था, पर जब टॉम ने मेरा आत्मविश्वास बढ़ाया तो मैं कुछ बेहतर महसूस करने लगा।

अब हम मिस्टर विद्यानाथन से मिलने चल दिए। हम उनके ऑफिस समय से पहले पहुँच गए। मैं उनसे मिलने के लिए प्रसन्न और उत्साहित था। वे निष्कपट व्यक्ति थे। उन्होंने बताया कि वह मुझे और टॉम को खोज रहे थे। वे हमें हमारे साहस के लिए सम्मान देना चाहते थे। इस बात ने हमें प्रोत्साहित कर दिया और हम तुरंत अपनी बात पर पहुँच गए। हमें उनकी मदद की जरूरत थी। हमने उन्हें बताया कि मीडिया और पुलिसवाले मेरे पीछे थे। उन्होंने पूरी जानकारी ली। उसके बाद उन्होंने पूछा कि मैं ही वह शख्स हूँ, जो उस पब केस का हिस्सा था। जब मैंने सुनिश्चित कर दिया तो वे हँसने लगे। तब उन्होंने चाय मँगाई और हमें सहज किया। तब उन्होंने बताया कि उन्होंने तो ही मुझे जेल से निकालने में मदद की थी। यह सुन हम खामोश हो गए। मैं सुन्न हो गया। सच कहूँ तो मेरे सिर में थोड़ा दर्द होने लगा। हमें ऐसी जानकारी मिली थी, जो कई टेराबाइट की थी, जो बस कुछ क्षणों में एक इनसानी दिमाग से होकर गुजरनी थी। जिस वजह से बहुत गंभीर सिर दर्द भी हो सकता था और कुछ लोगों का मानना है बाद में यह एक गंभीर बीमारी का रूप भी ले सकती है। पर मैं उन भाग्यशाली लोगों में से था, जो बच गए। मिस्टर विद्यानाथन ही श्रीन्या के पिता थे और हमें इसकी जानकारी ही नहीं थी। हमें यह बात अभी पता चली। मैंने टॉम की तरफ देखा और कानाफूसी की, "तेरे ससुर।"

टॉम किसी तरह अपनी हँसी रोक रहा था। मिस्टर वी ने शाम को गोल्फ कोर्ट में उनके साथ खेलने के लिए बुलाया। हमने उनकी बात मान ली।

उसके बाद उन्होंने हमसे कुछ प्रश्न पूछे, जिनका हमने खुशी-खुशी जवाब दे दिए। सारी बातें बहुत ही सहज रूप से होती रहीं। मिस्टर वी ने हमसे वादा किया, अगर मेरी कोई गलती नहीं होगी और मैं गलत तरीके से फँसाया जा रहा होगा तो मुझे पक्के तौर पर न्याय मिलेगा। हाँ, ये हो सकता है इसमें काफी वक्त और मेहनत लग जाए, पर न्याय जरूर मिलेगा।

□

गौरी ने कुछ मरीजों को देखा था। आज वह काम में अधिक ध्यान नहीं दे पा रही थी। उसके दिल में अभी भी मेरे लिए जगह थी, पर वह उसे चेहरे पर नहीं दिखाती थी। उसका दिल रोज रोता था। आज उसने क्लिनिक बंद किया और स्टाफ को छुट्टी दे दी थी। उसने क्लिनिक में अपने निजी कमरे में लगे दर्पण की तरफ देखा। फिर वह नजदीक जाकर चेहरे को निहारने लगी। वह शीशा के सामने खुद से बात करना चाहती थी, पर उसने खुद को काबू में किया। तभी उसकी आँख से आँसू की एक बूँद छलक गई। उसने उसे गौर से देखा और खुद से ही बात करने लगी।

"क्या तुम वही गौरी हो?"

"नहीं, मैं तो कई महीनों पहले मर चुकी हूँ।"

'तो फिर तुम बात कैसे कर पा रही हो?"

"मैं पुरानी वाली हूँ।"

"इस नई वाली के बारे में क्या खयाल है?"

"ये गौरी शांत और मृत समान है।"

"और पुरानी वाली?"

"वह तुम हो।"

"पर मैं तो नई वाली हूँ।"

"तुम पुरानी हो। नई वाली का कहीं अस्तित्व ही नहीं है।"

"मैं भ्रमित हूँ।"

"तुम पुरानी वाली हो, पर नई दिखने की कोशिश कर रही हो।"

गौरी को कुछ नहीं समझ आ रहा था। अपने अंतर्मन से जो उसे ज्ञान प्राप्त हुआ, वह यह था—वह अभी भी हर दिल अजीज है, बस उसे नई तरह से दुनिया देखने की कोशिश करनी चाहिए। उसकी जिंदगी बहुत एकाकी हो गई थी। उसे अपना नजरिया बदलने की जरूरत थी। उसके दिल में एकदम से मोड़ इसलिए आया, क्योंकि उसने अभी हाल ही में मुझे देख लिया था। हमारे शरीर भले ही अलग हो गए हों, पर दिल अभी भी जुड़े हुए थे।

इस सोच के साथ गौरी उन कागज के पन्नों को पलटने लगी, जो मेरे घर से लाई थी। वह पैन कार्ड और अपने कार्ड की स्टेटमेंट खोज रही थी। गलती से उसने कोई अन्य स्टेटमेंट खोलने लगी, जो मेरी फाइल में था। ये जेरी का था। वह यह जानकर आश्चर्यचकित हुई कि जेरी ने क्यूबा जाने की एक अन्य फ्लाइट किसी दूसरे व्यक्ति के लिए क्यों बुक की? हम लोगों के जाने का टिकट टॉम ने बुक की थी। साथ-ही-साथ उस स्टेटमेंट में और भी जो खर्च थे दिखाई दे रहे थे, वे उसकी समझ से बाहर हो रहे थे। जैसे ही वह नीचे देखती गई, वह अचंभित पड़ने लगी। जेरी के कार्ड की स्टेटमेंट बताती थी, उसने हवाना में दो लोगों के लिए सूइट बुक किया था। जेरी ही इकलौता था, जिसका काम-काज इतना ढंग से नहीं चल रहा था। उसे इतने रुपए कहाँ से मिले? उसने किसके लिए ये सब बुक किया? बिना किसी संदेह के यह कहा जा सकता था दाल में कुछ काला तो है। गौरी फिर से दर्पण के पास गई और देखते हुए बोली, "शुक्रिया तुमने मुझे खुद को खोजने में मदद की।"

तब वह टेक लगाकर कुरसी में बैठ गई और वे सब बातें जानने की कोशिश करने लगी, जो रिक्त स्थान लग रही थीं। यह तो वही होटल था, जहाँ श्रीन्या और उसकी मित्र रुके हुए थे एवं जहाँ उसका और श्रीन्या का झगड़ा हुआ था। हाँ, होटल हेवाना विएजा ही तो था। उसने याद करने की भरसक कोशिश की और उसे विश्वास था कि वह सही थी। पर इसके पीछे का कारण का अभी पता नहीं चल पाया था। उसने अपने हाथ झटक दिए।

"ये दोस्त तो एक नंबर के धोखेबाज है।" वह अपने आप से कह रही थी।

वह जानती थी, वह ये रहस्योद्घाटन टॉम से कर सकती है। इसके पीछे यह भी एक बात थी कि टॉम और श्रीन्या लिव-इन रिलेशन में एक साथ रहे थे, तो उसे बताना जरूरी था। उसे शक था कि जेरी और श्रीन्या का अफेयर चल रहा है। इसके अलावा, जो उसे क्रोधित कर रहा था, वह यह जेरी का दूसरी तरफ उसके बेस्ट फ्रेंड मैहर से भी चक्कर चल रहा था। इसलिए उसे महसूस हुआ कि यह बात मैहर से साझा करना ठीक नहीं होगा। उसे टॉम से बात करना बेहतर समझ आया। उसने बिना किसी को बताए टॉम को शाम को मिलने के लिए बुलाया।

पूरे दिन गौरी हवाना ट्रिप की सारी फोटो देखती रही और यह ढूँढ़ने की कोशिश करती रही शायद कोई संदेहास्पद बात मिल सके पर उसके हाथ कुछ न लगा। दिन यूँ ही गुजर गया और टॉम कुछ जानकारियों के साथ मिला। उसने बताया कि कुछ हफ्ते पहले उसने श्रीन्या के फोन में जेरी का मेसेज देखा था, "उसमें लिखा था—'बहुत शुक्रिया' और साथ में मोहब्बत भरे होंठ का इम्मोजी भी था। मैंने उसे नजरअंदाज कर दिया था।" टॉम ने भ्रमित अवस्था में बताया।

"क्या उनके बीच कुछ चल रहा है?"

"जब तुमने मुझे सुबह बताया तो मैं श्रीन्या के कॉल रिकॉर्ड देखे तो पाया कि बिना मेरी जानकारी के उन लोगों में कई दफा बात हुई और कई बार एक-दूसरे को मेसेज भेजे हैं। आश्चर्यचकित करनेवाली बात यह है, मुझे ऐसा लगता है पहले उन दोनों में बहुत नजदीकी संबंध थे, पर अब नहीं हैं।"

"टॉम, हो सकता है कि अभी भी हों। इसका मतलब यह भी हो सकता है, वे दोनों अपने साथियों को धोखा दे रहे हों।"

"या फिर कुछ और भी बात हो सकती है, जिसके बारे में हमें जानकारी नहीं है।"

गौरी हर पहलुओं पर गहन विचार करने लगी। जब टॉम ने बताया वे पहले संपर्क में थे, पर अब नहीं। इस बात ने सोचने पर विवश कर दिया।

"टॉम, ये बताओ दृष्टि के अपहरण में तुम किस तरह शामिल थे? अपने दोस्त को बचाने की कोशिश मत करो। सच बताओ।"

"गौरी तुम्हें पता है, मैं नील से कितना प्यार करता हूँ।"

"हाँ, मैं जानती हूँ। इसलिए तुमसे सच पूछ रही हूँ।"

तब गौरी ने दृष्टि के अपहरण पर कई सवाल दाग दिए। टॉम ने उसे सबकुछ बता दिया। तब उसने यह भी बता दिया कि इन सब में उसका और जेम्स का कोई रोल नहीं था। उसने बताया वह साजिश जेरी और मेरे द्वारा बनाई गई थी, क्योंकि मैं गौरी का अपहरण करके दिखाना चाहता था, मैं उसे कितनी मोहब्बत करता हूँ, पर गलती से दृष्टि का किडनैप हो गया था।

गौरी ने टॉम से यह जानने की कोशिश की, कैसे वह इस वाहियात बात पर विश्वास कर सकता है। गौरी की जगह पर दृष्टि का किडनैप होना बहुत ही अतार्किक है।

"सच बताओ, इस अपहरण की साजिश किसने की थी? यह हम सभी को पता है कि दो लोग एक साथ एक तरह नहीं सोच सकते।"

"ये जेरी था। उसने नील को अपसेट देखा तो उसने यह प्लान सुझाया।"

"दिलचस्प, बहुत दिलचस्प! अब ये बताओ जेरी ने क्या प्लान किया था?"

टॉम पुरानी बातों को याद करने लगा और वह सब बताने लगा, जो उसने मुझसे और जेरी से सुना था।

"उसने पता लगाया, तुम 8 बजे गैलरिया मार्केट में रहोगी"

"कब उसने पता लगाया? कौन सी तारीख थी?"

"यह वही दिन था, जिस दिन दृष्टि का अपहरण किया गया था।"

जब टॉम ने कैलेंडर में तारीख देखकर गौरी को बताया, उसने तुरंत ताली बजाते हुए स्वागत हुआ जैसे उसने इस मामले को सुलझा लिया हो।

"यह कैसे हो सकता है? मैं शहर में ही नहीं थी। मैं उस वक्त अपने माता-पिता के साथ सिलिगुड़ी में थी। जब शहर में ही नहीं थी तो जेरी ने ये कैसे पता लगा लिया मैं गैलरिया मार्केट में मिलूँगी?"

"हे भगवान्! ये तो सच में बहुत भयानक है।"

"क्या कोई तीसरा व्यक्ति भी शामिल था? क्या उसने ये सब पैसों के लिए किया और बाद में डर गया हो? या उसका श्रीन्या के साथ चक्कर चल

रहा हो और काफी पैसे खर्च कर दिया हो? तब उन लोगों ने प्लान बनाया हो दृष्टि का अपहरण कर लो और बाद में कह दो कि यह अपहरण गलती से हुआ। जब मामला ऊपर तक चला गया तो डरकर पीछा छुड़ाया गया। मुझे कुछ नहीं पता, पर हमें इसका पता लगाना चाहिए।"

"हाँ, हमें इस बात की जड़ तक पहुँचना चाहिए। पर कैसे?" यह सब जानकर टॉम और गौरी, दोनों मानसिक रूप से बहुत दुःखी थे।

"एक ही व्यक्ति है, जो हम सब की मदद कर सकता है, वह है सोमेश। वह पुलिसवाला है और दृष्टि का पति भी। उसे इन सब के बारे में अधिक जानकारी होगी।"

"पर वह हमारी मदद क्यों करेगा?" टॉम समझ नहीं सका।

"अगर वह मदद नहीं करना चाहेगा तो जरूर ही कोई-न-कोई रास्ता निकलेगा।"

"क्यों न हमें उनका सामना करना चाहिए?"

"वह हमारी सबसे बड़ी गलती होगी। वे हर बात को नकार देंगे और अपमानित महसूस करेंगे। हमारे पास सिर्फ यह प्रमाण है कि वे कुछ छुपा रहे हैं। पर क्या छुपा रहे हैं, यह हमें पता लगाना पड़ेगा।"

"मैं इस मामले में तुम्हारे साथ हूँ। मुझे लगता है, हमें इसमें नील को भी शामिल करना चाहिए।"

"फिक्र मत करो, वह अपने आप शामिल हो जाएगा।"

गौरी बहुत नाराज थी और वह अब पूरी तरह ऊर्जावान हो गई थी। उसने टॉम से किसी से भी इस विषय पर बात करने से मना किया था। टॉम उसे विद्यानाथन के साथ हुई मीटिंग के बारे में बताना भूल गया था। वह इस नए रहस्योद्घाटन में फँस चुका था। घर पहुँचकर उसने बताया कि जेरी घर पर नहीं था।

□

अगले दिन गौरी सोमेश से मिलने गई। वह समय बरबाद नहीं करना चाहती थी। टॉम के जाने के बाद उसने पिछली शाम सोमेश से बात कर ली थी। मौसम सर्द था। सुबह हलकी धुंध छाई हुई थी। गौरी टैक्सी लेकर पहुँच गई। वह इस विमुख वातावरण में गाड़ी चला रही थी। उस पर बज रहे गानों ने उसकी भावनाओं को बढ़ा दिया। वह सोच रही थी कि शायद यह पूरा एपिसोड नील को फँसाने के लिए रचा गया हो। वह इस बात को बहुत सकारात्मक रूप से सोच रही थी। उसे खुद ही नहीं पता था कि कैसे शुरुआत की जाए। हर बार जब वह गाड़ी से बाहर देखती तो वह प्रेरित हो जाती।

बादल तेजी में उड़ रहे थे, सूरज मंद-मंद रोशनी से बीच संसार को झाँक लेता था। गौरी ने ऊपर देखा और सोचने लगी कि इस संसार की शक्तियाँ देखो, एक-दूसरे से कितना प्रेम करती हैं। सूर्य पानी को वाष्पित करके बादल बनाने में मदद करता है। फिर यही बादल सूर्य को छुपा लेते हैं। फिर वे दोनों लुका-छिपी का खेल खेलने लगते हैं। तब बारिश अपनी हँसी से हम सब को सराबोर कर देती है। कभी-कभी अधिक भावनाओं में बहने पर यह बाढ़ का भी रूप ले लेती है। गौरी को भी समझ आया, हाँ, कितना सही है! किसी भी चीज की अति बुरी होती है, चाहे वह बारिश हो या भावनाएँ। शायद इसी कारण उसका दांपत्य जीवन भी बाढ़ से बहने के कगार पर था। हमारे दांपत्य जीवन में हमेशा विस्तार की संभावना थी, पर लगातार हुई गड़बड़ ने मुसीबतें खड़ी कर दीं।

लगातार आ रहे इन विचारों के साथ वह किसी तरह सोमेश के ऑफिस में पहुँचने में कामयाब हो पाई। वह गौरी से बहुत विनम्र व्यवहार कर रहा था। गौरी ने उससे बात करनी शुरू की कि कैसे उसके जैसा सज्जन व्यक्ति टेलीविजन पर वाहियात हरकतें करता देखा गया था। उसने दृष्टि के अपहरण के सारे फुटेज यू-ट्यूब पर बाद में देख लिये थे। यह बात सोमेश को शर्मिंदा करनेवाली थी, पर उसने किसी तरह बात को सँभाल कर जवाब दिया कि मीडिया बेमतलब की चीजें दिखाते हैं और किसी भी वीडियो में उसने कोई ऐसा गलत हरकत नहीं की। बस, सामान्य सी बहस थी, जो हर किसी पति-पत्नी के बीच होती है। बैकग्राउंड म्यूजिक, फ्लाशेस और काट-काट कर दिखाई वीडियो क्लिप ने तड़का लगा दिया। उसने यह भी बताया कि यह वक्त उसके जीवन का सबसे बुरा वक्त था। गौरी बिना वक्त बरबाद किए अपनी बात पर आ गई।

"क्या नील ने जान-बूझकर दृष्टि का अपहरण किया था? सच क्या है?"

"देखो, जैसा कि यह बहुत ही गंभीर मामला था, जिसमें मेरी पत्नी का भी संबंध था, इसलिए इस केस को मैं नहीं देख रहा था। तब दृष्टि ने इस केस को लंबा न खींचने के लिए कहा था। मुझे लगता है, वह जल्द ही कोर्ट से इस मामले को वापस लेने वाली है। यहाँ कुछ भी पर्सनल नहीं है।"

"फिर भी मुझे यह जानना है कि आखिर हुआ क्या था?"

"कानून की नजरों में नील गुनहगार है और नील को इसके लिए दंड दिया गया।"

"क्या वह अपराधी है?"

"मुझे नहीं लगता वह अपराधी है, पर वह सत्य का प्रमाण भी नहीं दे पाया। वास्तव में, नील की कल सुनवाई के लिए पेशी है। मुझे विश्वास है कि कुछ बेहतर निकलकर आएगा। आप कभी सुनवाई के लिए नहीं आईं, इसलिए हम इस केस की जड़ तक नहीं पहुँच पाए।"

"ठीक है, मैं कुछ बातें आपसे साझा करना चाहती हूँ।"

तब गौरी ने वे सारी बातें साझा कीं, जो उसे पता थीं। सोमेश ध्यान से

उसे सुन रहा था। इसलिए पहले गौरी कुछ बोलती, सोमेश ने ओरिजिनल सी.डी. दिखाई, जिसमें वे वीडियो थे। उसने और गौरी ने साथ में वीडियो देखे। उन्होंने हर वीडियो कई बार देखा। तब अचानक सोमेश के दिमाग में कोई बात ठहर गई। उसने पूछा, "मैं इतने महत्त्वपूर्ण सुराग को कैसे भूल सकता हूँ?"

जब उन दोनों ने बड़े ध्यान से वीडियो देखना शुरू किया तो दृष्टि के साथ झगड़े के एक वीडियो में उन्हें बहुत महत्त्वपूर्ण सुराग मिल गया। वह वीडियो हवाना में शूट किया गया था। उसमें तारीख और समय दिया हुआ था। नील और गौरी उस वक्त अपने होटल के कमरे के अंदर थे। यह लगभग वही जगह थी, जहाँ पर कॉन्सर्ट था। जब सोमेश ने श्रीन्या और जेरी के चर्चे सुने और अब जब उसने वीडियो देखा तो उसने पक्के तौर पर गौरी से बता दिया, यह पहले से श्रीन्या और जेरी के द्वारा प्लान किया गया था। अब उसे और दृष्टि को खींच लाया गया था, इससे साफ संकेत मिलते हैं कि इन सब के पीछे कुछ अलग ही उद्देश्य था।

जब वह यह सब बता रहा था, गौरी उसके चेहरे पर निगाहें गड़ाए हुए थी और उसने पूछ लिया कि वह इतना व्याकुल क्यों है? सोमेश ने एक पूरा गिलास पानी पिया। वह एक पुलिस अफसर था। वह पूरी कहानी समझ चुका था। उसने गौरी से एक या दो दिन का वक्त माँगा और फिर उसे संपूर्ण सत्य बताने का वादा किया। उसके पश्चात् गौरी ने उसने कई प्रश्न दागे और उससे बताया, "अब वह सुनिश्चित हो चुकी है कि नील को इस मामले में बलि का बकरा बनाया गया है। कोई और प्लान चल रहा था और बंदूक उसके कंधे पर रखकर चलाई गई।" गौरी जिज्ञासु हो गई, पर सोमेश ने धैर्य बनाए रखने और यह मामला किसी अन्य से साझा न करने का निवेदन किया, क्योंकि यह मामला अभी न्यायाधीन था।

गौरी घर वापस आ गई और वह क्लिनिक भी नहीं गई। उसे ऐसा महसूस हो रहा था, जैसे उसका संसार खत्म हो गया हो। एक बात सोमेश ने बार-बार कही थी—उसे पता है नील अपराधी नहीं था। यह बात बार-बार उसके मन को कुरेद रही थी। उसे समझ ही नहीं आ रहा था वह क्या करे?

गौरी झगड़ा खत्म करके संबंध को बनाए रखने के लिए हमेशा पहला कदम उठाती थी। उसे इस बात की शिकायत भी नहीं थी। इस वक्त उसने सबसे बुरा निर्णय लिया था कि जिंदगी में पहली बार उसने झगड़ा खत्म करने की पहल नहीं की थी। उसने एक भी ऐसा कदम नहीं उठाया था, जिससे वह मेरी जिंदगी में वापस आ सके। इस बीच जब मैं जेल के अंदर या मुसीबत में था, उसने तनिक भी कोई प्रयास नहीं किया। वह अंदर से खोखली हो चुकी थी। अगर वह मेरी मदद करती तो शायद हम दोनों इस कठिन पहेली को पहले ही हल कर चुके होते। हम दोनों अपनी अपनी अलग-अलग दुनिया में जी रहे थे। जिसकी वजह से कोई सकारात्मक परिणाम नहीं निकले।

गौरी की आँखें आँसुओं से भर गई थीं और आँसू रुकने का नाम नहीं ले रहे थे। वह चीखने लगी। तब वह छत पर बैठ गई और गुस्से में अपनी बाँह झिड़कने लगी। वह खुद पर बहुत क्रोधित थी। यह दर्द उसके नियंत्रण से बाहर था। वह आत्महत्या करना चाहती थी। उसके मन में यह बात एक बार आई, फिर उसने तुरंत अपना मन उस गलत मानसिकता से बाहर निकाल लिया। उसने इससे पहले कभी ऐसा महसूस नहीं किया था। वह अपने कमरे गई और अलमारी खोलकर उसमें से शादी का एल्बम निकाल लाई। उसने एक कपड़े से उसे आराम से पोंछा। तब वह इंगेजमेंट से लेकर सारी फोटो एक-एक करके देखने लगी। उसके आँसू उसके गालों तक बह रहे थे और वह सभी फोटो में मुझे चूम रही थी।

"नील, मुझे माफ कर दो। मैं हमेशा तुम्हें प्यार करती थी। मैंने कभी तुम्हें नहीं छोड़ा। प्लीज, मुझे माफ कर दो। बस, अंतिम बार। मैं विश्वास दिलाती हूँ कि आज के बाद कभी तुम्हें नीचा नहीं होने दूँगी। मैं वह सब करूँगी, जो तुम कहोगे। मैं कभी तुम्हें फास्ट फूड खाने से मना नहीं करूँगी। मैं कभी तुम्हें परेशान नहीं करूँगी। नील, वापस आ जाओ। तुम्हारी पुरानी वाली गौरी तुम्हें बहुत याद कर रही है।" वह जोर-जोर से फोटोग्राफ से बात कर रही थी। तब उसने अपनी मम्मी को कॉल किया और उनसे बात करने लगी।

"मम्मी, क्या आपको याद है आपने मेरी शादी में कौन से रंग की साड़ी पहनी थीं?"

"बेटा क्या हुआ? आज ये सब कहाँ से याद आ गया?"

"बताओ न, मम्मा!"

"शायद गहरे बैंगनी रंग की।"

"आपको याद है, उस दिन के बाद नील आपको क्या कहकर पुकारने लगा था?"

"हाँ बेटा! मुझे याद है। बैंगनी इंडिया वाले।" वे हँसने लगीं।

"कितना अच्छा है न वह?"

"हाँ बेटा! बहुत अच्छा है।"

"मम्मी, तो फिर आपने इतने दिन उससे बात क्यों नहीं की?"

उसकी मम्मी रोने लगी। वे तुरंत अपने पति के पास पहुँचीं और इस खबर को उनसे साझा किया। वे दोनों अति प्रसन्न थे।

मेरे फोन में गौरी की मम्मी की कॉल आई। मैं उनकी फोन कॉल देखकर आश्चर्यचकित हुआ। सब विचारों में से सबसे प्रभावी विचार यह था कि इतने दिन मैंने उनसे बात क्यों नहीं की। इसलिए मैंने कॉल उठा ली, "मम्मी, अभी मैं कुछ लोगों के साथ हूँ। थोड़ी देर में कॉल करता हूँ।"

वे बहुत ही प्रसन्न मुद्रा में बोलीं, "हाँ बेटा, जब मन करे। मैं तुम्हारे कॉल का इंतजार करूँगी।"

उसके माता-पिता हमेशा मुझे पसंद करते थे। जब मैं गौरी को सिलिगुड़ी लेने जाता तो उसकी मम्मी कॉल करके मुझसे पूछा करतीं, "बेटा, अपनी अमानत को लेने कब आ रहे हो?"

आज भी उनमें कोई बदलाव नहीं आया था।

उनका बोलने का तरीका आज भी मधुर था, तो वक्त बरबाद करने में कोई बुद्धिमानी नहीं थी। मैंने तुरंत उन्हें कॉल किया। मुझे बहुत अच्छा लगा। उन्होंने अपने और गौरी के बीच हुए किसी बात को नहीं बताया। उन्हें इस बात का बड़ा मलाल था कि पिछले काफी वक्त से उन्होंने मुझसे बात नहीं की थी। गौरी ने उन्हें कड़ी हिदायत दे दी थी कि हम दोनों के बीच में कोई हस्तक्षेप न करें। मैंने उन्हें बताया कि यही बात मैंने अपने माता-पिता से भी कही थी। यही कारण था उसके बाद उन्होंने गौरी को कॉल नहीं किया था, पर

एक बुजुर्ग की भाँति उन्होंने मुझसे पूछा, अगर कोई मदद वे कर सके तो। मैंने बस उन्हें अपना आशीर्वाद देने का आग्रह किया और बताया मुझे सिलीगुड़ी बहुत याद आता है। उन्होंने भी बताया, जब अलग होने के बाद गौरी मिलने के लिए आई थी तो उन सभी को मेरी बहुत कमी खली थी। हर बार वह मुझे उसे वापस लाने के लिए कहती थी, पर इस बार गौरी अकेले ही वापस आ गई थी। मैंने उनसे पूछा, गौरी कब वापस आई थी, तो जो उन्होंने तारीख बताई वह मुझे पीछे खींचकर ले गई। मैं अचंभित था, आखिर जेरी मुझे उसका अपहरण करने के लिए कैसे कह सकता है, जब वह शहर में ही नहीं थी। मेरा मन सुन्न पड़ गया। मैंने तुरंत उन्हें बाद में फोन करने को कहकर कॉल काट दी। इसके बाद उन्होंने जो कहा, वह न मुझे सुनाई दिया और न समझ आया।

मैंने टॉम से इस बारे में बात की। उसने मुझे बताया कि वह पक्के तौर पर कह सकता है, इस मामले में जेरी की कोई साजिश थी। विद्यानाथन के साथ अगले दिन की मीटिंग बहुत ही महत्त्वपूर्ण होनेवाली थी।

□

अगले दिन, टॉम और मैं मिस्टर वी के ऑफिस की तरफ बढ़ चले। उसने एक दिन पहले ही हमें बुलाया था। जेम्स और सिंडी हलकी-फुलकी सैर के लिए निकल गए। जेरी बाहर था और हमने अपनी गतिविधियों की एक भी भनक नहीं लगने दी। मुझे नहीं पता टॉम को क्या हुआ, वह खामोश था। मैंने बोलने के लिए जोर डाला। उसने मुझसे वादा करने को कहा, जो वह बताएगा उसे मैं किसी के साथ साझा न करूँ। मैंने वादा कर दिया। फिर उसने गौरी और उसके बीच हुई मीटिंग और सारी बातों की विधिवत् जानकारी दी। मैंने उसे गर्मजोशी से गले लगाया और उससे बताया कि मुझे उसके बारे में जानकर बहुत बुरा लग रहा है। एक वक्त था, जब हम सभी उसके और श्रीन्या के भविष्य की खुशियाँ मनाते थे और अब हमें सबसे बड़ा सदमा लग गया था।

मिस्टर वी ऑफिस में हमारा इंतजार कर रहे थे। उन्होंने हमारा स्वागत किया। हमेशा की तरह हमें चाय दी गई। मैं उस चीनी-मिट्टी के कप को ध्यानपूर्वक देखने और महसूस करने लगा। मेरे पास कुछ ऐसा था, जो मैं श्रीमान् वी को बताना चाहता था। इस कप ने मुझे गौरी की याद दिला दी। उसे क्रिस्टल और चीनी-मिट्टी के बरतन पसंद थे। ब्लू पॉटरी उसके पसंदीदा थे। मुझे भी ये ब्लू पॉटरी का ही लग रहा था। श्रीमान ने इसकी पुष्टि की। इसका जवाब देते वक्त उनके चेहरे पर मुसकान थी।

तब उन्होंने पूछा, क्या मैंने लव मैरिज की है। हम लोग अपनी जिंदगी

के बारे में बातें करते रहे। जिन विषयों पर बातें हो रही थीं, वे बहुत रोचक थीं। हमें पता था कि वे एक सीनियर पुलिस अफसर थे और सच यह था कि वे अपना व्यवहार और संवेदनशीलता दिखने का वक्त ले रहे थे। इन सभी बातों के दौरान श्रीमान वी अपनी जिंदगी के बारे में बताने लगे। कैसे वह एक महिला से शादी करना चाहते थे, पर उनके पिता इस शादी के पक्ष में नहीं थे। कारण अलग जाति का होना था। उन्हें आज तक इसका अफसोस है। इसके आगे वे कुछ नहीं बोले।

तब उन्होंने मेरे और गौरी के बारे में पूछा। वह हर बात विधिवत् जानना चाहते थे। कैसे हम दोनों की शादी हुई और क्या काम करते हैं? फिर बात पिछली घटनाओं में आकर खड़ी हो गई, जिसने मेरी जिंदगी तबाह कर दी। इससे पहले हम कुछ कहते, उन्होंने जेरी की कोई फोटो माँगी। इससे पहले मैं फोटो देता, मैं बताना चाहता था मुझे लगता है, इस केस में आपकी बेटी भी शामिल है, पर मैंने खुद को रोक लिया। मुझे नहीं पता ऐसा क्यों हुआ, पर मेरी जुबान रुक गई थी। मुझे लगा कि वे खोज निकालें कि उनकी बेटी भी इस घटना में शामिल है तो यह बेहतर रहेगा।

जब मैंने उन्हें जेरी की फोटो दिखाई तो एक नया कोण सामने आया। श्रीमान वी अपनी कुरसी से खड़े होकर अपने चश्मे को साफ करने लगे। तभी श्रीमान वी ने मेरी तरफ देखा और उन्होंने हमसे पुष्टि करने के लिए पूछा कि क्या जेरी ही जनार्दन रेड्डी है। इसमें तो कोई संदेह ही नहीं था। तब उन्होंने बताया कि वह वही व्यक्ति थे, जिन्होंने जेरी की आई.टी. कंपनी में पूँजी लगाई थी। उनके पास कुछ पूर्वजों का धन और शेयर मार्केट में कुछ शेयर थे, उन्होंने इस उद्देश्य से पूँजी लगा दी कि उनके रिटायर होने में मात्र 6 महीने हैं और उसके बाद उन्हें इससे मदद मिल सकेगी।

जिंदगी में कभी-कभी ऐसा लगता है, जब दुनिया ने अपना सारा बोझ आपके कंधे पर डाल दिया है। यह बुरा वक्त हमारे दिमाग को बाधित, विकृत और मायूस कर सकता है। आप जिंदगी के सच के अस्तित्व से दूर भागने लगते हैं। आपको ऐसा लगने लगता है कि आप शून्य में रह रहे हों। साँस कम होने लगती है। यह आप को शारीरिक रूप से कमजोर बनाती

जाती है। यह सब आपके अंदर होता जाता है। यह सब अंदर इतनी तेजी से होता है, अगर बाहर आ जाए तो आपको दिल का दौरा पड़ सकता है या फिर आप तुरंत ही भगवान् की गोद में समा जाएँ। अगर यह बाहर न भी आए और वैसे ही अंदर फैलता रहे तो दिल के दौरा पड़ने और मरने के चांस उतने ही रहते हैं। मुझे पहली दफा यह पता लगा था कि मैं सिर्फ बुरी परिस्थितियों का शिकार हुआ हूँ। मुझे टॉम बार-बार रूमाल दे रहा था, जिससे मैं अपने आँसू पोंछ सकूँ।

"ये हम कहाँ आ गए?"

"हम अपनी सबसे पसंदीदा जगह पर हैं।'लव बाइट्स यू बाइट फूड'।"

"मुझे यहाँ लेकर कौन आया? मैं यहाँ कब आया?"

"नील, ये सब फालतू की बातें बंद करो।"

सच में मुझे कोई भी आइडिया नहीं था मैं वहाँ पर कैसे पहुँच गया? मैं टॉम को शर्मिंदा नहीं करना चाहता था। इसलिए मैं सामान्य दिखने की कोशिश करने लगा। सच में मैं पागलों की तरह महसूस कर रहा था। पर मुझे दिखाना पड़ रहा था मैं सही हूँ।

टॉम का शुक्र था, टॉम ने मिस्टर वी से सारी बातें कर लीं और अब हमें पता चल चुका था—जेरी और श्रीन्या ही खलनायक हैं। श्रीमान वी को भी पता लग गया था जेरी ही विलेन है।

इसी दौरान गौरी सोमेश से मिलने जा रही थी। श्रीमान वी के हस्तक्षेप के बाद मेरी सुनवाई कुछ दिन और टल गई और इस मामले को देखने के एक विशेष टीम का गठन किया गया। यह मेरे लिए बहुत ही राहत की बात थी। जेरी और श्रीन्या को इस बारे में कुछ भी नहीं बताया गया।

आज का मौसम पिछले दिन से बेहतर था। गौरी ने आकाश की तरफ देखा और आँखें बंद करके वह भगवान् से कुछ बात करने लगी। उसने प्रकृति से भी बात की। वह अपने अलग तरीके से वह बार-बार मेरे साथ बेहतर जिंदगी की प्रार्थना कर रही थी। वह सोमेश के ऑफिस पहुँच गई।

उसने चेहरे पर मुसकान लेकर स्वागत किया। गौरी को पूरा विश्वास था कि सोमेश ने सारी उलझनों का हल निकाल लिया होगा।

वह सफेद बोर्ड पर विधिवत् दरशाने लगा। गौरी समझ रही थी। उसे समझना मुश्किल हो रहा था। सोमेश मुसकराया और बोला कि उसने लगभग केस सॉल्व कर लिया है, बस एक बिंदु छोड़कर। जिसके लिए कल उसे मिस्टर वी से मिलना है।

उसने जो भी सफेद बोर्ड में लिखा था, वह गौरी को समझाने लगा। वह उसे ध्यानपूर्वक सुनने लगी।

श्रीन्या और सोमेश का कॉलेज के वक्त में अफेयर चल रहा था। श्रीन्या ब्राह्मण है और सोमेश राजपूत। उनकी जिंदगी में सबकुछ सही चल रहा था। तब सोमेश ने सिविल सेवा की परीक्षा पास करके आई.पी.एस. बन गया। श्रीन्या बहुत खुश थी और उन दोनों ने निर्णय लिया कि वह श्रीन्या के पिता श्रीमान विद्यानाथन से मिलेंगे। पहले तो मिस्टर वी को कोई ऐतराज नहीं था, पर बाद में उन्होंने सोमेश से यह कहते हुए मना कर दिया कि यह शादी नहीं हो सकती, क्योंकि वह ब्राह्मण नहीं है। सोमेश को पीछे हटना पड़ा। मिस्टर वी उससे सीनियर अफसर थे तो उन्होंने उसे धमकी दी कि अगर वह कहना नहीं माना तो उसके नौकरी में बहुत फर्क पड़ जाएगा। इसलिए श्रीन्या को बिना बताए उसकी जिंदगी से दूर जाना पड़ा।

सोमेश को बहुत बड़ा आघात पहुँचा था। तब उसे पता लगा कि मिस्टर वी उसकी माँ से शादी करना चाहते थे, पर उसके दादा ने भिन्न जाति होने के कारण शादी से इनकार कर दिया था। उन्होंने प्रतिशोध लेने के लिए ठीक उसी नियम का उपयोग उसके ऊपर भी किया। आखिर सोमेश को अपने से सीनियर पुलिस अफसर की बात माननी पड़ी। वह एक पत्र लिखने के बाद श्रीन्या से हमेशा-हमेशा के लिए दूर हो गया। श्रीन्या को बहुत दुःख पहुँचा और उसने बदला लेने का निर्णय लिया।

उसने बताया वे वीडियो श्रीन्या ने बनाए थे या फिर जेरी जैसे लोगों ने उसकी मदद की थी। वे दृष्टि का ही अपहरण करना चाहते थे, पर इस तरह से करना चाहते थे कि इसमें सोमेश को फँसाया जा सके और दृष्टि एवं

सोमेश के बीच मतभेद पैदा किया जा सके। अब वे दोनों अलग हो चुके हैं, श्रीन्या बेशक बहुत खुश होगी।

इस कहानी को सुनकर गौरी के मन में सुनामी चलने लगी थी, "कैसे एक स्त्री दूसरे स्त्री की जिंदगी बरबाद कर सकती है?"

"मैं तुम्हारी बात से सहमत हूँ, उसे इस हद तक नहीं जाना चाहिए। मुझे पता है कि मैं गलत था, पर मुझे सजा देने का यह तरीका बहुत ही गलत है। खैर, अब मुझे यह पता लगाना है कि जेरी ने श्रीन्या का सहयोग क्यों किया? इसके लिए मुझे मिस्टर विद्यानाथन से मिलना पड़ेगा। यह बात अलग है न ही वे मुझे पसंद करते हैं और न ही मैं उन्हें।"

"सही कह रहे हो। इस केस का पर्दाफाश जल्द होना चाहिए। उम्मीद है, आप अपराधियों को सजा दिलाने में कामयाब होंगे।"

"बस, मैं यही उम्मीद कर रहा हूँ कि श्रीमान विद्यानाथन मेरे प्रश्नों का जवाब दे दें।"

गौरी ने क्लिनिक वापस आते वक्त टॉम को कॉल किया। वह उससे बहुत जल्द मिलना चाहती थी। टॉम ने उसे बताया कि वह मुझे छोड़कर आ जाएगा। मैंने उससे पूछा, गौरी क्या कह रही थी? वह बस मुसकराया। वह मेरी बेचैनी देख पा रहा था। उसने मुझे सांत्वना दी। मुझे भी उसके लिए बुरा लग रहा था। मैंने उसे खुलकर समझाया कि दुनिया में सैकड़ों लड़कियाँ हैं। अब तुम्हें इससे आगे बढ़ना चाहिए।

"यार, मुझे अभी भी विश्वास नहीं हो रहा। श्रीन्या इन सब में शामिल है।"

"तुम खुशनसीब हो, तुम श्रीन्या के साथ सिर्फ लिव-इन में रह रहे थे। अगर उससे तुम्हारी शादी हो गई होती तो तुम्हारी जिंदगी ही बरबाद हो गई होती।"

"हाँ, मेरी हालत भी ठीक तुम्हारे जैसे होती।"

"हा हा हा! वह मुझे बरबाद करना चाह रहा है?"

"हाँ यार, क्योंकि मेरे पास बरबाद करने के लिए कोई और नहीं है।"

हम दोनों ठहाके मारकर हँसने लगे।

□

सोमेश ने मिस्टर वी से मुलाकात की और सबकुछ साफ हो गया। बहुत ही सुंदर प्लान बुना गया था। बहुत ही शातिर तरह से इसका प्लान किया गया था और इस पर लगन से काम भी किया गया था।

जो बात समझ नहीं आ रही थी कि जेरी ने श्रीन्या की मदद क्यों की, वह भी साफ हो चुकी थी। जनार्दन रेड्डी उर्फ जेरी को श्रीन्या ने अपने पिता मिस्टर वी से उसके फर्म में पूँजी लगवाने का ऑफर दिया था। फिर श्रीन्या सोमेश से अपना बदला ले सकती थी और कोई उस पर शक भी नहीं करता।

दाना-दाना साफ हो चुका था। हर किसी को जोर का झटका लगा था। मिस्टर वी ने सजा का निर्णय मुझ पर और गौरी पर छोड़ दिया, क्योंकि हमें ही सबसे ज्यादा कष्ट मिला था।

कुछ दिनों बाद एक शाम टॉम और जेम्स ने दिल्ली में नए खुले पब में मुझे बुलाया। मैं खुशी-खुशी उनके साथ शामिल हो गया।

जैसे ही मैं अपने दोस्तों के साथ बैठा और हम सभी सोचने लगे जिंदगी भी कैसे-कैसे गोते लगाती है। इस पर बैकग्राउंड में एक गाना बज रहा था—केन्नी रॉजर द्वारा गाया हुआ 'Buried treasure'. यह मेरे पसंदीदा गानों में से एक था। वास्तविकता में उस गाने ने मुझे गौरी को प्रपोज करने की याद दिला दी। हाँ, मैं अगले दिन गौरी से मिलने जा रहा था, ताकि उससे अपने निर्णय पर पुनर्विचार करने के लिए मना सकूँ। अब मेरे ऊपर कोई आरोप नहीं थे, अब वह अपने निर्णय पर पुनर्विचार कर सकती थी।

इसी बीच यह गाना मुझे बहुत भा रहा था। मैंने अपनी आँखें बंद कीं। मैंने गौरी को अपनी बाँहों में जकड़ लिया। मैं सात वर्ष पहले चला गया। यह गाना मेरी मोहब्बत के पास ले गया। करोड़ों सुंदर खयाल मेरे मन में विचर रहे थे। बहुत लंबे वक्त बाद मेरी दिलरुबा मेरे साथ खुश थी।

मुझे यह आवाज जानी-पहचानी सी लगी और मैं उसके खूबसूरत बोलों को भुला नहीं पा रहा था जिन्होंने मुझ पर जादू कर दिया था—

गर मकसद हमारी जिंदगी का अब मुझे बसा देना है
तो मैं अपनी सोच को न बदल सकूँगा,
अपने मन के कोने में मुझे लाल लिबास में वो मिली
पर सफेद पोशाकवाली तो तुम्हीं हो।

क्या तुम्हारी ख्वाहिश है कि तुम्हीं बनके रहो एक वो,
तो सुबह की धूप में बिखर जाओ
ताउम्र कर सकूँगा प्यार तुम्हें,
तुम मेरी जीवन संगिनी हो, क्या जाना नहीं अब तक तुमने···।

हमें हरसत नहीं किसी दबे खजाने की,
नहीं चाहिए खजाने, हमें जरूरत नहीं उनकी
हम रस्मों के भरोसे नहीं जीते
मगर जिंदगी इन सबके बिना भी झूठी है।

जो चाहो वो तुम बन नहीं सकते
जब तुम ढूँढ़ते हो दौलत
हमें क्या करना है दबे खजानों से, तुम आज भी मेरी ही तो हो
मेरे मन में तुम आज भी बसी हो···
नील तुम अब भी मेरी रूह में हो।

यह गौरी थी। हाँ, यह गौरी ही थी। हे भगवान्! क्या देख रहा हूँ? मैंने मुँह को अपने हाथों से दबा लिया। मैं अपरी भावनाओं पर काबू पाना चाहता था। वह गाना छोड़कर मेरे पास भागती हुई आई। मैंने उसे अपनी बाँहों में जकड़ लिया। वह खुशी के आँसू बहाती रही।

मैं कुछ कहना चाहता था, पर उसने मेरे होंठों पर उँगली रखकर मुझे चुप करा दिया। वह मेरी आँखों की तरफ निहारती रही, जैसे उसे खोया हुआ प्यार मिल चुका है। तब वह मुझे बाहर लेकर गई। एक कैब हमारा इंतजार कर रही थी। हम दोनों उसमें बैठकर चल दिए। मुझे कुछ नहीं पता था कि मैं कहाँ जा रहा हूँ। वह कैब हमें होटल लीला लेकर पहुँच गई। मैं फिर से कुछ कहना चाहता था। गौरी ने फिर से मेरे मुँह पर उँगली रख दी। कुछ ही मिनट में हम कमरे के अंदर हनीमून मना रहे थे।

□

उपसंहार

नील और गौरी को जज ने फटकार लगाई थी कि उन्होंने शादी को एक मजाक बनाकर रख दिया है। जज ने हिदायत दी कि आगे कभी तलाक के लिए अप्लाई न करें।

बाद में सोमेश और दृष्टि को भी उसी जज ने फटकार लगाई। उन दोनों ने भी अपनी फाइल वापस ले ली।

श्रीन्या ने देश छोड़ दिया और अपनी जिंदगी समाज सेवा में लगा दी।

मिस्टर वी अपनी नौकरी से रिटायर हो गए और और दक्षिण दिल्ली में मैरिज कौंसलिंग सर्विस की स्थापना कर दी। श्रीन्या ने उन्हें हर चीज के लिए दोषी ठहराया। उन लोगों में लंबे समय से एक-दूसरे से बातचीत नहीं होती थी।

जेरी के बारे में अंतिम यही सुनाई दिया था कि उसने क्यूबा में घर ले लिया। किसी को कोई जानकारी नहीं थी, अखिर उसने क्यूबा ही क्यों चुना? किसी ने बताया कि वह लातिनो पर आधारित एक एप्प लॉञ्च करने जा रहा है।

यह अफवाह भी फैली थी कि टॉम मैहर को डेट कर रहा है, पर बाद में गौरी ने पुष्टि की कि मैहर इस रिलेशनशिप के लिए बहुत सीरियस है। दोनों अगले साल शादी करने जा रहे हैं।

मनोहरण ने अंततः दृष्टि को प्राइम टाइम न्यूज एंकर का रोल दे दिया। उसका लाइव शो सफलतापूर्वक तेरह एपिसोड चलने के बाद बंद हो गया।

गंगा ने एक बच्चे को जन्म दिया और उसका नाम 'नील' रखा। उसने लंबे समय से लिव-इन में रह रही अपने साथी से शादी करने का फैसला किया।

नील कभी वजन कम नहीं कर पाएगा, पर उसने हमेशा के लिए गौरी को पा लिया।

गंगा के ऑफिस में जो पैकेट नील को मिला था, उसे उसने महीनों बाद खोला। इसमें लिखा हुआ था—'हवाना जल्दी आओ—लव, इसाबेल्ला' यह अभी भी रहस्य है।

□□□